致力于中国人的教育改革与文化重建

立 品 图 书·自觉·觉他
www.tobebooks.net
出 品

阿拉伯寓言精选

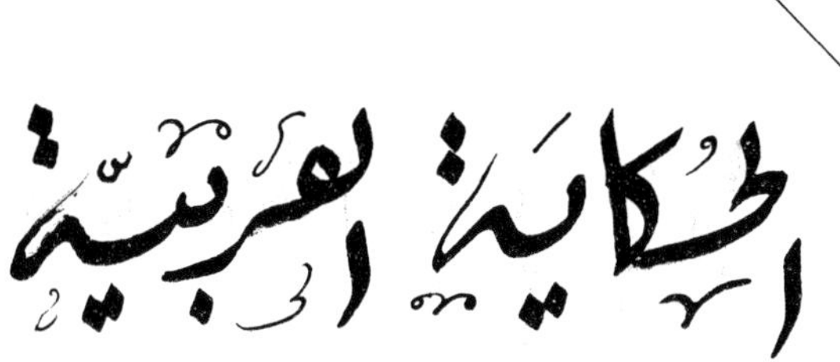

李唯中 译

中国文联出版社
http://www.clapnet.cn

图书在版编目（CIP）数据

阿拉伯寓言精选 / 李唯中译 . — 北京 : 中国文联出版社，2019.3

ISBN 978-7-5190-4133-5

Ⅰ . ①阿… Ⅱ . ①李… Ⅲ . ①寓言—作品集—阿拉伯半岛地区 Ⅳ . ① I371.74

中国版本图书馆 CIP 数据核字（2019）第 001507 号

阿拉伯寓言精选

译　　者：李唯中

出 版 人：朱　庆
终 审 人：奚耀华　　复 审 人：胡　笋
责任编辑：蒋爱民　　责任校对：傅泉泽
封面设计：许　烈　　责任印制：陈　晨

出版发行：中国文联出版社
地　　址：北京市朝阳区农展馆南里 10 号，100125
电　　话：010−85923066（咨询） 85923000（编务） 85923020（邮购）
传　　真：010−85923000（总编室），010−85923020（发行部）
网　　址：http://www.clapnet.cn　　http://www.claplus.cn
E - mail：clap@clapnet.cn　　jiangam@clapnet.cn

印　　刷：北京华创印务有限公司
装　　订：北京华创印务有限公司
法律顾问：北京市德鸿律师事务所王振勇律师
本书如有破损、缺页、装订错误，请与本社联系调换

开　　本：787×1092　　1/16
字　　数：228 千字　　印张：14.5
版　　次：2019 年 3 月第 1 版　　印次：2019 年 3 月第 1 次印刷
书　　号：ISBN 978-7-5190-4133-5
定　　价：68.00 元

译者序

寓言是文学体裁的一种，是含有讽喻或明显教训意义的故事。它的结构大多简短，具有故事情节。主人公可以是人，可以是动物，也可以是无生物。多用借喻手法，通过故事借此喻彼，借小喻大，使富有教训意义的主题或深刻的道理在简单的故事中体现出来。寓言的主旨在于通过虚构的故事表现作家或人民关于某种生活现象、心理和行为的批评或教训。寓言原是民间口头创作，后为文人作家所采用，发展成为文学创作中的一种体裁。下面简要介绍几则：

《斑鸠落网记》讲到像斑鸠、老鼠、乌鸦等弱小动物，单独难以对付像猎人一样的强者，但通过它们相互协助合作，充分发挥自己的特长，便可免遭强敌所害。

《猴子与雄龟》讲到雄龟偏听猴子的心可医妻子之病，便想要猴子的心。当猴子坐在龟背上已经到了江心，雄龟听到猴子说“我们这一类出门总是把心放在家里”，随即送猴子回家。猴子遇险，机警聪慧，救己一命；蠢材雄龟，泄露天机，一无所得。

《国王与芳泽鸟》讲到王子弄死芳泽鸟的雏鸟，芳泽鸟啄瞎王子的眼睛。国王假意招呼芳泽鸟入宫，遭断然拒绝。这个故事比喻害子之仇，结成宿敌，不能和解，免付惨痛代价。

《鸽子、狐狸与苍鹭》比喻旁观者清、当事者昏。

短短的寓言故事，读来回味无穷。

2018 年 7 月 7 日　晏如居

目 录

狐 狸

日出东方，狐狸走出寓穴，惊愕地望着自己的影子，说："今天午餐时，我要吃一峰骆驼。"之后走去，整个一个上午，四下寻觅骆驼。日挂中天，它又看看自己的影子，吃惊地说："不，只得一只老鼠也就够啦！"

衣 服

一天，美神与丑神相遇在海岸。各自问对方："你游泳吗？"

二神脱下衣服，下海搏风斗浪。仅过片刻，丑神回到岸边，穿起美神的衣服走了。

美神离水回到岸上时，发现自己的衣服不翼而飞，只好穿起丑神的衣服离去。

自那天起，男男女女在辨别美神与丑神时，每每认错。

然而有那么一些人，他们曾仔细端详过美神的容貌；尽管美神身着丑神的衣裳，依然能认出美神。还有一些人，能够认出丑神；虽然丑神穿着美神的衣裳，却瞒不过他们的眼睛。

兀鹰与云雀

兀鹰与云雀相遇在高山的一块岩石上。云雀说："早上好，先生！"兀鹰居高临下，望了望云雀，低声说："你早！"

云雀说："但愿你万事如意，先生！"

兀鹰答："是啊，我们都万事如意。可是，难道你不晓得我是百鸟之王？我不跟你说话，你是不能对我说话的。"

云雀说："我看我们是一家人。"

兀鹰蔑视地望着云雀，说："谁告诉你，我和你是一家人？"

云雀："关于这件事，我想提醒你一下：我能像你一样高飞，我还会唱歌，给大地上人们的心中送去欢乐，而你则不能为他们带来任何欢乐和享受。"

兀鹰生气了："欢乐和享受！你这个装腔作势的小东西！我能一啄将你撕个稀巴烂。你不过才有我的爪子那么大。"

云雀一跃跳到兀鹰背上，开始啄它的羽毛。兀鹰烦恼难忍，展翅高飞摩天，想把云雀甩离脊背，然而未能如愿。最后，它还是落到了起飞的那块岩石上，云雀依旧踩在它的背上。兀鹰气急败坏，怨天尤命。

这时，一只小乌龟走近兀鹰，见其怪状，大笑不止，笑得仰面朝天。

兀鹰仰视小龟，说："你这个行动迟缓、弯腰驼背、永远附着地面的小东西！你笑什么？"

小龟回答："因为我看你变成了一匹马，一只小鸟骑着你，小鸟都比你强。"

兀鹰说："去你的！这是家庭问题，是我与云雀姐妹之间的事，外人休插嘴！"

情　歌

有一次，一诗人写了一首情歌，高妙自不待言。他抄写了几份，分寄给好友与相识，其中男女均有。他也给一位姑娘寄去了一份；他与她只见过一面，她住在山后。

过了一二天，姑娘差人送来一封信。信中云：“请允许我向你吐露真情，我深深被你写的情歌所打动。请你现在就来，来见我的父母，面商订婚事宜。”

诗人即刻复信。信云：“朋友，那不过是发自诗人心中的情歌，每个男子都可以唱给每位姑娘听。”

姑娘又写来一封信。信中说：“花言巧语骗人的坏蛋！从今到死，我将因你而憎恨所有的诗人！”

泪与笑

黄昏时分，鬣狗与鳄鱼相遇在尼罗河畔，双方停下脚步，互相道好问安。

鬣狗说：“先生，你的日子是怎样过的呀？”

鳄鱼回答道：“过得很糟糕啊！我有时因痛苦烦恼而伤心落泪，可周围的人们总是说：‘这不过是鳄鱼的眼泪。’这使我悲伤到不能描述的地步。”

鬣狗说：“别只谈自己的痛苦烦恼事，可你也得想想我的处境呀，哪怕是短暂一刻呢！我看到世界上的壮观美景，心里就充满欢乐，就像白昼那样眉开眼笑。然而林中人却说：‘这不过是鬣狗的欢笑。’”

集市上

一次，一位农村姑娘来到集市上。姑娘貌美超凡，面似玫玫瑰、百合，发若金色晚霞，唇含黎明微笑。

这位罕有的人间仙女，便被小伙子们盯上了，纷纷围拢上去，千方百计接近她。这个想跟她跳舞，那个想请她品尝糕点，多想上去吻一吻她的面颊，而且他们另有打算。

但是，姑娘自感受损，又惊又恼，认为那些青年行为不端，怒而斥责他们，气极之下，还抽了一两个人的耳光，然后目不斜视地离去。

天色已晚，姑娘在回家的路上，暗暗自言："真讨厌！那些男子多没礼貌，道德多么败坏，简直叫人无法忍受。"

一年过去了，这位漂亮姑娘一直想念着集市和那些小伙子们。之后，她又一次来到集市上，依然面似玫瑰、百合，发若金色晚霞，唇含黎明微笑。

然而小伙子们一看见她，便纷纷躲开。姑娘孤孤零零度过了一天，没有一个人接近她。傍晚时分，姑娘回到家里，暗暗自语："那些小伙子真没礼貌，讨厌至极，真令人无法忍受！"

修士和禽兽

葱绿的丘山上，住着一位修道士。他灵魂纯洁，心地善良。各种飞禽走兽常成双结对地来看望他；他与它们谈天论地，它们高高兴兴，侧耳聆听；它们一心接近他，和他一直待到日落。只有他为它们祈祷吉祥之后，方才打发它们走，目送它们飞上天空，步入丛林。

一天黄昏，修士正谈论爱情之时，一只豹子抬起头来，对修士说："先生既然给我们谈论爱情，那么，就请谈谈你的情侣，她现在在哪里？"

修士说："我没有生活伴侣。"

这时众禽兽一声惊呼，彼此交头接耳："他根本不懂什么情和爱，怎么能向我们谈论爱情呢？"众禽兽怀着蔑视的心情，相继悄然离去，只剩下修道士孤身一人。

那天晚上，修士躺在席子上，两眼望着地，双手捶胸，痛哭不止。

先知和少年

一天，先知沙利亚在花园遇到一少年。少年看见他，急忙跑过来，说：“早安，先生！”先知还礼道：“先生，你早！”接着又说：“只有你一个人？”

少年高兴地笑着说：“我甩掉我的保姆好长时间了，她以为我在这篱笆外面。可是，你没看见我在这儿吗？”之后，他注视着先知的面孔，说：“你也是一个人。你是怎么应付你的保姆的呢？”

先知答道：“我们之间的情况不同。其实，我大半时间是甩不掉她的；可是现在，我来到了这座花园，而她还在篱笆墙外找我呢！”

少年拍手叫道：“那么，你和我一样，也是个走失的人啦！走失的人不挺好吗？”然后问：“你是何人？”

“人们都称呼我先知沙利亚。你呢？”先知说：“告诉我，你是何许人？”

少年说：“我就是我自己。我的保姆在找我，而她不晓得我在哪里。”

先知凝视着天空，说：“我也只能暂时逃离保姆一下。可她会在外面找到我的。”

少年说：“我知道我的保姆也将在外面找到我。”

这时，传来一个女人呼叫少年名的喊声，少年说：“你看，我对你说她会找到我的。”

这时，外面也传来一种声音：“沙利亚，你在哪里？”

先知说：“孩子，你瞧，他们也发现我了。”

沙利亚仰面朝天，回答道：“我在这里。”

珍　珠

河蚌对邻近的一只河蚌说：“我的肚子痛得厉害，里面有个又重又圆的东西。我带着它遭多大磨难呀！”

邻居开心自得地回答道："赞美苍天和大海。我没有任何疼痛感，里里外外，健壮安康。"

这时一只水蟹经过，听到两只河蚌交谈，对那只健壮安康的河蚌说："是啊，你的确健壮安康。可是，使你邻居感到肚子疼的那种东西，是一颗美妙无比的珍珠。"

舞　女

一次，一位舞女及其乐队来到拜尔卡沙国王子的宫廷，侍卫们热情迎接。舞女和着四弦琴、芦笛、扬琴的乐声，在王子面前翩跹起舞。

舞女先后跳了火焰舞、剑矛舞、星星舞、太空舞，最后又跳了风中之花舞。

其后，在王子面前停下舞步，向王子躬身施礼。王子令其走近自己，对她说："美丽的女子，幸福与欢乐的女儿，你的舞艺是从哪儿学来的？你怎么能够把大自然的各种因素融汇在你的舞蹈及其节奏韵律当中去呢？"

女子再次向王子行躬身礼，然后答道："我不知道如何回答殿下的问话。我只知道一点，那就是：哲学家的灵魂居其头脑，诗人的灵魂居其心中，歌手的灵魂居其喉咙，而舞女的灵魂则宿其周身。"

雕　像

山上住着一个人，他有一尊雕像，系古代某位大师所作。他把雕像丢在门前的地上，压根儿不去看它一眼。

一天，一城里人路经山上人家门。那城里人见多识广，一看见雕像，便对主人表示想买下来。

主人笑道："这是一块没人要的脏石头，你还想给它找个买主？"

城里人说：“我给你一块银币买下它。”

山上人又惊又喜。

雕像被一头大象驮运到城里。几个月之后，山上人进城，正游逛大街时，见一店铺门口人山人海，其中一个人大声喊叫道：“都来瞧，都来看，这里有一尊世间完美的雕像，仅仅两个银币，便可一睹雕塑大师的传世杰作。”

这时，山上人付了两个银币，走进店铺观看……原来那就是他以一块银币卖出的那尊雕像！

疯 子

那是在疯人医院的花园里发生的事：我碰见一位面色憔悴、容貌俊美、令人奇怪的青年。

我在他身边的凳子上坐下来。问他：“你为什么在这里呢？”

他吃惊地望着我，说：“这么问不合适，但我还是回答你：我父亲要我变成他的复制品；我的叔父也想要我变成他那样的人；我母亲希望我成为她那位名扬四海的父亲那样；我姐姐则打算让我成为她的海员丈夫那样应该效仿的完美典型；而我的哥哥却说我应该成为他那样的出色的运动健将。

“还有，我的老师们，从哲学博士到音乐教师、逻辑大师，每个人都决心使我成为他们在镜中的影像那样。

“因此，我来到了这个地方。我发现这个地方能还健康给我，至少我能够成为我自己。”

之后，他突然把脸转向我，说：“请告诉我，你也是被别人的劝告和教诲把你送到这里来的吗？”

我回答：“不！我是来参观的。”

他说：“那么，你是住在墙那边的疯人医院里的一个人了。”

青　蛙

夏季的一天，一只青蛙对其伙伴说：“我真担心我们夜晚唱歌会搅得岸上那家人不得安宁。”

伙伴回答：“是啊！可是，难道你不觉得他们白天唠唠叨叨也扰乱了我们的宁静吗？”

青蛙说：“人所共知，我们在夜里唱得太多，而且过分多了！”

伙伴说：“他们白天里高声喧闹，而且过分嘈杂，这也是我们所共知的。”

青蛙说：“牛蛙的咆哮声弄得四邻不得安宁，我们有什么可说的呢？”

伙伴说：“是啊！那些来这岸边的政治家、牧师和学者喧闹不休，声音震天动地，既无音韵，亦无节奏，那你该说什么呢？”

青蛙说：“真的！我们总要比这些人好些吧！让我们夜间安静一些，把歌保留在我们的心中，虽然月亮企盼着我们的歌喉，星宿期待着我们的和声。我们至少该沉默一夜或两夜，甚至连续三夜吧！”

伙伴说：“很好！我同意。我们将看到我们的好心会带来什么结果。”

一夜过去，青蛙未鸣。第二夜、第三夜，也未听见青蛙的叫声。

更奇怪的事情发生了：第三天，住在湖岸边那家的多嘴多舌的女人下来吃早饭，高声对丈夫说：“一连两夜，我都没有尝到睡觉的滋味。我只有听着蛙鸣，才能进入梦乡。我三夜没有听见蛙鸣，准是发生了什么意外事。我因失眠，都快要发疯了啦！”

青蛙听到这话，把脸转向伙伴，使了眼色，说：“我们沉默得几乎要疯了，不是吗？”

伙伴回答道：“是啊！夜下沉默，对我们来说真是个沉重的负担。我现在已经明白，为了给那些用喧闹声填充空虚的人创造欢乐，我们没有必要中断我们的歌声。”

那天夜里，月亮终于盼到了青蛙的歌喉，星宿等来了青蛙的和声。

金腰带

一天，两个到有高柱的萨拉米斯城去的人相遇，于是结伴同行。中午时分，二人行至一条大河边，河上无桥，要么游过河，要么改走生路绕行。

一个对另一个说：“我们游过去吧！这河并不宽，不必去吃绕行生路之苦。”

说完，二人跳下水去。

时隔不久，其中一个人便失去了平衡，被水流冲向远方。不能把握自己的方向，而他是识水性、熟知水道的。与此同时，另一个人不曾下过水，却沿着直线游过了河，很快站在对岸上。他见同伴正与水流搏斗，便再次跳入水中，把同伴安全拖上岸来。

险些被水流送命的人问：“你说你是不会游泳的，怎么这样信心十足地游过了河呢？”

对方说：“朋友，难道你没看见我这条金腰带吗？这里面装满金币，是我一整年辛辛苦苦劳动所得，全是为妻儿挣的。正是这条金腰带的价值将我浮过河来，以便回到妻儿身边；我游泳时，妻儿都在我的肩头。”

二人一起继续向萨拉米斯城走去。

出家的先知

过去有两位出家的先知，每月三次离开禅房进城，在集市上号召人们助人为乐，分担他人重担。先知口齿伶俐，能言善辩，颇能说服人，因此名声远扬，国人皆知。

一天，三个男子来到先知的禅房，先知热情接待他们。他们对先知说：“你一直劝告人们施舍行善，互助协作，意在教育那些富有的人周济穷人。我们怀疑你的名声给你带来大批财富。如今，我们饥馑难忍，就请你给我们一些钱财吧！”

先知答道：“朋友们，我仅有这张床、这床被子和这把壶；如果你们需要，就拿去吧！我既无银，又无金。”

三个人蔑视地望了望先知，走在后面的一个人，在门口站了片刻，说：“噢，你在撒谎，你在行骗！你张口劝教别人，却从不以身作则！”

两首诗

许多世纪之前，两位诗人在雅典大街上相遇，彼此都为这邂逅而高兴。

第一位诗人问第二位诗人：“你近来写了些什么？这些日子里，你的灵感如何？”

第二位诗人回答道：“我刚完成一首长诗大作，堪称希腊有史以来最伟大的诗歌。它是至高宙斯神的独白！”

说着，从大袍里掏出一卷羊皮纸，“你瞧，就在这里，我随身带着呢！我很乐意给你朗诵一下。来，我们到那棵白杨树荫下坐坐吧！”

他开始朗诵自己的诗，那诗很长很长。

第一位诗人温和、礼貌地说：“这是一首长诗，必将流传百世，令后代称颂。”

第二位诗人从容不迫地问：“你最近有何新作？”

第一位诗人答道：“我写得很少，只有八行小诗，是为纪念原在花园里嬉戏的少年而作的。”接着，他朗诵了一遍。

第二位诗人说：“不太好，也不太坏。”

二人各自走去。

两千年后的今天，第一位诗人的那八行诗，已浮于民口，众人们无不赞而咏诵。

而那首长诗，虽然传了下来，却始终藏在图书馆、学者书斋里；人们提到它，却没人喜欢，无人咏诵。

鼠与猫

一天傍晚，诗人遇见一位农夫。诗人冷漠，农夫腼腆；尽管如此，二人还是谈了起来。

农夫说：“我最近听到了一个小故事，让我讲给你听。一只老鼠落入捕鼠器中，正当它津津有味地吃着里面放的奶酪时，一只猫站在了它的身边。老鼠起初周身战栗，但立刻知道自己在捕鼠器里是平安无事的。

“猫说：‘朋友，你已吃过最后一餐。’

“老鼠回答道：‘我只有一次生命，那么，也将只有一次死亡。可是，你呢？听说你有九次生命，岂非意味着你有九次死亡吗？’”

农夫说到这里，望着诗人，问：“这不是个离奇的故事吗？”

诗人没有答话，而是走远之后，心想：“一点不错，我们肯定有九次生命，活命九生；我们应该有九次死亡，死亡九次。也许待在捕鼠器里，像农夫一样生活，仅用一块奶酪当最后一餐，还是只有一生更好些。那样，我们不就与沙漠和丛林里的猛兽是亲属了吗？”

石　榴

先前，一个人的果园里有许多石榴树。几乎每年秋天，他总把石榴放在银盘里，置于门外，盘上插着标牌，亲手写上：“欢迎自取，分文不收。”

然而打银盘旁经过的人，谁都不拿石榴。

他经过一番思考，当下一个秋天来临，没把满盛石榴的银盘置于户外，只是插了一个标牌，上写：“我有上等石榴，以高出其他石榴的价格出售。”

临近的男男女女，都来争相抢购。

一神与多神

基拉菲斯城的一位诡辩家，坐在神庙的台阶上，向人们宣讲神有多位。人们心想："我们知道，这些神不是和我们生活在一起，与我们形影相伴吗？"

没过多久，另一个人站在城市广场上，对人们说："根本不存在什么神。"听了这个好消息，许多人感到高兴，因为他们惧怕神灵。

一天，来了一个肌肉发达、口齿伶俐的人，说："只有一位神灵。"人们心中恐慌，害怕一神判决胜过多神判决。

同一季节，又来了一个人，对人们说："神有三位，居高风上，如同一体，他们有一位慈祥的母亲，心胸宽广，同时是他们的同伴，又是他们的姐妹。"

众人愁容消退，一个个心中暗想："虽然三位一体，但判断我们的缺点时，肯定意见不一。此外，他们的母亲心地善良，定会站在我们一边，为我们的弱点辩护。"

直到今天，基拉菲斯城的居民们仍在围绕多神、无神、三位一体、神之慈母等问题无休无止地争论。

如此聋妻

富翁有一位年青的妻子，但却耳聋。

一日清晨，夫妻正吃早饭，妻子说："我昨天逛了市场，那里货色齐全，琳琅满目；大马士革绸袍、印度头巾、波斯项链、也门手镯……应有尽有，看来都是商队刚刚运到城里来的。现在，你看看我，破衣褴褛，成何样子，我还是知名富翁的妻子呢！我要你给我买些漂亮的东西。"

正在呷吮咖啡的丈夫，立即回答："我亲爱的！没什么不可以的，你去市场，买下自己想买的称心如意的东西就是了。"

聋妻说："不，不，你就会说不！难道命中注定我身着破衣出现在男朋女友面前，让家人替我害羞，让人们讥笑你这个阔佬儿？”

丈夫说：“我没说‘不’。你可以去市场买下全城最漂亮、最讲究的首饰和其他装饰品。”

妻子又误解了丈夫的话，回答道：“你是富人当中最吝啬的守财奴，你就是不想让我打扮得漂漂亮亮，而人家的贵妇人三三五五逛花园时，个个珠光宝气，人人艳装浓抹。”

说着，她大哭起来，泪珠簌簌滚落在前胸，再次高声喊道：

“每当我要衣服、首饰时，你总是说‘不，不！’”

丈夫惊慌失措，站起来，从钱柜里拿出一把金币，放在妻子面前，柔声和气地说：“亲爱的，上街去吧，想买什么就买什么吧！”

打那天起，聋妻每当想要什么东西时，总是眼噙泪水站在丈夫面前。丈夫则不声不响地从钱柜里拿出金币，放在妻子眼前。

后来，这位年轻女人恋上了一个习惯于长途旅行的小伙子。每当小伙子远行，聋女人总是在枕边哭泣，每逢富翁看见妻子落泪，便暗自想：“定是新商队来了，有珍奇首饰珠宝上市！”

这时，富翁便拿出一把金币，丢给妻子……

树　影

六月的一天，小草对一棵大树影子说：“你总是左右摇动，搅得我的心不得安宁。”

树影回答道：“移动的不是我！你瞧瞧天空，那里有棵树在风中东摇西摆，在天与地之间来回晃动。”

小草抬头仰望，第一次看到了那棵大树，暗自说：“嗬，还有比我大得多的草呢！”

随后默不作声了。

古稀之年

年轻诗人对公主说："我爱你。"公主回答："我也爱你，孩子。"

诗人说："可是，我不是你的孩子，我是个男子汉，我真爱你。"

公主说："我是母亲，儿女成群。我的儿女都当了父亲和母亲，他们也已儿女成群。我的孙子都比你的年龄大。"

年轻诗人说："然而我爱你。"

时隔不久，公主死去。但是，当大地接受她的最后一息之时，她暗自说："我亲爱的！我亲爱的孩子！我的年轻诗人！也许有朝一日，我们再次相见，但那时我不会是古稀之年。"

寻找上帝

一次，两个人漫步在山谷之中。其中一个人指着山上说："你看见那座禅房了吗？那里住着一个人，弃绝世间红尘已久。地上的东西，他一概不要，一心想找到上帝。"

另一个人说："他是找不到上帝的，除非他离开禅房，放弃孤独隐居，回到世间，与我们同乐共悲，在婚筵上与狂欢者一道起舞，在死者的灵柩旁随悲痛者一起挥泪。"

前者从内心里相信此话有理，但他回答说："我同意你的说法。但我相信那位修道士是个好人。一个好人离群索居的善举，不是比这些表面善良者的作为更有益得多吗？"

大 河

卡迪沙河谷的两条小溪相汇在大河奔流的地方，两者开始对话。

第一条小溪说："朋友，你是怎么来的？路上顺利吗？"

第二条小溪答道："我的路崎岖难行，障碍无数。水磨的轮子坏了，借运河引我的水灌溉庄稼的农夫死了。我不得不艰苦挣扎，携带着那些整日无所事事，在太阳下用他们的懒肉烤面包的人扔下的垃圾什物，缓慢地渗流。朋友，告诉我，你一路上情况如何？"

第一条小溪说："我的路途则不同：我从香花翠柳环抱的山丘顶上飞泻而下；男男女女用银杯畅饮，把我视作甘泉；孩童们见我而纷纷赤足涉入水中；在我的周围，尽是人们的欢声笑语，甜美的歌声直飞九霄，欢乐充满云天。你的路途不像我这样幸福，真是悲剧！"

这时大河高声说："来吧！来吧！我们将奔向大海。来吧！来吧！不要再说什么！现在和我一道走，我们奔向大海。来呀，来呀！跟着我走，你会忘掉迷途上的欢乐与忧愁。来吧，请进来，到了我们的大海母亲的怀抱，我和你都会把我们所走过的路统统忘掉。"

两个猎人

五月的一天，欢神与悲神相遇在一个湖畔。相互问好后，在平静的湖水边上坐下来，开始了交谈。

欢神谈及覆盖大地并使森林、高原充满生机的惊人之美，还谈到黎明和暮霭时分所听到的销魂之歌。

悲神说话了，表示完全同意欢神的看法。因为悲神深知时光的魅力及其内在美。当谈到五月里田间和高原的美景时，悲神口齿伶俐，言词娓娓动听。

两位神灵谈了许久，关于彼此见闻的看法完全一致。

这时，湖的对面出现两个猎人，隔水望着两位神灵。其中一个人说：“奇怪呀，这俩人是谁呢？”另一个猎人说：“说什么，俩人？我只看见一个。”

第一个猎人说：“那里是有两个人。”第二个猎人说：“我只能看清一个；湖水里还有一个倒影。”

第一个猎人说：“不，那里有两个人；湖水里的倒影也是两个。”

第二个猎人又说：“我只看见一个。”

“但我清清楚楚地看见是两个。”第一个猎人再次强调。

直到今天，仍然一个说另一个看花了眼，而另一个却说：“我的朋友的眼有些瞎。”

老猫与老鼠

一天夜里，细雨淅沥，天气寒冷，一只猫饥肠辘辘，急于找点东西充饥，于是走出去，来到一块田地，转来转去，结果什么东西也没找到。

当它转到一棵树下时，发现那里有个鼠洞，便轻轻地走近闻了闻，觉察出洞中有老鼠。猫想进洞去捕食老鼠，而洞中的老鼠听到洞口外有天敌老鼠活动的声音，急忙调转身子，手足并用，迅速扒土，以便把洞口堵上。

这时，猫用微弱的声音说：

“鼠兄，我是来向你祈求怜悯的，你何必这样行事呢？我因年迈体弱，四肢乏力，在田地里已经转了一个晚上，再也走不动了，求你让我在你家熬过今夜吧！有多少次，我真想自杀，一死了之，也好永得安逸。鼠兄，我现在就在你的洞门外，天正下雨，冷得很哪！看在安拉的面上，拉兄弟一把吧！让我在你的走廊上待一夜都行。鼠兄，我是个可怜的异乡客。常言说得好：‘谁留宿可怜的异乡客，世界末日来临时，他的住所就会成为天堂。’鼠兄，你最应该得到我的报偿。求你让我借宿一夜吧！明日一早，我就会走的。”

老鼠听后，开口说：

“你是我的天敌，你是以食我为生的，我怎可让你进入我的洞中？我真担心你欺骗我、背弃我，因为那是你的本性，而且你是从来不守信用的。常言道：‘不可将美女托付给好色之徒，不能将钱财交给穷汉保管，不能将干柴投入烈火。’我不能把自己交给你的。常言又说：‘本性上的敌对意识，常因其体弱而增强。’”

猫听了之后，用更加低沉的语调和更可怜的语气说：

“鼠兄，你讲的全是至理名训，千真万确，我不否认。不过，我还是求你宽谅我往日对你的那种天然敌对行为。常言说得好：‘宽恕同类者，得安拉宽恕。’我虽然过去是你的敌人，但今天我是为寻求友谊而来。常言道：‘若欲化敌为友，就应该善待之。’鼠兄，我向安拉保证，永不伤害你；再说，我也没有那种能力了。鼠兄，请你相信，依靠安拉，接受我的诺言和保证，行行好吧！”

老鼠说：

“与我世代为敌，惯于欺骗我的人，我怎能相信他的保证和诺言呢？假若我们之间的敌对关系不涉及血肉、性命，事情就好办了。然而你我之间是有关生死存亡的对立呀！谚语说得好：‘信任敌人，无异于把手伸进蛇的嘴里。’”

猫怒气冲冲地说：

“我已经心力衰竭、体力不支、濒临死亡了。我很快就会死在你的洞门口，罪恶可在你呀！因为你本来可以救我，你却是见死不救。这是我要对你说的最后一句话。”

老鼠听猫这样一说，内心深深敬畏安拉，怜悯之心顿生，心想：“谁想依靠安拉战胜敌人，那就该同情、善待敌人。在这件事上，我把自己的一切全部托付给安拉了，救猫一命，以期得到报偿。”

想到这里，老鼠走出洞门，把猫拖入了自己的洞中，过了一会儿，猫的体力慢慢恢复过来，但却不时地叹息自己体弱无力，缺少朋友。

猫在老鼠洞中住了下来，老鼠对猫温柔和气，听猫谈天论地，不离猫的左右，殷勤备至。

不料，猫却突然一跳，把住洞口，恐怕老鼠逃出洞去。

老鼠想去洞外觅食，便走到猫面前告别。老鼠刚一走近猫，猫便伸出爪子将老鼠抓住，然后用嘴叼住，继而抛向天空，待老鼠落地，又用爪子抓住，再抛向天空。老鼠着地后跑开，猫立即追过去抓住，用嘴叼住，再抛向天空……如此抓住、抛出、戏耍、折磨老鼠，无止无休。

这时，老鼠向安拉求救，开口斥责猫，说：

“老猫呀，你许下的诺言哪里去了？你发的誓又在何处？我把你拖进我的洞中，如此善待你，难道这就是你给我的报偿？常言说得对：‘谁相信敌人的诺言，谁就无缘自救。’谚语又说：‘谁把自己交给敌人，等待自己的只有死亡。’不过，我把自己托付给了安拉，安拉会救我挣脱你的利爪的。”

猫正要捕食老鼠时，一个猎人带着猎狗来到了大树下。猎狗走到鼠洞口，听到洞口传出搏斗厮杀的声音，以为狐狸在捕食什么猎物，于是探身入洞，一心想抓狐狸。

猎狗刚入洞口，不料却看见一只猫，于是伸出利爪，将猫拉了出来。猫见自己落入猎狗爪中，急于逃命，松开爪子，老鼠当即逃走，庆幸自己尚未受伤。

猎狗抓住猫，一口咬断猫的脖子，猫当即一命呜呼。

格言说得妙：“怜悯人者，终得怜悯；虐待人者，定受虐待！”

一无所得

相传，有一个人穿过一片荒原，发现那里有宝贝埋藏的迹象，于是开始挖掘寻找，不多时便找到一些黄金和银币。他心想：“我自己一点一点地搬运，多久才能搬运完呢？再说，我只顾搬运，也无暇享用这些金钱呀！我不如雇几个脚夫，让他们替我把这些金钱搬运到我家里去，我最后离开这里，以免剩下什么宝贝，再劳我去搬运它。这样，我可以免除自己劳累，付给他们一点脚钱就行了。”

想到这里，那个人立即唤来了几个脚夫，让他们人人满载，往他家里搬运金钱，直到把那里的所有东西全都装运完，那个人才离开那里，向自己的家走去。他回到家中一看，家里一点金钱都没有，原来那些脚夫都把金钱都搬运到他们自己家中去了。

那个人白白辛苦，一无所得，因为他没有思考事情的结果。

黄纸画师

相传，有一个人，一心想从人们的言谈话语中学习修辞方面知识，于是请来一位学者朋友，那是一位颇有修辞造诣的学者，开始让他教自己修辞方面的知识。

那位朋友在一张黄纸上画了一个能言善辩、颇通修辞的人，并标明其人言谈变化和种种说话方式。他回到家中，开始反复朗读朋友所画所写，但不晓其中意思。有一天，他同学者文人们坐在一起，开始与他们交谈。他谈话时用错一个词，有个学者说："这个词，你用错了，它的意思不是你所说的那样。"他回答说："我读熟了黄纸上所写的那些内容，至今黄纸仍在我的家中，怎么会错呢？"接着，他还向他们说了许多"论据"，结果证明他更接近无知，远离文学。

学未应用

相传，有一个人，一天小偷逾墙而过，进到他的家中，当时他正在睡觉。当他觉察到有人进到他的房间时，心想："凭安拉起誓，我一定不作声，看这个人究竟想干什么。我既不惊动他，也不让他知道我已觉察到他进了我的房间。假若他拿了我的什么东西，我就起来抓他，决不让他轻易跑掉。"

他果然没有惊动小偷，小偷开始蹑手蹑脚地收拾所看到的东西。片刻后，那个人感到困倦，不知不觉进入了梦乡。小偷收拾完东西，从从容容溜走了。当那个人醒来时，发现小偷已拿着他的东西跑掉了。他开始抱怨自己，明明知道小偷的伎俩，自己却没有及时采取措施，轻易放走了小偷，因为他没有把已经学到的知识用到应该用的地方。

这个故事说明，学到的知识，只有得到应用才算完备，知识就像果树，应用才是果实。学到知识就要应用，以便从中受益；学了知识而不用，不能算作智者。

机会不可求

相传，有一穷汉，饥寒交迫，衣不遮体，无法生活，只得求助于亲人和朋友。但是，求来求去，却没有任何人帮助他。

一天夜里，穷汉正在家中之时，忽见一个小偷溜了进来。见此情景，他心想："凭安拉起誓，我的家中已没有一件怕偷的东西了，就让这个小偷尽力拿吧！"小偷走来走去，摸到一只盛着小麦的大罐子，心想："凭安拉起誓，我今夜的辛苦没有白费。但愿我不再到别的地方去了，就把这些小麦弄走吧！"随即摊开自己的上衣，就把罐子里的小麦往外倒。眼见此景，穷汉心想："我只有这么一点小麦，让他拿走，岂不是我就既没衣穿，也无可食了吗？凭安拉起誓，无衣无食集于一人之身，他也就只有等死了……"想到这里，穷汉冲小偷一声大喊，随后抄起枕边的大棒朝小偷抡去。小偷见势不妙，急忙躲闪，连上衣也顾不上拿，撒腿逃命去了。

次日天明，穷汉穿上了小偷丢下的那件上衣。

穷汉不应该单单依赖这样的机会。为了改善自己的生活，一个人不应该放弃应有的警惕性；一旦有这种机会，务必尽全力紧抓不放。人不能总盯着那种福星高照、不求而得、不劳而获的幸运儿，因为那种人毕竟是少数，而广大劳苦群众，则毫不例外要靠辛苦劳作才能获得所求，改善自己的处境。

商人与商友

相传，有一个商人，他有一位朋友，二人合租了一间店铺，同把自己的货物放在那里。朋友的家离店铺很近，心生邪念，想把商人的一袋货物偷走，于是定下计谋。他心想："假若我乘夜色来，弄不清哪一袋是我自己的货物，万一把我自己的货物偷走，岂不白白辛苦一趟……"

想到这里，他拿起斗篷，顺手扔在商人的那个货袋上，然后转身离开了店铺，回家去了。

过了一会儿，商人来到店铺整理自己的货袋，发现朋友的斗篷放在自己的货袋上，心想：“凭安拉起誓，这是我那位朋友的斗篷，定是他忘在这里了，我还是把它放到他自己的货袋上吧！说不定他会先我而来店里，见斗篷放在自己的货袋上，他会高兴的……”

想到这里，商人顺手拿起斗篷，将之放在了朋友自己的货袋上，然后锁上店门，回自己家去了。

夜幕降临，商人的朋友带着一个脚夫向店铺走去，边走边向脚夫交代要办的事情，并且保证付给他脚钱。来到店铺，黑灯瞎火之下，他摸到放着斗篷的那只货袋，即令脚夫扛起来，二人一前一后出了店铺。路上，他和脚夫轮流扛，不多时回到家中，打发走脚夫，他已感疲惫不堪，倒在床上，进入了梦乡。

次日清晨，他醒来一打量昨夜扛回来的那个袋子，发现原来扛回的是自己的那袋货，禁不住悔恨万分。当他一早来到店铺时，见商人已经进了店铺。

商人打开店门，见朋友的货物少了一袋，心中十分难过，心想：“多糟糕啊！我的这位朋友多么倒霉呀！好朋友如此相信我，将钱财交我保管，如今却丢了一袋，我怎么向他交代呢？我相信他，定把罪名加在我的头上。不过，我一定要如数赔偿他。”

过了一会儿，朋友来了，发现商人愁眉不展，忙问原因。商人说：

“我把货物弄丢了，丢的恰是你的一袋货，不知道是怎样丢的。我认为你定会把罪名加给我。不过，我已决定赔偿你。”

朋友听后，说：

“好兄弟，你不要伤心难过！这是背信弃义的人犯下的大罪。欺骗狡诈不会带来任何好处。诓骗者终究被骗。不义之举带给不义者的总是灾难，而我就是一个背信弃义、欺骗狡诈、诡计多端的人。”

商人惊问：

“怎么会呢？”

原来朋友扔下斗篷，乘夜色扛走了货袋。

小偷与巨商

相传，有一巨商，家里有两只大罐子，一只盛满小麦，另一只盛满金币。

有一个小偷，一直盯了那位巨商很长时间。一天，巨商有事离家外出了，小偷便乘机溜进了巨商家中，隐藏在一个角落里。他一心想偷走盛满金币的那只大罐子。他走到一只罐子前，认定那里面装的就是金币，费了好大力气，终于把那只大罐子扛回了自己家中。

小偷回到家中，满心欢喜。但他打开罐口一看，发现里面装的是小麦，禁不住懊悔不已。

慷慨弟弟

相传，有三兄弟，父亲为他们留下许多钱财，他们三兄弟便将钱财分为三份，每人各得一份。大哥、二哥很快就把各自分得的一份钱财挥霍一光。小弟弟眼见二位哥哥糟蹋、浪费钱财的情况，低头沉思良久，心想："我的心啊，那钱财都是主人辛辛苦苦挣得和积攒起来的，以便维持、改善自己的生活与处境，提高自己在人们心目中的地位，免于向人们伸手求援，而且把钱财用到应该用的地方，诸如接济亲友、供养子女、善待兄弟等。有钱用而不当，就像穷人一样，哪怕是财主、富翁。善于理财者，今世过得好，身后留芳名，两全其美；消费不适当，钱财顷刻光，必生悔与忧，财情俱伤。我手里的这些钱财，但求安拉让我好好用它，也通过我让我的二位兄长宽裕起来。因为这钱财本是我父亲，也是他俩的父亲留下的。钱财本来可以用于济助远房的亲友，更何况他俩是我的一母同胞兄弟呢！"

想到这里，小弟弟随即走去，将他的两个哥哥叫来，把手中的钱财分给了他俩。

有眼无珠

相传，有一个渔夫，常驾着小船到海湾打鱼。一天，渔夫看见水中有一只贝壳，那贝壳闪闪发光，煞是好看，以为那是一件价值连城的珍宝……那渔夫本来是靠撒网打鱼来换取食粮为生的，而此时此刻他却抛掉渔网，纵身跳入水中抓那只贝壳去了。他拿出来一看，发现那是一只空贝壳，里面并没有他想象的那种东西。他后悔自己因贪心丢掉了手里的渔网，不禁悔恨交加。

第二天，渔夫换了一个地方撒网，打到了一条小鲑鱼，同时看见了一只美丽的贝壳，但他没多留神，认为那不值伸手之劳，于是扭头走去。片刻后，另一渔人走来，将贝壳拾起，发现里面有一颗价值不菲的珍珠。

白忙一场

相传，有一耕夫，开垦了一块好地，选定了良种，播下种子，勤于浇灌，终于看到了庄稼茁壮成长，花香飞扬。

就在这时，他却以采花斩刺取乐；正是由于他的这种行为，断送了大片好庄稼，结果没有得到任何收成。

咒语“烧来木”

相传，有一个小偷，带着几个同伴爬上了一个富人家的房顶。听见他们的脚步声，主人醒了过来，遂将此情况告诉了妻子。他对妻子说：

“莫慌！我约莫着小偷已登上房顶。你假装叫醒我，话音要让小偷们听见。

你就说：‘老头子，你为什么不把你的巨财和珍宝的来历告诉我呢？’当我拒绝回答你的问话时，你就再三追问我。”

妻子照丈夫的话再三追问，小偷们留心细听夫妻俩之间的谈话。

丈夫说：

“老婆子，命运给你送来了如此多的糊口之资，你只管吃，就不必多问了。假若我如实回答了你的问话，万一被人听去，带来的必定是你和我都不愿意看到的严重后果。”

妻子说：

“老头子，你就告诉我吧！这深更半夜，我担保没有一个人能听到我们说的话。”

丈夫说：

“既然如此，我就实话告诉你吧！这万贯家财，我都是靠偷盗积聚起来的。”

“哦……那怎么会呢？你是怎样偷来的呢？”

“我有偷盗秘诀呀！那件事对我来说，那再容易不过的了，而且我还不担心任何人告发我，或怀疑我。”

“老头子，你就快点儿跟我说说吧！”

“我总是乘月夜外出，带着我的几个伙伴，登上像我们这样的富人家的房顶，找到一个能射进月光的窗子，口念咒语‘烧来木……烧来木……’一连念上七遍，随后抱着月光柱缓缓从窗子下到房间，谁也觉察不到我的动静。进到房间，不论摸到钱还是物，一律不放过。之后再念咒语‘烧来木……烧来木……’一连七遍，遂攀月光柱而登上房顶，与伙伴会合，然后平平安安，从从容容，溜之大吉。”

小偷们听后，说：

“今夜，我们可要发一笔大财了。”

小偷们等了好一会儿，猜想房主及其妻子已经进入梦乡，他们的头领便瞅准一个月光射进的窗口，念咒语道：

“烧来木……烧来木……烧来木……”

果然一连念了七遍，然后抱住月光柱，准备下地，不料一抬脚，一个倒栽葱摔到了地上。房主纵身抄起木棒走去，厉声问道：

“谁？”

小偷头领说：

“我是一个轻信根本不存在之事的受骗上当者。这就是你那咒语带给我的后果。”

巨商与工匠

相传，有一巨商，他有很多价值连城的珍珠，雇了一个工匠为珍珠打孔，定好日工钱为一百第纳尔。

巨商把工匠领到自己家中，准备开始加工。见房间的一个角落里放着一架竖琴，商人便问工匠：

“你会玩这种琴吗？”

工匠回答说：

“会呀！”

原来那个工匠是弹琴的高手。巨商说：

“你来奏上一曲，让我们听赏一下吧！”

工匠抱琴，熟练地弹奏起来，声音抑扬顿挫，拍节强弱有致，煞是悦耳，巨商兴奋异常，手舞足蹈，头晃身摇，如醉如痴，不觉日已平西，眼见夜幕降临。

工匠放下琴，对巨商说：

“老板，请付工钱吧！”

巨商说：

“你做了什么活儿，这就要我付工钱？”

“我是按照你的吩咐干的，我是你的雇工啊！你叫我干什么，我就干什么。”

巨人无话可说，只得付给工匠一百第纳尔，而那些珍珠却依然如故，孔未打成。

因蜜丧命

相传，有一男子，眼见一只大象朝自己袭来，心中惶恐不安，急忙来到一口枯井旁，伸手抓住井上方的两条树枝，缓缓下到井中，两脚踩住井壁上凸起的砖石。

就在这时，男子朝下一看，忽见四条蛇从洞中探出头来。他再细看，又见井底有条巨蟒，正张着大口，等待着他掉下去，将他吞食。抬眼往上看，见树根部有两只大耗子，一黑一白，正在不住地啃他抓的两条树枝。就在他为自己的危险处境着急犯愁之时，忽见身旁有一蜂巢，巢内满贯蜂蜜。他伸出舌头尝了尝，只觉蜂蜜甘甜沁心，这使他既忘记了自己的危险处境，没有再去想如何逃脱，也不记得脚下还有四条已探出头的蛇和正在啃树枝的两只耗子，更没去想树枝断后，他会跌入巨蟒的口中。

那男子忘记了一切，完全沉醉在蜂蜜的甘甜美味里……终于树枝被耗子咬断，那男子的脚一滑，扑通一声，直落井底，巨蟒立即将之吞进肚里。

意外丧命

相传，有一位男子，来到一个猛兽出没的地方。那男子本来就知道那里道路难行，且充满恐惧。他走了没有多远，便看见一只野狼拦住了他的去路。他看见野狼朝自己走来，左顾右盼，期望找到一个地方躲避起来，以防自己遭狼伤害。惶恐之中，他看见山谷后有个小村庄，随即快步向村里跑去。他跑至村外的一条河边，见河上有座破桥，回头望去，发现那只野狼快要追上他了，于是急忙跳进水里。意外的是，那男子不会游泳，幸得村上人相救，他才免于葬身鱼腹。村上一伙人虽合力相救，但那男子被救上岸时，已濒临死亡。他恢复知觉之后，万分庆幸自己挣脱了狼口，也为自己免于被水淹死而高兴。这时，他看见一座孤零零的小房子，于是说：“我躲进小房子里休息一下吧！”他刚一踏进门槛，却发现那里住着一帮盗贼，他们抢了一个过路商人的钱财，正在那里分赃，且想把那个商人杀死。见此情景，那男子唯恐自己受害，急忙调头往回跑向村庄，他看见一堵墙，停下了脚步。他背着那堵墙，想休息一下，以便消除奔跑的疲劳和种种恐惧心理。不料他刚刚背靠那堵墙往下一坐，那堵墙倒塌了，将他活活砸死。

多事的猴子

相传，很久很久以前，有一只猴子坐在木板上，观看木匠锯木板。它发现木匠每锯一腕尺的锯口，便在锯口里夹上一个木楔，觉得十分有趣。过了一会儿，木匠离开那里去办件什么事情，猴子便站了起来，骑在木板上，面朝着木楔，背对着锯缝，将尾巴伸到锯缝里，然后将木楔拔出来。这时，锯缝突然合拢，将猴子的尾巴紧紧夹住了，直疼得它险些昏迷过去。片刻后，木匠回来，见猴子尾巴夹在锯缝里，而木楔却被丢在一旁，十分生气，抡起棍子，狠狠朝猴子打去，打得比锯缝夹住尾巴还要疼痛数倍。这便是猴子多事的结果。

狐狸与大鼓

相传有一只狐狸，一天来到一座山丘上，见那里有一棵树，树枝上挂着一面大鼓。风一刮起来，树枝便击打鼓面，鼓立即发出咚咚的巨大响声。狐狸听后，觉得好奇，便走向大鼓，以便听赏大鼓的响声。狐狸走到大鼓跟前，发现那是一个庞然大物，自信那里面的肉和油一定丰富无比，于是上去将鼓面咬开了。可是咬开一看，却发现里面空空如也，什么也没有。狐狸大失所望，说道：‘我真不明白，也许世上最虚弱的东西，都是声音洪亮的庞然大物。

修士、小偷与妇人

相传，很久很久以前，有一位修士，从一位国王那里得到了一件锦袍，被一个小偷看见了，那小偷很想将那件锦袍偷走。

小偷来到修士面前，对修士说：

“我想和你交个朋友，向你学习，向你请教。”

修士听他这样一说，便欣然允之，真的和那个小偷交了朋友。那小偷与修士在一起，竭力仿效修士的举动，为修士效劳不辞辛苦。

没过多久，小偷乘修士不防之机，带着那件锦袍溜走了。

修士再三找那件锦袍还是没有找到，断定是被那个“朋友”偷走了，于是去找他，向着一座城走去。

修士正走在路上，看见两只羚羊在顶角，双双头破血流。这时，一只狐狸走来，舔地上的血。见狐狸在舔自己的血，两只羚羊立即用角把狐狸夹住，用力一顶，狐狸当即丧命在两对羚羊角当中。

修士继续赶路，不多时进了那座城，没找到下榻之地，只得在一位妇人家住了下来。

那位妇人家雇着一个仆女，那仆女爱上了一个男子，想选他当自己的丈夫；而仆女爱上的那个男子却伤害了她的女主人，因此女主人想害死那个男子，且就在修士投宿的那天晚上。

仆女的心上人来到之后，女主人备下了酒，让那男子畅饮，直把他灌得酩酊大醉，倒下去睡着了。仆女就睡在他的身边。

二人睡熟之后，女主人走去拿来早已准备好的毒药，放在竹筒里，想从男子的背后吹入男子的鼻腔。女主人装好毒药，正要吹时，男子突然翻身，一阵风吹来，将药吹进了女主人的喉咙里，女主人当即一命呜呼。

所有这些情况，修士都是亲眼看到的。见此情景，修士急忙离开那里，来到一个鞋匠家投宿。

鞋匠把修士带到妻子面前，叮嘱妻子说：

“这是一位修士，你要好好招待他。有一位朋友请我去喝酒，我这就到朋友家去。”

鞋匠说罢，转身出了家门。

鞋匠的妻子有位情人，负责给二人拉牵的是剃头匠的妻子。鞋匠妻子派人把剃头匠的妻子叫来，对她说：

“我丈夫到一个朋友家喝酒去了，他回来时必定大醉。你去告诉我那位相好的，叫他赶快到我这里来。”

鞋匠妻子的情人来了，坐在门口，等待得到进门许可。

鞋匠回来了，果然喝得酩酊大醉。他看见有个男子坐在门口，心中生疑，进门后一顿怒斥妻子，随后将之痛打一顿，并将她捆在家中的一根柱子上，然后走去睡下，深深沉入梦乡。

剃头匠妻子来了，告诉鞋匠妻子，说那位情人已在门口等待了许久，问有什么吩咐，鞋匠妻子说：

“你若真心为我好，就把我解开，我再把你捆在这个地方，让我去与我的情人幽会。我很快就会回来的。”

剃头匠妻子一口答应，为鞋匠妻子松开绳索，让她去见情人，而将自己捆在那根柱子上。

鞋匠醒来时，他的妻子还没有回来，便大声呼唤妻子。剃头匠妻子恐怕鞋匠听出自己的声音，因而不敢答声。鞋匠再次呼唤妻子，剃头匠妻子仍然未答声。鞋匠大怒，拿着刀子向柱子走去，认为捆在柱子上的仍是他的妻子，上前将那个女人的鼻子割了下来，并且说：

“拿着你的鼻子，见你的情夫去吧！”

片刻后，鞋匠的妻子回来了。她见丈夫把剃头匠妻子的鼻子割了下来，心中十分难过，觉得事情严重，忙为她松开绳索，让她回家去了。

所有这些情况，修士看在眼里，听在耳里。

鞋匠妻子百般诅咒丈夫的暴行，高声将鞋匠唤醒，说：

“你这个该死的凶犯！你睁开眼看一看，你是怎样伤了我，安拉又是如何使我的鼻子完好如初的吧！”

鞋匠醒来，点着灯，仔细看妻子的鼻子，果然完好无损，心中好生奇怪，于是忙求妻子宽恕，并向安拉认罪，表示忏悔。

剃头匠妻子回到家中，苦思冥想怎样向丈夫、亲人解释自己的鼻子被割及外衣被撕的原因。

黎明时分，剃头匠醒来，对妻子说：

“把我的家什拿出来！我今天要去为一位达官剃头。”

妻子把剃刀拿来，丈夫对她说：

“把所有的家什都拿来。”

妻子仍然只把剃刀递给他。因一连几次都只递剃刀，剃头匠大怒，随手把剃刀甩向妻子。妻子随即倒在地上，呜呜大哭起来，同时大声叫喊道：

“我的鼻子！我的鼻子！”

听到喊声，家人和邻居纷纷赶来，人们见女子的鼻子掉了下来，立即把剃头匠捆了起来，然后带到法官那里。

法官问剃头匠：

“你为什么要割掉你妻子的鼻子？”

剃头匠哑口无言，什么理由也说不出来。法官下令惩罚剃头匠。

当剃头匠被带到掌刑官那里时，修士突然出现在那里。修士走到法官面前，对法官说：

“审判官阁下，千万不要错断了官司！偷我锦袍的不是那个小偷，狐狸也不是两只羚羊顶死的，那个妇人也不是被毒药毒死的，这位剃头匠太太的鼻子也不是她的丈夫割下来的，……我们都是自作自受、自讨苦吃呀！”

法官不解这其中的原委，要修士慢慢讲个明白，修士随即把一件件事从头到尾向法官讲了一遍，法官立即下令释放剃头匠。

乌鸦与大黑蛇

相传，很久很久以前，有一只乌鸦，在山中的一棵大树上筑了一个巢。就在这棵大树的附近，有一个蛇洞，里面住着一条大黑蛇。

每当乌鸦孵出雏鸦，大黑蛇便爬上树去，将雏鸦吃掉，乌鸦感到十分难过，便去找胡狼朋友诉苦。

乌鸦见到胡狼，对胡狼说：

“有一件事情，我已下定决心去干，想和你商量一下。”

胡狼问：

“什么事？”

乌鸦说：

“我想趁大黑蛇熟睡之机，把它的眼睛啄瞎；若大黑蛇没有眼睛，什么也看不见了，我就平安无事了。”

胡狼说：

“你想的这个主意可不好呀！你想去啄大黑蛇的眼睛，岂不是拿自己的生命去冒险吗？你千万不要学那个想杀死螃蟹的鸬鹚，结果反倒断送了自己的性命。”

鸬鹚与螃蟹

相传，很久很久以前，有一只鸬鹚住在一片丛林中，旁边就是水塘，塘中鱼虾很多，它一直靠捕鱼虾生活。

岁月流逝，鸬鹚年纪大了，再也无力捕食，整天处于饥饿状态中。

鸬鹚正坐在巢里为自己的生存发愁、想办法时，一只螃蟹向它走来。

螃蟹见鸬鹚满面愁容，便走上前去，问道：

“鸬鹚先生，你何故如此忧伤呢？”

鸬鹚说：

“我怎么能不忧伤呢？你想想啊，我久居住在这里，以鱼为食，今天却见两个渔夫打这里经过，一个对另一个说：‘这里的鱼很多，我们何不先在这里打鱼呢？’另一个说：‘我发现了一个地方，那里的鱼比这里还多，我们先到那里去打吧！等我们把那里的鱼打完，再到这里打也不迟。’那两个渔夫在那里打完鱼，一定会到这里来打。他们到这里来将鱼打光，岂不是要我的命吗？我的大限就要到了，怎么能不忧伤呢！”

螃蟹听后，立即走到群鱼当中，把这个情况告诉了它们。

鱼儿们听螃蟹这样一说，立即来见鸬鹚，商量对策。鱼儿们对鸬鹚说：

“我们到您这里来，想让您给我们出个主意。智者是不会放弃向敌人请教之机的。”

鸬鹚说：

“渔夫们强大无比，我没有力量对付他们，更没有什么良策。不过，附近有一条小河，那里水量丰富，鱼也很多，还有芦苇；你们若能迁移到那里去，我想那是再好不过的了。”

鱼儿们说：

“除了您，谁也帮不了我们的忙。”

鸬鹚开始帮鱼儿们“迁移”，每天衔两尾鱼到一山丘上，在那里将鱼吃掉。

有一天，鸬鹚衔鱼时，螃蟹来了，对鸬鹚说：

“我在我的那个地方住不下去了，感到孤独、恐惧，请把我也带到那条小河里去吧！”

鸬鹚衔起螃蟹，飞近它吃掉鱼的那座小丘时，螃蟹发现那里有一大堆鱼骨，立即意识到那是鸬鹚吃剩下的骨头，那鸬鹚也会将自己吃掉。螃蟹心想：“一个人，假若在某个地方遇到敌人，明知道反抗或不反抗都是死，那么，他就应该奋起厮杀，以期维护自己的尊严和体面。”

想到这里，螃蟹伸出双钳，将鸬鹚的脖颈夹住，用尽平生力气一夹，鸬鹚当即丧命。

螃蟹夹死鸬鹚之后，来到群鱼中间，把鸬鹚的作为和下场告诉了它们。

野兔与雄狮

相传，很久很久以前，在一个水草丰美的地方，住着一头雄狮。因为那里水域宽、牧场大，所以有很多野兽生活在那里。眼见水丰草美，野兽们却不敢享用，因为它们都害怕雄狮，只能提心吊胆度日。

野兽们聚集在一起，集体去见雄狮，它们对雄狮说：

“你平时费好大力气才能捕食到一头牲畜，我们想给你出个主意，让你省些力气，对我们也安全一些。你若不再使我们总处于胆战心惊状态中，我们每天在你吃午饭时，给你送一只牲畜，供你美餐一顿。”

雄狮听后，感到高兴，答应与众野兽和睦共处，众野兽也实践了自己的诺言。

经抽签，轮到野兔给雄狮当午餐了，野兔对大家说：

“你们若能答应我一件事，对你们没有半点害处，反而从此不再受雄狮的威胁。”

众野兽说：

“你要我们做什么事？”

野兔说：

“请你们让护送我的那位兄弟允许我迟到一会儿。”

众野兽异口同声：

“答应你的要求。”

野兔出发了，但行动很慢，等错过雄狮吃午饭的时间，它才缓慢地独自来到雄狮面前；

当时，雄狮已是饥肠辘辘，正大发雷霆。

见野兔走来，雄狮站起身，走上前去，怒冲冲地问道：

“你打哪儿来？”

野兔说：

“我是众野兽的使者，它们派我给您送午餐来了。我带着一只兔子，结果路上被一头狮子截去了。那狮子说：‘我是此地百兽之王！’我对它说：‘这是送给狮王的午餐，是百兽们派我送给狮王的，你千万不要抢呀！’那头狮子恶言恶语，出口大骂你……我只得快步赶来向您报告。”

雄狮听后，说：

“给我带路，让我看看那头狮子在什么地方！”

野兔把雄狮带到一口井旁，只见井里的水深而且清。野兔往井里一看，说道：

“那狮子就在这个地方！”

雄狮朝井里一看，只见自己和野兔的影子都在水里，相信野兔说的千真万确，于是纵身一跳，想杀死水中的狮子，不料却被淹死在井里。

野兔得意返回，向众野兽报告了雄狮葬身井里的经过，众野兽听后大喜。

三条鱼的故事

相传，很久很久以前，在一个水塘中生活着三条鱼，其中一条是聪明鱼，另一条最聪明鱼，第三条则是无能鱼。

那水塘在一块高地上，几乎谁也无法接近它；水塘旁边有一条河。

两个渔夫走近那条河，看见那个水塘，于是相约带网来水塘打鱼。

三条鱼听两个渔夫说要来打鱼，那条最聪明鱼立即对两个渔夫产生了怀疑，怕自己被打去，没有向任何地方拐，径直向水塘旁的那条河中游去。那条聪明鱼则原地不动，直到看见两个渔夫来了，这才意识到渔夫想干什么，想从河口游出水塘，但发现塘口已被堵住。这时，聪明鱼说：

“我疏忽大意了！这就是疏忽大意的后果。在这种情况下，我该怎么办呢？急躁和拖延都是没有用的。不过，智者不能失望，也不会束手无策，更不会放弃努力……”

话未说完，聪明鱼装死，漂浮在水面上，时而肚皮朝上，时而背朝上。

渔夫见那条鱼像是死鱼，就捞了起来，放在水塘与河之间的路上。这时，聪明鱼纵身一弹，跳进了河中，安全逃生了。

那条无能鱼则仍在原处游来游去，终于被渔夫捕去。

虱子与跳蚤

相传，很久很久以前，有一只虱子，在一个富人的床上生活了很长时间，总是乘主人熟睡之机，轻轻地爬去，吮吸主人的血，而主人从未觉察到虱子的活动。

一段时间过去了，一天夜里，一只跳蚤忽然到来，要求虱子接待它一下。虱子说：

“你就在我这里住下吧！这里有甜美的血，还有松软的床。”

跳蚤在虱子那里住了下来。

主人上床睡觉不久，跳蚤便跳到主人身上狠狠地咬了一口，将主人咬醒，主人再也睡不着了。主人起来，把床铺检查了一遍，只发现那只虱子，便将之捉住挤死，而那只跳蚤却逃之夭夭了。

狼、乌鸦、胡狼与骆驼

相传，很久很久以前，在一条路旁的一片森林中，生活着一头雄狮。雄狮有三个伙伴，它们是狼、乌鸦和胡狼。

几个牧人赶着骆驼从那条路上经过，不期丢下一只骆驼。

那只被丢下的骆驼走进森林中，一直走到雄狮的跟前。雄狮问：

“你打哪儿来呀？”

骆驼说：

“从大路那端来。”

“你有什么事吗？”

“单等狮王吩咐了。”

“你就在我们这里住下吧！我们这里地面宽广，水草肥美，生活有保障。”

果然骆驼住了下来，与雄狮一起生活了很长一段时间。

有一天，雄狮外出猎食，遇到一头大象，与大象展开一场激战，结果被大象用巨齿顶撞，雄狮头破血流，遍体鳞伤，落荒而逃。

当雄狮逃回住处时，已是筋疲力尽，动弹不得，更不能外出猎食。

乌鸦和胡狼平素都是靠吃雄狮的残羹剩饭度日，故因雄狮不能外出，它们一连数日吃不到食物，饥饿难忍，身体也渐渐消瘦下来。

雄狮得知这一情况，说：

“你们已经疲惫不堪，很需要吃的东西呀！”

狼、乌鸦和胡狼异口同声说道：

“我们倒没有什么要紧的，只是看见大王的情况，心中不安，但愿我们能够给大王弄些吃的东西来，以期大王早日康复。”

雄狮说：

“我不怀疑你们的诚心。你们分散外出吧！但愿你们能打些猎物来，有了你们吃的，也就有我吃的了。”

狼、乌鸦和胡狼离开雄狮，向一个方向走去。它们边走边商量说：

“这个以草为生的家伙与我们何干！它既然不是我们的同类，我们与它没有共同的想法，我们何不在雄狮面前把它的优点描绘一番，让雄狮把它吃掉，我们也好吃些剩下的肉呢？”

胡狼说：

“我们不能在狮王面前提这件事，因为狮王已向骆驼许下诺言，要保护它，让它安心生活在这里。”

乌鸦说：

“狮王那边的事，由我自己去说就够了。”

说罢，乌鸦飞去朝见雄狮。雄狮问乌鸦：

“猎到了些什么？”

乌鸦说：

“只有有能力和眼力的人，才能打到猎物。我们因为饥饿，四肢无力，看都看不见了，怎能打到猎物呢！不过，我们倒商量了一个意见，陛下如若同意，我们一定照办。”

雄狮说：

“什么意见？”

乌鸦说：

“骆驼以草为食，生活在我们中间，对我们没有一点用途，既不能给我们带来任何好处，也不能为我们做什么有益的事……”

雄狮听乌鸦这样一说，不禁勃然大怒，说道：

“你们这个意见大错特错了！使不得，使不得呀！你们这个意见距忠诚、怜悯十万八千里，使不得，使不得呀！我已答应保护骆驼，让它安心地生活，你怎好对我说这样的话，怎能在我面前提出这样的事情！人常言：‘有心施舍者，即使一次也不施舍，总比那种整日担心自己受损，恐怕白白流血的人伟大。’我已答应保护骆驼，决不能背弃它。”

乌鸦说：

“大王的话，我完全明白。不过，与其牺牲一家，不如牺牲一个人；与其牺牲一个部落，不如牺牲一家；与其牺牲一国之人，不如牺牲一个部落；一国之人都应为国王赎身。如今陛下处于饥饿状态，我能为大王的诺言找个台阶下，大王不必过分受此诺言约束，既不用亲自动手，也无须动用任何人。我们可以找一个万全之策，确保时到事成。”

雄狮沉默，没有回答乌鸦一句话。

乌鸦看得出雄狮已经动心，于是来到其余二伙伴面前，对胡狼说：

“有关吃骆驼的事，我已对狮王说过了。我们和骆驼一起去见狮王，把大王的饥饿处境谈谈，表示对它的状况感到忧虑，很想改善一下大王的现状。之后，我们一个一个地表示自愿让狮王吃掉，以饱其腹，壮其身体；与此同时，另外二位就表示反对，说明吃它的肉有害处。我们这样行事，既不会送命，反而能得到狮王的欢心。”

说罢，乌鸦、狼和胡狼一起来到雄狮面前。

乌鸦说：

“狮王陛下，您该吃点儿东西了，以便壮壮自己的身子。我甘愿把自己献给陛下，当作物食，让大王充饥，因为我们都是依靠大王生活的。假若陛下万一有个不测，我们谁也不可能再留在这个世上。就请大王把我吃掉吧！我是甘心情愿献身的。”

狼和胡狼说：

“乌鸦，你住口吧！大王就是把你吃掉，也填不满肚子。”

胡狼说：

“我能让陛下饱肚，就请狮王把我吃掉吧！我甘心情愿献出自己的生命。”

狼和乌鸦表示反对，说道：

“使不得！你的肉又臭又脏。”

狼说：

“我的肉香，而且干净，就让大王吃我吧！我甘愿献身，以饱大王之腹。”

乌鸦和胡狼反对道：

“大夫有嘱：‘想自杀者，请食狼肉。’你的肉，吃不得呀！”

骆驼听后，以为如果自己表示愿意献给狮王作食，其余三位一定会站出来反对，就像它们互相找借口一样，使自己免于被雄狮吃掉，同样平安无事。

想到这里，骆驼说：

“我体壮肉美，腹内干干净净，足以让狮王陛下吃饱肚子，就请大王吃我吧，同时也能让大王的幕僚们一饱口福。我甘心情愿献身。”

狼、胡狼和乌鸦说：

“骆驼忠实慷慨，品格高尚，它说的完全是真情实话……”

话未说完，它们一齐扑了上去，把骆驼撕了个血肉模糊，大口大口吃了起来。

紫鹬鸟与海龟

相传，很久很久以前，海上有一种鸟，名叫紫鹬鸟。紫鹬鸟夫妻俩住在海边上。每当产卵孵幼鸟时，雌紫鹬鸟总是对雄紫鹬鸟说：

“假若我们能找一个安稳的地方孵卵，那该多好哇！每逢海水涨潮，那可恶的海怪总是来捕捉我们的小宝宝，真叫我担惊受怕。”

雄紫鹬鸟说：

“你就在原地产卵吧！这个地方挺适合我们生活的，水和花草都离我们很近。”

雌紫鹬鸟说：

“好一个粗心的汉子！你还是好好想一想吧！我担心我们的小宝宝又被海怪捕去。”

雄紫鹳鸟说：

“你只管在原地产卵、孵化就是了！没关系，海怪不会来的。”

雌紫鹳鸟说：

“你真固执！难道你不记得那海怪是怎样威胁你了？莫非你不知道自己究竟有多大力量？”

雄紫鹳鸟拒不听从妻子的劝告。

雌紫鹳鸟再三劝说，丈夫就是不听，于是说：

“谁不听人劝，必然落得乌龟拒绝听野鸭劝说后的下场。”

乌龟与野鸭

相传，很久很久以前，在一条小河旁，有一片肥美草地，那里住着两只野鸭。那条小河里生活着一只乌龟。野鸭与乌龟友好相处，交情甚厚。

时隔不久，河水干涸，两只野鸭走来同乌龟告别。野鸭说：

“乌龟兄弟，你好哇！这里的水太少啦，我们要离开这里啦。再见吧！”

乌龟说：

“缺少水的痛苦，在我说来，比你们的感触更深。我像船一样，只能生活在水上。而你们二位，还是可以居住在陆地上的。既然你们要走，就带我一道走吧！”

野鸭说：

“好吧！”

乌龟问：

“你俩有什么办法带我走呢？”

野鸭说：

“我们俩抬一根棍子，你用嘴叼住棍子的中间，我们就可以带你飞上天空了。不过有一点，你要记住，不管人们说什么，你都不要开口说话。”

乌龟说：

“我记住了！”

顷刻间，野鸭带着乌龟飞上了天空。

人们看见野鸭带着乌龟在天上飞，觉得十分新鲜，异口同声叫喊道：

“真怪呀！乌龟被野鸭带到天上去啦！”

乌龟听后，说：

“多嘴的人们，愿安拉剜了你们的眼睛！”

就在乌龟张口说话时，只见乌龟当即摔在地上，一命呜呼了。

猴子与鸟儿

相传，很久很久以前，在一座山上，生活着一群猴子。

一天夜里，风雨交加，天气寒冷，猴子们想烤火取暖，但找了很长时间，都找不到火。这时，它们看见一只飞来飞去的萤火虫，就像一颗火星，便以为那就是火种，于是拣来许多干柴，把萤火虫捉来，放在柴上，开始用嘴吹起来，期望生着火，也好烤火御寒。

附近有一棵树，树上落着一只鸟儿。猴子们望望鸟儿，鸟儿们望望猴子。鸟儿见猴子捉来萤火虫，想把干柴引着，便呼唤猴子们，说：

“你们不要白费力气了！你们看见的那个东西不是火。”

鸟儿见猴子们没有任何反应，便决计靠近它们，劝它们不要徒劳了。

这时，有一个人经过这里，知道鸟儿想劝说猴子，便对鸟儿说：

“莫正不堪正之人！坚不可摧的石头，不能在上面试剑；不能弯曲的木棍，不能用来做弓。鸟儿呀，你不要白费口舌了！”

鸟儿不听那个人的劝告，依然走到猴子跟前，告诉它们萤火虫不是火。

就在鸟儿反复劝告猴子们时，一只猴子将鸟儿抓住，狠狠摔在地上，鸟儿当即丧命。

骗子与受骗者

相传，很久很久以前，有一个骗子和一个易受骗者合伙外出做生意。

一天，二人正走在路上时，易受骗者因为去小解落在了后面，碰巧拣到一个钱袋，发现里面装着一千第纳尔金币。

骗子得知朋友拣到了钱，便一起转回家乡。二人进城后，坐下来分钱。易受骗者对骗子说：

“你要一半，其余一半给我好啦！”

骗子暗自打算将那一千第纳尔全部占为己有，于是说：

“我们不要分啦！这些钱，我们合着用，商量着花，不更显得彼此亲密无间吗？这样吧，我拿一点儿作零用，你也拿一点儿当零花，把剩下的钱全都埋在这棵树下，这里再安全不过了。日后我们需要时，你和我一起来取就行了，谁也不知道这个地方。”

二人各拿了点儿钱，便将剩下的都埋在了那棵大树下，随后进了城。

旋即，骗子背着易受骗者将那些钱刨了出来，然后将坑填平，地面恢复原状。

几个月过去了，易受骗者来见骗子，说：

“我需要些钱，我们去刨钱吧！”

骗子跟着走去，到了那棵大树下，却没刨出任何东西。

这时，骗子开始抽打自己的脸，边打边对易受骗者说：

“你不该欺骗朋友！你背着我把钱刨走了。”

易受骗者发誓说自己没取钱，并且咒取钱人。骗子更加用力批打自己的面颊，并且说：

“除了你，谁能来取？除了你，还有别人知道这里有钱吗？”

二人争执不下，便告到了法官那里。法官问起案情，骗子硬说取走钱的是那个易受骗者，而易受骗者则断然否定。

法官问骗子：

“你说是他取走了钱，有谁能证明吗？”

骗子说：

“有的！那棵大树就能证明是他取走了钱。”

法官断然否认骗子的说法，再次追问，并要他作担保。骗子说：

“明天一早，你们就会相信我的话。”

说罢，骗子去见父亲，将事情原委向父亲讲了一遍，然后说：

“我对你说的这些话，都没有对他们讲。你若听从我的安排，我们所拿到的钱也就属于我们了，要丢钱的责任全推到我的那个朋友身上。”

“你有什么好办法呢？”父亲问。

骗子说：

“我们把拣到的金币埋在了一棵大树下，我取走了钱，要说是我那个朋友偷走的。那棵大树的树干是空的，有个入口，但他们不知道在什么地方。我想让你乘今夜钻到树干洞里去，法官来了问大树，你就回答：‘易受骗者取走了金币’。”

父亲听后，说：

“儿子，说不定会自作自受啊！你千万不要像白鹳那样陷入自设的罗网中。”

白鹳与黑蛇

相传，有一只白鹳与黑蛇相邻而居。白鹳每孵出雏鸟，总是被黑蛇吃掉，白鹳虽然喜欢自己的巢窝，但心中总是忧烦不堪。一天遇到螃蟹，问起白鹳的处境，白鹳以实相告。螃蟹说：

“何不让我给你出个主意，也好让你摆脱烦恼呢？”

白鹳说：

“那太好啦！”

螃蟹指着一个地方说：

“你看那个洞穴，那是黄鼬窝。”

随后，螃蟹将黄鼬的习性告诉了白鹳，并说黄鼬正是黑蛇的天敌。接着说：

“你弄些鱼来，在黄鼬窝与蛇窝之间摆成一行。黄鼬觅食时，一个一个地把鱼吃掉，到了黑蛇窝里，就会把黑蛇吞下肚去。”

白鹳果然照办，黄鼬真的把黑蛇化为美餐。没过几天，黄鼬照例觅食，刚走不远，便发现了白鹳巢，随之将白鹳及其雏鸟一并吃掉。

商人及其朋友

相传，很久很久以前，在某一个地方，有一位商人。一天，他想外出做生意，家中有一百磅生铁，便把生铁交给一位朋友保管，然后放心地上路了。

过了一些日子，商人外出回来了，随后到那位朋友那里取他寄存的生铁。那位朋友说：

“你寄存在我这里的那些生铁被地老鼠吃掉了。”

商人听后，心中暗笑，但却问：

“我听说过，地老鼠的门牙锋利无比，专爱吃铁。”

朋友一听，知道商人信以为真，十分高兴。

商人离开朋友，出门碰见朋友的儿子，便将之带回自己家中，藏了起来。

第二天，那位朋友不见儿子回家，便去问商人：

“你知道我的儿子到哪儿去了吗？”

商人说：

“昨天我一出门，看见一只猎隼爪子里抓着一个小孩儿飞走了，说不定那就是你的儿子。”

那位朋友用手拍着自己的脑袋，说：

“公众们呀，你们可曾听说过，或者可曾见过，小小猎隼能抓起一个孩子？”

商人说：

“不但听说过，而且亲眼看见过。既然地老鼠能吃下一百磅生铁，猎隼能抓大象都不稀奇。”

那个人说：

“你的生铁是我吃的，我给你钱。请你还回我的儿子吧！”

江湖骗子丧命

相传，很久很久以前，在某一座城市里，住着一位医生，医术高明，知识渊博。

这位医生博通药典，善于调治，往往药到病除，名声远扬。随着岁月的推移，医生年事渐高，视力大减。

该城的国王有个女儿，嫁给她的堂兄之后，因怀孕有强烈反应，特请那位名医来为公主调治。

医生来后，详细询问了公主的病情，也知道了用何种药，但他说：

“假若我的眼能看得清楚，我就亲手配药，因为我知道用什么药，也晓得如何调配。除了我，我是不相信任何人的。”

其时，城中有个江湖骗子，得知医生因年迈眼花而不能配药的消息，便来到国王家中，佯称自己精通医术，并说自己熟知药性，乃配药的行家里手，单方、复方无所不能。

国王听罢江湖骗子一阵神侃，信以为真，随令其进入药房取药配制。

原来这个江湖骗子是个白痴，根本没有什么药学知识，更不知什么药性。来到药房，胡乱拿了一些药，其中一味致命毒药也被他顺手拿起，然后将那些药混合在一起。

江湖骗子把药“配”好，拿去让公主喝下。公主喝下药，便大声喊叫肚子疼，旋即一命呜呼。

国王得知女儿丧命，随即命宫仆用那种药灌江湖骗子。

骗子刚喝下药，立即倒地死去。

猎隼、鹦鹉与隼匠

相传，很久很久以前，在我刚才提到的那座城中，住着一位波斯将军。

那位将军有一位妻子，不仅貌美出众，而且贤淑贞洁。

将军手下有位出色的隼匠，精通饲隼技术，与将领情同挚友，不仅常让他到自己家中来，并且常让他与自己的夫人对坐聊天。

有一天，隼匠调戏将军的夫人，那夫人不从，大发雷霆，面色顿改，羞红了脸。但那隼匠却不甘心，千方百计达到自己的目的。

隼匠挖空心思，但没有想出办法，便对将军夫人怀恨在心，决计要陷害她。

隼匠照习惯外出打猎，捉到两只雏鹦鹉，带回家中。

鹦鹉渐渐长大，隼匠将之分置于两个鸟笼里。他教其中一只鹦鹉说："我发现夫人不贞洁。"他教另一只鹦鹉说："我没什么可说的。"

经过六个月时间的训练，两只鹦鹉都能把自己学的那句话说得很流利了。

隼匠把鹦鹉带到将军面前，将军听鹦鹉会说话，十分高兴，但不知鹦鹉说的是什么，因为隼匠教鹦鹉说的是拜勒赫族人的语言。

将军很喜欢那两只鹦鹉，因而隼匠在将军心目中的地位也大为提高。将军特意把两只鹦鹉交给夫人照管，夫人也颇尽心尽力。

过了一些时候，一批拜勒赫族人显贵名流前来拜访将军，将军准备了丰盛饭菜和各种水果，还备下大量珍奇礼物。

客人吃罢饭，开始对坐谈天。这时，将军吩咐隼匠去把两只鹦鹉拿来。

隼匠把鹦鹉放在将军面前，两只鹦鹉便开始高声说隼匠教的那两句话。客人们听后，不禁面面相觑，一个个害羞得低下了头。将军问客人：

"鹦鹉说的话是什么意思？"

客人们你看看我，我看看你，谁也不肯说给主人听。

将军一再追问，客人们方才把那两句话告诉了主人。之后，客人们说：

"我们万不该在一个娼妇家就餐！"

听客人们这样一说，将军要客人们用拜勒赫语对鹦鹉说别的话，他们这才发现除了那两句话，鹦鹉什么也不会说。这时，客人们知道女主人是清白无辜的，而弄虚作假、欺骗撒谎的是隼匠。

旋即，将军派人去叫隼匠。

隼匠驾着一只灰色猎隼来到主人面前时，将军夫人在屋里高声说：

“你这个自己找死的东西，你教鹦鹉说那种话！你看见我有什么不轨行为了吗？”

隼匠说：

“是的，我看见你的不轨行为了，就像鹦鹉说的那样。”

隼匠话音未落，灰色猎隼跳到隼匠脸上，用爪子将他的一只眼睛抓了下来。

将军夫人说：

“你是罪有应得！安拉一定会惩治那种没有亲眼看见而出来作伪证的人。”

斑鸠落网记

相传，很久很久以前，在达哈拉城旁的苏瓦金大地上，有个猎场，那是猎人们时常出入的地方。

在那个地方，有一棵枝繁叶茂的大树，树上有一乌鸦巢。

乌鸦刚一离开巢，便见一个相貌丑陋、品德败坏的猎人，肩上扛着猎网，

手里拿着一根棍子，向大树走来。见此情景，乌鸦心中一惊，说道：

“这个猎人来到这里，好好看看他究竟要干什么。”

片刻后，猎人支起猎网，在网下撒了些粮食粒，随之在附近的一个地方隐藏起来。

过了不大一会儿，一只斑鸠飞来，是斑鸠王，身后跟着一群斑鸠。斑鸠王及其伙伴们谁都没看见那里有猎网，落下来便去啄食粮食粒，不料全部被网缠住。

这时，猎人高高兴兴向猎网走去。

被网缠住的斑鸠们惊恐不安，纷纷胡乱挣扎，都想挣脱逃生。这时，斑鸠王说：

“你们千万不要忘记彼此合作，要争取一起得救！谁也不要将自己的生命看得比其余伙伴的生命更可贵重。我们互相合作，像一只鸟儿一样起飞，大家才能得救。”

大家听后，合力用劲一跃，带着猎网，腾空而起，飞上高高的天空。

猎人并未失望，认为带着网的那群斑鸠飞不了多远，便会落下来。

乌鸦见此情景，说：

“我要追斑鸠们去，看看它们究竟会怎样。”

斑鸠王回头望去，发现猎人正在追赶它们，于是对伙伴们说：

“这个猎人在奋力追赶我们呀！如果我们总是在天空飞，就摆脱不了他的目光，他也会一直紧追不舍。如果我们朝有房舍建筑的地方飞去，他看不见我们，也就会离去。在那个地方，有我的一个老鼠朋友；我们不妨飞到它那里去，让它把网绳给我们咬断。”

斑鸠们齐心协力，向着斑鸠王指示的方向飞去。

猎人眼见无望逮住斑鸠，便悻悻转回家去，而乌鸦则跟在群鸟后面飞去。

飞至老鼠住的地方，斑鸠王命令大家降落。那只老鼠有一百个洞穴，以备不测之祸到来时藏身避难。

斑鸠王呼唤老鼠的名字：

“喂，泽莱克！”

老鼠在洞穴中答声问道：

“你是谁呀？”

斑鸠王说：

“我是你的好友斑鸠。”

老鼠走出洞穴，见斑鸠们全被缠在一张网里，不禁一惊，问道：

“你怎么这么倒霉？”

斑鸠王说：

“有道是吉凶取决于天命，你不晓得吗？正是天命使我跌入了这个灾难之中。不管比我强大多少，也摆脱不了天命的制约；就是太阳、月亮，也有被遮住的时候。”

斑鸠王说话的时候，老鼠就开始咬缠着斑鸠王的那几条网绳了。

斑鸠王说：

“你还是先咬羁绊着我的伙伴们的那些网绳吧！让它们得救之后，你再救我。”

斑鸠王一连说了好几遍，而老鼠根本不去理会那番话。

斑鸠王再三劝阻，老鼠说：

“你老对我这样说，好像你就不需要解救似的，似乎毫不关心自己，完全不顾自己安危。”

斑鸠王说：

“你先咬我脚下的网绳，我担心你会因此过分疲劳，而后就懒得去解救我的下属。你若先咬断羁绊它们的那些网绳，把我放在最后，即使那时你已疲惫不堪，也决不会丢下我，让我留在猎网里。”

老鼠说：

“你真好！这使我愈加敬佩爱戴你啦！”

说罢，老鼠开始咬羁绊那些伙伴们的网绳，一口气救出了斑鸠王和所有斑鸠。

乌鸦眼见老鼠所行善事，很想与老鼠交朋友，于是走上前去，呼唤起老鼠的名字。

老鼠听见呼唤，探出头来，问道：

“你找我有什么事？”

乌鸦说：

“我想跟你交个朋友。”

老鼠说：

“你我素无来往，交朋友又从何说起？智者应该寻求能够得到的东西，而不要寻求根本得不到的东西。你是我的天敌，我是你的食物，你我怎能结为朋友！我与你交朋友，岂不是陆上行船、水中走车吗？”

乌鸦说：

“是啊，你本是我不可缺少的食物。但是，你的友情也是我所企盼的。我来寻求你的友情，你千万不要拒绝我。我亲眼看到你品德高尚，使我产生了好感，虽然你无意展示自己的品格。智者的恩德是掩盖不住的，就像麝香一样，有麝自来香，不用大风扬。”

老鼠说：

“最可怕的敌对关系是本质上的对抗。敌对关系分为两类：其一，敌对双方势均力敌，正如大象与雄狮之间，雄狮可以杀死大象，大象亦可杀死雄狮；另一种则是敌对双方一强一弱，就像我与老猫或你与我之间的关系一样。你我之间的敌对关系，不是你被伤害，就是我被伤害。水在火上可以被火烧热，但却不妨碍水可把火浇灭。与敌人讲和，无异于玩蛇的人把冻僵的蛇装入袖子里；蛇苏醒过来，必咬玩蛇人致死。一位智者是不会同狡猾的敌人亲善的。”

乌鸦说：

“你说的话，我都听明白了。你的美德应该得到报偿。你应该知道我的话是真诚的。你不要说我们之间没有办法结为朋友！因为这种话使我感到为难。高尚智者行善，从不图报偿。好人之间友谊的建立是迅速的，而一旦结为好友，则友好关系地久天长。这正像金壶一样，很难碎裂；一旦出现裂口，复原也轻而易举。坏人之间的友谊来得快，也断得快，如同瓦罐，稍有碰撞，立即破碎，不能修复。高尚的人与高尚的人结交，坏蛋与人来往，要么想利用他人，要么出于对他人的畏惧。我之所以需要你的友情和善举，因为你是位高尚者。你若不跟我结为朋友，我就饿着肚子，站在你的门外不走。”

老鼠说：

“我接受你的友情。我从未拒绝过任何人的要求。我已向你表达了我的结交愿望；假若你背叛了我，你可不能说：‘我发现老鼠很容易受骗’。”

乌鸦说：

“你何不出来与我亲近一下？莫非你对我还有疑心？”

老鼠说：

“世上人之间的交往，无非有两种目的：其一是思想交流，其二是金钱关系。交流思想者是高尚的人，而图钱财者则是利用的关系。有的人做好事，图的是报偿，那就像猎人撒谷粒一样，不是为了让鸟儿饱食，而是想把鸟儿捉住，让鸟儿给自己带来什么好处。思想交流强过金钱关系。我相信你的思想高尚，而我也把我的同样高尚思想献给你。我对你有猜疑，但不妨碍我出去见你。不过，我认识你的许多伙伴，但它们的本质不像你的本质，它们的见解也不同于你的见解。”

乌鸦说：

“朋友的标志之一便是：朋友的朋友，必定是朋友；而敌人的朋友，则是敌人。与我的本质相同者，容易与我接近。”

老鼠听乌鸦这样一说，立即朝乌鸦走去，握手结为兄弟，互相亲切如故，不知不觉数日飞逝而过。

乌鸦对老鼠说：

“你的洞穴距人行道太近，我担心孩子们用石头子投你。我有一个好地方，那里盛产鱼虾，我的一个乌龟朋友就住在那里。我发现那里有我们的食粮。因此，我想带你到那里去，以期过上平安放心的生活。”

老鼠说：

“我有很多故事，到了你想去的地方，我将讲给你听。你就照自己的想法安排吧！”

乌鸦叼着老鼠的尾巴，拍翅腾空而起，一直把老鼠带往目的地。

当接近乌龟所在的水泉时，乌龟看见乌鸦带着老鼠走来，心中不禁一惊，因为一时没有认出那是自己的乌鸦朋友。

乌鸦呼叫乌龟的名字，乌龟这才走来。乌龟问乌鸦：

“你从哪儿来呀？”

乌鸦把自己跟随鸽子群飞翔，以及看到老鼠帮助鸽子逃生的情况，从头到尾给乌龟讲了一遍，一直讲到与乌龟见面。

乌龟听了老鼠的情况，敬佩老鼠智力高超，忠实可靠，对它表示热烈欢迎。

乌龟问老鼠：

“是哪阵风儿把你吹到这片土地上来啦？”

未等老鼠回答，乌鸦对老鼠说：

“就请把你的那些美妙故事讲给我听一听，以此回答乌龟朋友的问话吧！在你的心目中，乌龟与我的地位没有什么不同。”

贪吃的狼

相传，有一个猎人，一天带着弓箭外出打猎，没走多远，便射中了一只羚羊，于是背着猎物返回。回家路上，猎人又遇到一只野猪，立即搭弓放箭，野猪被射中了。这时，带着箭伤的野猪疯狂地朝猎人扑来，将猎人手中的弓箭撞飞，旋即猎人和野猪双双倒下死去。这时，一只狼走来，说："这个人和一羊一猪，足够我吃一段时间了。不过，我要先吃这弓弦，足以当一天的食粮。"狼说罢，开始咬弓上的弦。不期弓弦一断，弓身正好打在狼的喉结上，狼当即一命呜呼。

灰鹤与乌鸦

相传，很久很久以前，有一群没有国王的灰鹤。一天，它们聚集在一起，一致商定让猫头鹰当它们的国王。就在这时，一只乌鸦飞来了。灰鹤们说：

"如果这只乌鸦能到我们这里来，我们就听听它的意见。"

这时，乌鸦果然落到灰鹤们集会的地方，它们便开始征求乌鸦的意见。

乌鸦说：

"假若这个地区的鸟儿都已死绝，孔雀、野鸭、鸵鸟、鸽子都绝迹了，只有在这样的情况下，你们才能让猫头鹰当你们的国王。因为猫头鹰外貌最丑，性情最坏，智慧最少，最易发怒；虽然视力极弱，白日里近似盲人，但却没有一丝怜悯之心；更为可怕的是道德败坏，做事鲁莽，厚颜无耻。因此，你们千万不要让它当你们的国王。你们要像兔子那样，依靠自己的见地和智慧行事。兔子们拜月亮为王，它们总是照自己的见解行事。"

象王、兔王与月王

相传，很久很久以前，在大象生活的一块土地上，连年干旱无雨，水涸泉竭，草木凋零，大象处于干渴之中，纷纷找象王诉苦。

象王听了臣属的诉苦，便派使臣和侦探四处寻找水源。

未过多时，一位使臣回来禀报国王说：

“国王陛下，我在一个地方找到了一眼泉水，名叫‘月亮泉’，水量极为丰富。”

象王听后大喜，立即派臣僚到那眼泉边去喝水。

月亮泉所在的地方属于兔子所有，因为大象去喝水，巨大的象蹄子踏在兔子的腹部，结果许多兔子因之丧命。

活着的兔子见此情此景，成群结队去找兔王，对兔王说：

“大王陛下，大象残害了我们的许多兄弟，您是知道的。我们该怎么办呢？”

兔王说：

“请你们当中有见解的全都到我这里来议论此事。”

有一只雌兔，名叫“菲鲁兹”。兔王素知它多谋善断，且礼貌周到。

菲鲁兹说：

“如若大王有意派我去见大象，就请再派一位大王信得过的大臣与我同往，让其亲耳听听我与大象们的谈话，亲眼观察我在那里的行动，然后直接向大王报告。”

兔王对菲鲁兹说：

“你忠实可靠，我们愿听你讲。你就到大象那里去，按你的意志替我行事吧！你要知道，作为国王的钦差大臣，就应该以自己的见地、智慧、韧性和长处传达国王的意旨。你要以温柔、怜悯、宽厚和耐心执行使命。作为钦差大臣，倘若温柔宽厚，就可以软化人心；假如自己愚蠢昏庸，必定会激怒人们。”

兔王说罢，菲鲁兹便在一个明亮的月夜出发了，一直来到大象栖息之地。

菲鲁兹不愿意接近大象，担心大象无意之中用脚把自己踩死，于是来到一座山下，呼唤象王。

菲鲁兹喊来象王，对它说：

“我们的月王派我来见象王陛下。使臣的天命是传达国王的意旨，纵然言语粗鲁无礼，也请原谅。”

象王说：

“你有什么使命？”

菲鲁兹说：

“我们的月王对你说：‘谁若认为自己可以凭借武力征服弱者，并且以武力与弱者较量，以强者自居，那么，对它来说，武力就是一种灾难。你已经知道你的武力对众牲畜的危害，从而使你得意忘形，忘乎所以，竟敢来到以我的名字命名的泉水，不但喝了水，还搅浑了泉水。’象王陛下，正是因为这一件事，我们的月王派我来见陛下，要我警告你，不要再重复昨日的罪恶行为。如若不然，胆敢再来月亮泉，不但你的眼睛会变瞎，你的生命也会葬送在那里。你若怀疑我的使命，就请你立即到月亮泉边，我们的月王将在那里接见你。”

象王听后大惊，随即跟着菲鲁兹向月亮泉走去。

来到月亮泉边，象王朝泉水望去，但见水中有一轮明亮的圆月。

菲鲁兹对象王说：

“象王陛下，伸出你的鼻子取水，洗洗你的脸，然后再向月王跪拜行礼吧！”

象王把鼻子伸入水中，微微搅动，只见水中的月亮晃动起来，不禁大惊失色，急忙缩回鼻子，说：

“月王为什么颤抖起来了呢？莫非因为我把鼻子伸入水中而发怒？”

菲鲁兹说：

“正是！”

象王立即再次向月亮跪拜，对自己的行为深表忏悔，立誓不再重复以前的行动。

从此，象王及其下属再未侵犯兔子国。

野兔、黄莺与狸猫

相传，很久很久以前，在我的巢附近的一棵树下，住着一只黄莺。

那只黄莺常常跟着我活动。后来，我不知道它到哪里去了，很长很长时间没有见到它。

不久，一只野兔来到那棵树下，在黄莺的窝里住了下来。我不想与野兔争吵，听任它在那里住了一段时间。

过了一些时间，黄莺回来了。它朝自己的窝里一看，发现野兔住在那里，便对野兔说：

“这是我的窝，你赶快走开吧！”

野兔说：

“这个住处是我的，在我的手下，你怎么冒充这里的主人呢？你若认为这是你的窝，你就来和我较量一番吧！”

黄莺说：

“法官住的地方离这里很近，我们去找法官评个理吧！”

野兔说：

“谁是法官？”

黄莺说：

“河边住着一只虔诚的狸猫，白日戒斋，夜里活动，既不伤害任何牲畜，也从不侵犯任何飞禽，仅以草及被河水抛上岸来的东西为食。你如愿意，我们就请它来裁决，会使你我都感到满意。”

野兔说：

“如果像你说的那样，那该多好哇！”

黄莺和野兔相跟走去。我紧紧跟着它俩走去，以便看看法官断官司的情形。

狸猫看见野兔、黄莺朝自己走来，立即站起身进行礼拜，显得十分虔诚。

野兔、黄莺见此情景，心中不胜惊异，于是小心翼翼地接近狸猫，一番问候之后，请求为它俩公断。

狸猫要野兔、黄莺讲自己的情况，野兔、黄莺认认真真讲了一遍。狸猫对它俩说：

“我年事已高，耳朵不好使，你俩离我近一点儿来讲，好让我听清你们的话。”

野兔、黄莺靠近狸猫，又把争议之事述说了一遍，求它公断。

狸猫听后说：

“你们俩讲的我全听明白了。我裁决之前，先劝说你俩一下。我命令你俩敬畏安拉，唯真理是求。求真理者，必能成功；追谬误者，必遭惩处。世间的东西，属于今世人的，既不是钱，也不是朋友，而是他做的有益工作。智者，理应追求永存的、能够在来日为自己带来益处的东西，厌恶除此之外的今世琐事。在智者的眼里，金钱如同泥土；至于人，虽然其中有好人，也有坏人，智者喜欢好人，而憎恶坏人，但智者看人如同看自身……”

狸猫口若悬河，侃侃而谈，向野兔和黄莺讲了许多类似的话，直至二位来客感到狸猫可亲可信，情不自禁地贴近狸猫。

就在这时，狸猫一跃而起，扑向野兔和黄莺……野兔和黄莺顿时双双丧命在狸猫的锐利爪下。

修士与骗子

相传，很久很久以前，有一位修士，买到一只山羊，想用来上供。

当修士牵着山羊正走在路上时，被三个骗子看见。三个骗子一番密谋之后，决定设计把修士的那只山羊骗走。

一个骗子走上前去，拦住修士，说：

“修士大人，你牵着一条狗做什么去呀？”

修士一惊。另一个骗子走上前来，说：

“他不是什么修士，因为修士是不会牵着狗玩的。”

三个骗子你一言我一语，都说修士牵的那只山羊是狗，直至修士也不再怀疑，相信自己牵的就是一只狗，认定那个把山羊卖给他的人是让他看花了眼，于是把山羊放走了。

三个骗子见修士离去，牵起山羊，得意扬扬地离去。

商人妻子与小偷

相传，许久许久之前，有一个商人，家财万贯，货堆如山。

商人有个妻子，貌美出众。

一个小偷手持利刃，越墙跳进商人的院中。小偷蹑手蹑脚进了房门，发现那个商人正在睡觉，而他那美貌的妻子却仍在醒着。商人的妻子发现小偷进了房间，不禁心惊肉跳，立即钻进了丈夫的被窝里，将丈夫紧紧地抱住。

商人早就期待妻子接近自己，睡意蒙胧中觉出妻子抱住自己，便醒了过来，格外得意地说：

“这是从哪里掉下来的福气啊？”

片刻后，商人看到了小偷，对小偷说：

“嘿，小偷，我家里的钱财，你要什么就拿什么吧！若不是你上我的宅子，我还没有这么大的福气呢！你有功啊！正是你软化了我妻子的心，从而使她如此亲近我，和我拥抱……”

修士与盗贼和魔鬼

相传，很久很久以前，有一位修士，从一个人那里买了一头黄牛。

修士牵着黄牛回家时，遇见一个想偷走黄牛的盗贼；与此同时，一个魔鬼跟在那个盗贼的身后，想把修士抢走。

魔鬼问盗贼：

“你是何许人？”

盗贼答：

“我是盗贼。我想趁这位修士睡觉之机偷走他的黄牛。你是谁呀？”

魔鬼说：

“我是魔鬼。我想趁这位修士熟睡之时，把他抢走。”

盗贼和魔鬼尾随修士到了家门口，然后随修士进了家门。修士走去将黄牛拴在庭院的一角，然后进屋睡觉了。

盗贼和魔鬼开始谋划偷盗、抢劫行动，结果在谁先动手问题上发生了分歧。

魔鬼对盗贼说：

“假如你先牵牛，说不定修士会醒来，继之喊来众人，我就无法把他抢走了。你等一等，让我先把他抢走，之后，你想怎么办，全都由你了。”

盗贼怕魔鬼先动手把修士弄醒而影响他偷牛，于是说：

“不能这样！你等我把牛牵走，你愿意怎样就怎样吧！”

两者争论不休，盗贼开口大声喊道：

“修士，你醒一醒吧！这个魔鬼想把你抢走。”

魔鬼高声喊道：

“修士，你醒醒！这个盗贼想偷你的牛。”

修士及其邻居听见喊声，都醒来了。

这时，两个坏蛋见势不妙，仓皇逃走。

木匠与其妻

相传很久很久以前，有一位木匠，他有一位妻子，他很爱妻子，而那个女人却勾上了另一个男人。木匠的几位朋友发现了这个情况，便把所见所闻告诉了木匠。木匠得知此事，想亲自证实一下，于是对妻子说：

“我想到数里外的一个村子去，为几个有头有脸的人做几件东西，要离开你几天，给我准备些干粮吧！”

妻子一听，喜在心里，忙去为丈夫准备干粮。

夜幕垂空，木匠对妻子说：

“把家门锁好，看好家，等我回来。”

说罢，木匠带着家什和干粮走去，妻子目送丈夫出了大门。

木匠出门不久，便由邻居家的一个秘密通道潜回自家，悄悄藏在床下。

那女人立即去见她的情夫，对情夫说：

“木匠有事出门了，好几天才能回来。”

随后，她将情夫带回家中，为他备好饭菜，吃喝过后，二人便共枕同眠，直到大半夜过去。

藏在床下的木匠困倦难耐，进入了梦乡，不知不觉一只脚伸了出去。那女人看到一只脚，自信大难临头，急忙告诉情夫。情夫看后却大声问女人：

“你最爱我，还是最爱你的丈夫？”

女人不答，情夫急忙催问，女人反问道：

“情人呀，你何必逼我回答这个问题？有何必要呢？”

情夫再三要女人回答，女人这才说：

“难道我们女人的事你还不清楚！我们要情夫只是为了解欲望之渴，从不管男人的金钱与地位；只要能满足我们的要求，谁都一个样。丈夫嘛，位同父兄和孩子，地位最高！安拉诅咒那种不把自己的丈夫看作等同自己或自己最可爱的人的女人！”

木匠听妻子这样一说，相信自己的妻子对自己的感情深厚，继续睡在床底下，直到东方大亮。

木匠得知妻子的情夫已走，便从床下爬出来，发现妻子还在沉睡中，于是坐在床头，守护着妻子。妻子醒来之时，木匠说：

“我心爱的人儿，你好好睡一觉吧！你已度过了一个不眠之夜。如果我有意伤害你，定会与那个男人大吵一顿。”

修士与黄鼬

修士妻子临盆，顺利生下了一个男孩儿，容貌英俊，修士甚是喜欢。

坐完月子，妻子该去洗澡了，便对修士说：

“你好好看着儿子，我到澡堂去洗澡，洗完即回。”

妻子去澡堂，家中只留下丈夫和孩子。片刻后，国王的差使来召修士进宫。修士见无人可以托付，便将小儿交给家中养的那只黄鼬照管。因为那黄鼬是他把它从小养大的；在修士看来，那黄鼬等同他的儿子。修士让黄鼬守在儿子床边，关上房门，便放心地跟着差使走去了。

修士刚刚离开家，一条黑蛇从洞中钻了出来，径直向屋里爬去，逼近下小孩儿的床边。黄鼬立即扑了上去，将黑蛇咬死，并将蛇身咬成数段，弄得满嘴是血。

修士回家开门，首先迎接他的是黄鼬；那黄鼬兴高采烈，像在向主人报告它杀死黑蛇的得意之举。

修士见黄鼬满嘴是血，不禁大惊失色，以为黄鼬吃掉了他的小儿子。修士抑制不住内心的愤怒，未弄清事情的真实情况，便按自己的猜想行事了。他立即举起手中的拐杖，狠狠地朝黄鼬的脑门大去，黄鼬当即一命呜呼。

修士随后走进房间，见自己的孩子安然地躺在摇篮里，旁边有一条被咬成几段的黑蛇。这时，修士才知道事情真相，痛感自己误害了忠实的黄鼬，拍打着自己的脑门，说：

“我没有这个孩子，那该多好！那样的话，我也不会做出这种无情无义的事。”

这时妻子洗澡回来，见丈夫呆站那里，便问：

“你怎么啦？”

修士将黄鼬的罕见忠诚如实相告，痛感自己误杀了心爱的宠物。

妻子听后说了：

“这就是鲁莽从事的苦果呀！”

老鼠与老猫

相传，很久很久以前，一棵大树下有一个窝，里面住着一只猫，名叫“鲁咪”。猫窝的附近有一个洞穴，里面住着一只老鼠，名叫“法里顿”。猎人们经常出入那个地方捕兽打鸟。

有一天，一个猎人走来，把网支在猫窝附近。没过多大一会儿，老猫便落在网中。

老鼠爬出洞穴觅食，小心翼翼地匍匐前进，唯恐自己落入老猫嘴里。正往前爬时，忽见猫已被网缠住，心中有说不出的高兴。这时，老鼠四下张望，发现背后有一只黄鼠狼，正虎视眈眈地盯着自己；再向上看，只见一只猫头鹰站在树枝上，正想俯冲下来抓它……眼见此情此景，老鼠一时不知如何是好。如若返回洞穴，恐怕被黄鼠狼抓住；如果向左或向右去，必将被猫头鹰捕获；假若继续往前走，岂不成为猫口美餐！

想到这里，老鼠暗暗自语：“我已四面临敌，处在被重重灾难包围之中了……”

片刻之后，老鼠想：“我有智慧，就不必为自己的处境犯愁。我不必惊慌失措，更不必魂飞魄散。一个智者，成竹在胸，遇事不慌，在任何情况下都有办法。智慧就像无底的大海，灾难难不倒智者；希望实现时，智者不会得意忘形，更不会心醉神迷。如今灾难临头，只有同老猫和解，才能摆脱困境，死里逃生。因为猫也像我一样深陷于灾难之中。假若猫听我的话，意识到我的话正确无误，知道我绝无欺骗之意，那么，它就会明白我的善心，乐意接受我的帮助，我们便可同时得以逃生。”

想到这里，老鼠走近猫，对老猫说：

“老猫，你好哇！”

老猫说：

“你瞧呀！正像你希望的那样，我陷入了困境。”

老鼠说：

“今天，我和你一样陷入了灾难之中，你我成为患难朋友了。我所期望的不是别的，而是你我一起得救。我的话中没有任何欺骗之意。你看哪，黄鼠狼在伏候着我，猫头鹰也在等着捕食我；它俩都是我的天敌。你若能保证我的安全，我就把网绳咬断，救你挣脱磨难。这样，你我就会像海船和乘客一样，乘客借船而得救，船靠乘客而免于沉没；蒙朋友相助，你我双双免除灾祸。”

老猫听老鼠这样一说，知道老鼠说的是实话，于是说道：

“你的话说得很有道理。我也愿意像你希望的那样使自己得救。你若能那样行事，只要我活着，我将永远感谢你。”

老鼠说：

“我这就靠近你，开始咬网绳，但我要留下一根绳索，以便看看你是否守信用。”

说罢，老鼠走上前去，开始咬网绳。

猫头鹰、黄鼠狼眼见老鼠走近老猫，感到失望，随后离去。

老鼠见两个天敌离去，随即放慢了咬网绳的速度。老猫说：

“你为什么不卖力气咬网绳了呢？假若你认为自己的目的已经达到，便改变了自己的想法，不再乐意帮我的忙，那就不是好友应有的行为。要知道，一个高尚的人在朋友遇到麻烦的时候，他是绝不会有懈怠表现的。”

老猫又说：

“你亲眼看到你从我的友谊中获得了益处，你应该报答我，而不要记起我与你之间的旧有敌意。你我之间的和解，再加上忠诚实践诺言，确乎使你忘记了你我之间的敌对关系。背信弃义得不到好的下场。一个高尚的人，理应知恩报恩。一次友善，可使人忘掉千次恶行。常言道：‘惩罚背信弃义，必定迅速及时。’被多次乞求而不宽恕他人者，是得不到怜悯和宽恕的，因为那就是背信弃义。”

老鼠听后，说：

“朋友分为两种，一种是感情由衷的，另一种则出于被迫。这两种朋友都在寻求利益，同时警惕受害。感情由衷的朋友在任何情况下都是可信可靠的；出于被迫的朋友在某种情况下可以信赖，而在另一些情况下则必须提防之。聪明人为了防备不测，常拿出某些东西作为抵押；继续交往不过是为了取得利益，达到自己的某种目的罢了。”

老鼠又说：

“我已忠实实践了对你许下的诺言，同时也必须提防你。因为我担心与你继续交往会给我带来什么不测之祸。正是因为我担心受害，才与你和解交往；同时因为你急于挣脱灾难，才接受了我的友谊。世上的任何事情，都有其相应的适当时辰，时辰不到就不会出现；如若不然，绝不会有好的结果。我为你咬网绳，但留下了一根绳索，那便是我赖以生存的抵押；不到看见猎人，无法确信你害不了我的时候，我是不能咬断它的。”

说罢，老鼠继续为老猫咬网绳。

老鼠正咬网绳时，忽见一猎人走来。老猫对老鼠说：

“现在是咬断最后一根绳索的时候了。”

老鼠随即用力咬断那根网绳，老猫唯恐被猎人抓去，一跃而起，迅速爬上树去。老鼠调头逃入洞穴。

猎人走近一看，只见自己的网被咬得乱七八糟，随后背起破网，失望地离去了。

过了一会儿，老鼠爬出洞穴，不敢再接近老猫。

老猫呼唤着老鼠：

“朋友，你是在我这里经历了考验的好朋友，怎么不接近我，让我好好报答你的恩情呢？快到我这里来，不要中断我们的友谊关系！谁选择了朋友，然后又中断了友情，那就享受不到友情的甜美果实，无法从朋友那里得到利益。你的恩情我是不会忘记的。你理应得到我的报偿，也应该得到我的兄弟和朋友的感谢。你不必怕我。你要知道，我是甘愿为你两肋插刀的。”

老猫说罢，又再三起誓，竭尽全力表白自己的诚意千真万确，绝无戏言。

老鼠说道：

“表面友谊，暗藏敌意，比外露的敌意更加可怕。谁若不提防这种暗藏的敌意，谁就会落得骑在象牙上的那个人的下场。”

“那是怎么一回事呢？”老猫问。

老鼠说：

“相传有个男子，坐在一头发情大象的牙上，不知不觉进入了梦乡……当他醒来时，发现自己已在大象脚下，很快被大象踩死了。朋友之所以被称为‘朋友’，原因在于希望从他那里得到好处；敌人之所以被称为‘敌人’，原因在于害怕受其伤害。一个聪明的智者，一旦希望从敌人那里得到好处，便向他表示友好；倘若害怕朋友加害于自己，便向他显示敌意。君何不见幼畜跟随着它们的母亲，为的是吮吸母畜的奶汁；一旦幼畜断奶，它们便纷纷离开母畜而去。也许朋友与朋友断绝交往，并不是因为怕朋友伤害自己，因为不交往并不是什么敌意。”

老鼠稍稍停顿，接着又说：

“至于你我之间的事情本来就是本质上的敌意，后来因为某种需要使敌意变为友谊；一旦需要消失，友谊也便自然转为原来的敌意，事情回到了自己的根上。这就像加热的水，一旦水离开火，就自动变凉。对于我来说，没有比你更加凶狠的敌人了。由于你和我的共同需要，使我们一时和好结谊。你我相互需要的事情已成过去，我害怕随之而来的是敌意复归。弱者接近强敌是半点好处都没有的。无能者靠近劲敌只会丧命。我知道，你需要我，只是想把我吃掉。我不能相信你。因为我知道，对于弱者来说，警惕强敌要比被弱者欺骗安全得多。智者出于无奈，也会与敌人交朋友，强作姿态，对敌人表示友好，必要之时还会让敌人认为自己对敌人很放心；之后若有办法逃脱，定会急忙离去。”

老鼠稍喘一口气，又接着说：

“我知道轻易对一个人表示相信和放心，并不叫‘跌跤’或‘失足’。智者可以忠实实践自己对敌人许下的诺言，但不会完全信任敌人，也不可放心地接近敌人，而要尽量地远避敌人。我远远地与你结交，希望你平平安安地活下去，但我不能像刚才那样接近你。我们已经无缘相聚，你也不必要报偿我的恩情。就到这里吧！”

狮王与胡狼

相传，许久许久以前，有一只胡狼，住在一个口大而里面狭窄的山洞里。它常与狼、豺、狐狸待在一起，但胡狼却过着清廉、简朴的生活，从不像同类野兽们那样行事，更不像它们那样嫉贤妒能。胡狼既不吃肉饮血，也不虐待任何同伴。因此，野兽们与它发生争执，它们对胡狼说：

“我们对你的行为很不满意，我们也不赞成你的关于清廉的见解，因为清廉、简朴不能给你带来任何好处。你只有像我们一样生活、行事，才能成为我们的伙伴。你为什么不杀生害命、食肉饮血呢？”

胡狼说：

“和你们交朋友，并不能使我犯罪，因为我的内心无意犯罪。罪恶并非来自某些地方和某些朋伴，而是源自内心和行为。假若说人在一个好地方，他就会做好事，人在一个坏地方，他就会做坏事的话，那么，在圣堂里杀死修士就不是犯罪；而若在两军交战时不杀他，那才是犯罪。我只能与你们神交，但我的心和行为不能和你们一样，因为我知道那种行为会带来什么结果。所以，我仍然要洁身自好，固守良习。”

胡狼没有听从兽伴们的劝告，依旧像原来那样生活，素以虔诚、清廉而名扬四方。

胡狼的美名不胫而走，不久传到狮王耳里。狮王得知胡狼清正、廉洁、朴实、忠诚，随即派左右去请胡狼。

胡狼来到狮王面前，一番亲切交谈。没过几天，狮王又请胡狼来陪伴自己。狮王对胡狼说：

“如你所知，我的幕僚很多，助手如云。虽然如此，但我仍然需要良臣。我得知你清廉公正，使我更加想纳你为臣，且将把要任委托给你，把你推上尊位，让你成为我的近臣。”

胡狼说：

“帝王宜从那些重视、关心帝王宫廷事务的人当中选择自己的侍从和助手，最好不要强迫任何人去做自己不愿做的事情。一个人被迫做事，他是不会尽心尽力的。我素来对君王的事情感到厌恶，而且没有经验，更无同情君王之心。您是百兽之王，手下兽类无数，其中不乏有志有识之辈，它们对工作也很热心，对君王也富有同情心。你若任用它们，那必对你有益，而且它们也都愿意交此好运。”

狮王说：

“你就不要推辞了，我是不会不任用你的。”

胡狼说：

“世上有两种人能为君王效力，而我不属于其中任何一种。一种是弄虚作假、诡计多端的人，他们凭借欺骗撒谎达到自己的目的，依靠玩弄阴谋而保全自己；另一种则是迟钝呆傻的愚夫，谁也不会嫉妒他。谁若以忠诚、清廉侍奉君王，对阴谋诡计一窍不通，那么，他就自身难保；因为他不仅招来君王敌人的围攻，而且还会引起君王朋友对之怀有敌意和嫉妒；就是朋友也会与他竞争，想方设法夺取他的位子，甚至因此与他为敌，对他进行迫害。至于君王的敌人，他们则更恨他，在君王面前竭尽谗言，试图取而代之。假若这两种人将他包围，他也就只有死路一条。”

狮王说：

“我的幕僚们是决不会像你想象的那样迫害、嫉妒你的。你在我的身边，我会使你免于那些麻烦，并且会把你推向尊贵、显赫地位，让你一展雄图大志。”

胡狼说：

“假若君王有意善待我，那就让我留在这片水草肥美的原野上吧！我在这里可以平平安安、无忧无虑、自由自在。我知道，伴随君王的人一个时辰里所经历的磨难和恐惧是他人一生所无法想象的。短暂的平静、安稳生活要比长久的恐惧、忧虑生活强过百倍。”

狮王说：

“你的话我听明白了。你不必害怕，我看不会发生你所担心的事情。我遇事非求助你不可。”

胡狼说：

“假如君王非坚持自己的意见，那就请君王给我做个保证，保证在两种情况下不急于处置我：其一，君王的某位幕僚，地位比我高，但恐怕有朝一日我取代他的位置，故而想加害于我，便在君王面前说我的坏话；其二，某位比我地位低的幕僚，想与我争夺地位，于是亲口或以别人的口气在君王面前说我的坏话，以便使君王憎恨我。在这两种情况下，君王要保证彻底查明他们所言之事是否属实，然后再决定如何行事。我只有获得这个保证之后，才能帮助君王做事，按君王的叮嘱努力完成君王委托给我的重任。君王陛下，我不希望自己被别人践踏。”

狮王说：

“这些嘛，我全答应。我还可以给你更多保证。”

说罢，狮王把钱粮库钥匙交给胡狼管理，不允许其他幕僚插手。因而胡狼的地位大为提高。

狮王的幕僚们得知胡狼高升，个个怒气难平，不禁暴跳如雷。于是，他们集体策划密谋，决定想方设法让狮王憎恶胡狼。

一天，狮王吃肉时，发现有一块肉特别香，于是割下一半，令胡狼把它保存在最安全的地方，以备用时随手拿出。

狮王的幕僚们得知藏肉的地方，便偷偷将肉取走，将之藏到胡狼家里，而胡狼对此一无所知。之后，它们一起到狮王面前，说了胡狼的一番坏话，并诈称如果发生了什么意外情况怎么办……

第二天，午饭时间到了，狮王要胡狼将肉拿来，胡狼取肉时却发现那块肉不见了，寻找多时，也没有找到。胡狼根本不知道那是君王身边的那些家伙们有意陷害他而秘密策划的阴谋。

时隔不久，那些策划阴谋的家伙们来了，在狮王的议事厅里坐了下来。

狮王对那块肉的下落严加追问，结果谁也不吭声，只是你看看我，我看看你。

过了一会儿，其中一个用忠实告密者的口气说：

“无论情况对大王有害还是有利，我们一定要把真实情况告诉大王，哪怕对有的人来说感到难堪。有人告诉我，胡狼把那块肉带回自己家去了。”

另一个说：

“我不认为胡狼会干出这种事。不过，请查看一下吧！俗话说，知人知面难知心呀！”

又有一个说：

“凭我的信仰起誓，世上没有不透底的秘密。依我之见，假若你们仔细查看一番，果然发现那块肉是在胡狼家里，那么，大家提到的有关胡狼的种种缺点和背弃行为，就是千真万确的了。”

又一个说：

“假若此事当真，那么，问题就不单单是背信弃义，而且是忘恩负义，简直是胆大妄为，犯上欺君。”

又一个说：

“你们都是公正无私的，我不能否认你们的判断。不过，这一切都要依赖大王派人去胡狼家搜查后才能证实。”

还有一个说：

“如果大王要派人去搜查，那就请快一些行动。要知道胡狼的耳目到处都有啊！”

它们七嘴八舌，终于说得狮王信以为真，于是下令去叫胡狼。

胡狼来后，狮王问：

“胡狼，我让你保管的那块肉在哪儿？”

胡狼说：

“我把肉交给了厨师，托他送给大王。”

狮王下令把厨师叫来。其实，那厨师也早已与阴谋陷害胡狼的家伙们同流合污了。

狮王问厨师：

“那块肉在何处？”

厨师回答说；

“胡狼没交给我任何东西。”

随后，狮王派一个亲信去胡狼家搜查，拿到那块肉后，将之送到狮王面前。

这时，站在一旁的一只狼向狮王走去。那只狼没有说一句话，显得很公允；事情真相不明，对自己不知道的事情，它是从不发表意见的。

只见狼走到狮子王跟前，对狮王说：

“大王弄明胡狼的背信弃义行为之后，就决不要宽恕胡狼；不然的话，以后就无法查处他人的背叛行为和罪过。”

狮王下令把胡狼带下去，监禁起来。

这时，在座的一个臣僚说：

“我感到奇怪，大王料事如神，明察秋毫，怎么连胡狼背叛、欺骗自己都不知道呢？更奇怪的是，事情真相已经大白，却又为何宽恕胡狼呢？”

狮王派一臣僚作为差使去看胡狼，以期劝说胡狼悔过。

时过不久，那差使带回自己编造的一封假信，狮王看后大怒，下令斩杀胡狼。

狮王的母后得知此事，随即派人去见那些执行斩杀命令的侍从，要他们且慢行事，然后去见狮王。

母后对狮王说：

“孩子，胡狼有何罪，致使你下令斩杀它呢？”

狮王把发生的事情一一禀告母后。

母后听后说：

“孩子，你处理事情过于草率匆忙了。一个智者，只有抛弃草率匆忙之习，才不至于后悔莫及。匆忙草率行事者，必自食后悔苦果，原因在于欠缺深思熟虑。世上没有任何人比国王更需要从容镇静、稳重谨慎从事的了。女人靠丈夫，孩子靠父母，学生靠教师，军队靠将领，修士靠宗教，大众靠君王，君王靠实力，实力靠智慧，智慧靠谨慎。谨慎是一切关键所在，而国王的谨慎在于对臣僚的知人善任。作为君王，要深刻了解臣僚，让他们依照自己的能力各就其位，各尽所能。要知道，他们惯于相互说坏话，互相攻击；假若有的人一旦发现有办法将另一些人置于死地，那么，他们就会把想法化为行动。”

母后停顿片刻，继之又说：

“孩子，你已考察过胡狼，检验过它的见地、忠诚和信义，而且你不时地称赞他，对他感到很满意。对于一个爱喝酒的人来说，如果想买酒，就应该检验酒的颜色、味道和气味。对于一位君王来说，不应该在喜欢、信任一个近臣之后，又将之抛弃。自打胡狼来到宫中到现在，它清正廉洁，并无任何背叛行为。君王切不可因为一块肉这种小事，就急于处死胡狼。孩儿呀，你应该仔细调查一下胡狼的情况，你会知道，它素来不去碰肉，更不吃肉，怎么会动你的那块肉呢？也许君王察看一番之后，就会弄明白胡狼的宿敌们在耍阴谋，把肉藏在胡狼家去的正是它们。一只鹞鹰爪里抓住一块肉，其余的猛兽们就会把它包围起来；一条狗衔着一块骨头，群狗就会追之。胡狼自第一天进宫至今日，它做的全是好事；为了君王的利益，它甘愿承担任何风险；为了使君王省心舒适，它能够不辞辛苦；而且从没有瞒着君王做任何一件事情。”

母后与狮王谈话时，一位亲信走了进来，报告说事情已经查明，胡狼是无辜的，没有任何责任。

这时，母后说：

“君王确知胡狼无辜蒙冤之后，就不要轻饶那些阴谋陷害胡狼的幕僚，以免后来者制造更大的事端，而应该严惩那些诬陷良臣的奸臣，防止它们旧戏重演。一个智者，理应明辨奸与忠，敢于惩治那种为蝇头小利而胡作非为的叛逆之徒，还应该根据下人的功过进行奖罚。你已经知道了动辄发怒的过失。谁因小事而大怒，就不能获得大多数人的欢欣。细草编成的绳结实，可以拴住强有力的大象。你最好再次复查胡狼的品性，要怜悯它。而那些劝你严惩胡狼的臣僚，它们是不会亲近你的。芸芸众生当中，有一种人，在任何情况下都是不可抛弃或远离的，那就是善良、高贵的智者。因为他们忠诚可靠、信守诺言、知恩感恩、待人诚恳，远避嫉妒之意，更无害人之心，为兄弟、朋伴敢于两肋插刀，哪怕为此付出沉重无比的代价。至于那种应该抛弃、远离的人，他们则以奸诈阴险为特点，他们背信弃义，不知谢恩，毫无同情、怜悯之心，纯属忘恩负义之辈，不信来世奖惩报应。你了解胡狼，并对它进行了考验，理当继续重用它。”

狮王听罢母后一番规劝，派人唤来胡狼，当面向胡狼道歉，承认自己的过错，并答应善待它。

狮王对胡狼说：

“我对不起你，特此向你道歉。我将让你官复原职。”

胡狼说：

“世上最坏的朋友，是那种损人利己的人。世间最坏的人，是那种不用同样目光看待自己和他人的人，或者采取非法手段满足私欲的人。朋友当中常会出现这种人。君王既然已经弄明了我的情况，那就决不应该强迫自己再不相信我说过的话。我已对君王说过，我是不值得依靠的，而像我这样的也不应该陪伴君王。因为君王不应该与严厉惩罚别人的人为伴，而且本来就应该拒绝与他们接近。手握王权者一旦退位，在远离王权的情况下，才是值得敬重的。”

胡狼说了这么一番话，但狮王根本没有听进去。

胡狼说罢，狮王说：

“我已考验过你的品质和德行，深知你忠诚可靠，而且我也知道谁在欺骗撒谎，企图假我之手加害于你。你如今在我的心目中是一位忠实可靠的可敬可亲之臣。一个高贵的人，一次善待能够使他把多次的亏待忘到脑后去。我已恢复了对你的信任，那就请你也恢复对我的信任吧！这样，给你我都会带来欢乐。”

从此，胡狼官复原职，狮王对他加倍敬重，胡狼的心一天比一天贴近君王。

母狮、猎人与胡狼

相传，很久很久以前，在一片山林中，住着一头母狮，它有两只小狮崽。

母狮外出觅食，将两只狮崽留在洞穴里。

小狮崽不喜欢洞穴中的黑暗，便跑出洞穴，在洞口旁边玩耍。正在这时，一个猎人走来，看见两头小狮崽正在那里玩耍，于是搭弓放箭，一箭射杀了两头小狮子。之后，猎人剥下小狮子皮，放在猎袋里，带回家中。

母狮觅食回来，见两个小宝贝遭杀，留下两具赤裸裸的小尸体，场面惨不忍睹，心中悲伤万分，随即躺在地上，四脚朝天，大哭大喊不止。

住在旁边的胡狼听到母狮的哭叫声，走了过来，对母狮说：

“你这是怎么啦？你有什么难过的事，就请告诉我吧！”

母狮说：

“有一个猎人把我的两个小宝贝儿射杀了，把皮剥掉带走，留下赤裸裸的两具尸首。”

胡狼说：

“你不要难过，想想你自己的所作所为吧！你要知道，这个猎人这样对待你，不过像你对待别人一样罢了；而那些人也都像你现在一样，看到自己儿女的不幸遭遇，痛苦悲伤不堪。面对这种情景，你要像别人一样忍耐。有道是：欠债还钱，杀人偿命；行善得奖，作恶必罚；如同农夫耕种，多种多收，少种少收，种瓜得瓜，种豆得豆，种上什么收什么。”

母狮说：

“请你把话再说得明白一些吧！”

胡狼问：

“你今年多大年纪了？”

母狮答道：

“一百多岁了。”

“你原来以吃什么为生？”

“以吃兽肉为生。”

“谁供你兽肉呢？”

“我自己打猎，自己享受。”

“你所捕食的那些野兽，它们可有父有母吗？”

“当然有的。”

“既然如此，那么，我为什么既没听见，也没看到它们的父母们像你现在这样悲痛难耐、大喊大叫呢？难道说你今天所面临的灾难，不正好说明你没有考虑事情的后果，没有仔细想一想由于你的愚蠢行动，会给你带来什么危害后果吗？”

母狮听胡狼这样一说，顿时恍然大悟，知道这种结果是由于自己的行动造成的，正是自食其果，自作自受，同时意识到自己所作所为是不道德的，于是放弃猎食兽肉，改吃野果，从此苦苦修行，虔诚膜拜安拉。

有一天，雉鸠看见母狮吃野果，觉得很奇怪。因为雉鸠本是果林的主人，素以水果充饥。雉鸠问母狮：

“我们的果树今年结果甚少，我本以为那是因为天旱无雨造成的；今天见你来到这里吃果子，我才知道今年的果树同往年挂的果子一样多，只是因为你吃了果子，果子才显得少了。你本以食肉为生，如今却抛开了安拉为你安排的食物，转而来吃他人的食物，闯入他人的生活领域，这不仅给果树、果子带来灾难，而且也将为这里以食果为生者带来灭顶之灾，原因在于你来了，夺去了他们的食物。你要知道，你的生存空间不在这里，这里没有你习惯上赖以生存的食物。”

母狮听雉鸠这样一说，放弃了吃果子，改以青草为生，依旧虔诚膜拜安拉。

修士与来客

相传，很久很久以前，在凯尔赫的土地上住着一位虔诚的修士。

一位客人来访修士，修士拿来一些椰枣，让客人尝鲜儿。

客人和主人一道吃了些椰枣，然后对修士说：

“这椰枣真是香甜可口呀！在我们家乡没有这种东西；若能在我们那里栽种一些，那该多好啊！”

客人沉默片刻，又说：

“我希望你能帮一下忙，让我带走一些种子，种在我们那块土地上。因为我对你们这里的果木不熟悉，更不知道该种在什么地方。”

修士说：

“你这样想，恐怕使你白白辛苦，没有什么收获。也许这种椰枣树不适于在你们那里的土地上生长。你们那里的果树种类繁多，哪里缺少这么一种枣椰树呢？再说这种椰枣吃下肚去，难以消化，对身体也没有多大好处。”

修士沉默片刻，又对客人说：

“想求得不到的东西之人，不能算作一个智者。你若能满足于自己已有之物，不贪求未得之物，那就是一个幸运人。”

修士讲的是希伯来语，客人觉得美妙动听，心中羡慕不已，于是花了很大力气，勉强一连学了数日，结果收效甚微。

修士说：

“你丢掉自己的语言，强迫自己说希伯来语，就跌入了乌鸦的穴臼之中。”

“那是怎么回事呢？”客人问。

修士说：

“相传，很久很久以前，有一只乌鸦，看见一只正在散步的鹧鸪，心中十分羡慕它的行走姿势，一心想学鹧鸪走路，于是强迫自己练习，但无论怎样也学不像，不免感到失望。这时，它想恢复自己的行走姿势，结果自己原来的姿势也杂乱无章了，最后成了行走姿势最丑的一种鸟。”

修士稍微喘了一口气，接着说：

“我之所以给你举了这么一个例子，原因在于我看见你丢弃了自己的语言，竟讲起希伯来语，而希伯来语是你所不熟悉的。因此，我担心你学不好希伯来语，反而会把自己原来的语言忘掉，回到乡亲们中间去之后，你会成为说话腔调最丑的人。有句话说得十分在理：勉强做不适于自己做的事情，既不是自己应该做的事，也不是父辈祖辈曾教给自己的工作，那是最愚蠢的人。”

鼠　王

相传，很久很久以前，在婆罗门大地上有一个地方，名叫“道拉特”，其面积仅有一千法尔萨赫。那个地方中央，有一座城市，名叫“拜德鲁尔”。该城城郭占地很大，人口众多，人们过着舒适自由的生活。城中住着一个硕鼠，名唤“米赫拉伊兹”，它居住在本城中所有老鼠的国王。

鼠王手下有三位宰相，遇事必与他们商量。第一位宰相名叫“鲁兹巴德”，是一位见多识广、精明能干、经验丰富的良相，鼠王十分赏识它的智慧和才能。第二位宰相名叫“舍尔阿”，第三位宰相名唤“巴格达德”。

一天，鼠王召集三位宰相，向它们征询善待百姓事宜。

三位宰相到齐后，鼠王与他们商讨了许多国事，话题最后集中于一点，即：我们能不能使我们的子孙后代免受猫的恐吓与威胁？

舍尔阿、巴格达德两位宰相对鼠王说：

“陛下，您是我们的头领，您智慧超群，见地卓越。人们常说，有两种瘟疫，只有精明的谋士才能将之驱散。无论在这件事还是在别的事情上，我们都得依靠国王陛下的宽厚、英明和周到的谋划行事。在这种大事上，我们随时听候国王的命令。这样，我们将与国王的大名一起流芳至永久。在这件大事上，所有鼠民，尤其是我们，定会满腔热情、全力以赴地传达国王的意志，不惜以身殉职。”

两位宰相说罢，鼠王的目光转向第一位宰相。国王见鲁兹巴德宰相一言不发，大怒道：

“喂，我的贤相，有关此事，你本该发表高见，怎么像个哑巴，只字不吐、一言不发呢？”

鲁兹巴德宰相听国王这样一问，方才开口道：

“我到这个时候还不开口说话，陛下不应该为难我。我之所以不说话，目的在于先听听伙伴的意见，好好想上一想，然后才发表我的看法。”

鼠王说：

“既然如此，你现在就谈谈你的意见吧！”

鲁兹巴德宰相说：

“我只有一个想法，那就是：假若国王陛下在这件事情上早有达到自己目的的谋略，也便早就付诸实施了；如若不然，陛下也就用不着去思考这件事情了。因为无论是筋骨还是血统，都是从先辈那里继承下来的，本性也是由父辈传给儿辈。因此，任何一位天王都不能使人的遗传基因发生变化。”

鼠王说：

“不仅是血统辈辈相承，所有的事情都是如此，不论大小轻重，都不可能超出界限。因为任何东西都只会存在于一定的时间内，期限到了也便消失，只是人们不知道消失具体时间罢了。这便是天命；天命需要珍视，如同二目之光需要太阳之光。”

鲁兹巴德宰相说：

“事理正如国王陛下所讲。因此，面对无计可施的辈辈相传的血统问题，还是不去拨弄为好。如果有人想改变血统遗传规律，那就好像是想改变已经达成的协定，说不定会由之产生出更大的瘟疫，致使事态演变到不可救药的死亡地步。”

国王与宰相

相传，很久很久以前，在尼罗河流域，有一位国王，他所管辖的地域里有一座高山，山上林木茂盛，果树成行，硕果累累，山泉奔流。就在那座山中，生活着多种猛兽和别的动物。

就在那座山脚下，有一个山洞，从那个山洞里吹出一种风，那种风是吹在世界上三个半地区的七种风当中的一种。

那个山洞旁边有一座房子，从建筑到装修均精美无比，世所罕见，国王及其亲属就住在那座房子里，国王从未想过让他们离开那里。

国王手下有位宰相，国王遇事必与他商量。有一天，国王召来宰相，对他说：

“你知道，鉴于我们的先辈做过许多善事，积德甚厚，至今犹存，因此我们的事情件件顺利，如愿以偿。我们住的这座房子，假若旁边没有那个山洞，没有从那里吹出来的风，这房子简直就像天堂。不过，我们应该尽心尽力想个办法，把这个往外吹风的洞口堵上；如果能堵上洞口，我们就在这个世界上赢得了一座天堂，并且拥有了不朽的荣光。”

宰相说：

“我是陛下的奴仆，唯陛下的命令是从。”

国王说：

“这并不是我的要求。你有什么话，就说出来吧！”

宰相对国王说：

“在这种时候，我只能这样回答。因为国王比我见多识广，比我精明高尚。刚刚提到的这件事，只有借神仙之力才能办到，因为这种事情太难了，人是不可能做成的。人力弱小，难为大事。就请国王陛下仔细考虑一下自己要办的事情吧！假若国王有办法，并且深知由此而产生的好处和坏处，那就指点给我们；如若不然，就不必苦思冥想此类的事情。此时此刻，说话当然是很容易的，但要知道事情的后果，那是很难的。因此，我们应该深思一下，免得由此事生出梦想自己生出双角，却失去了两只耳朵的驴子的结果。”

驴子与驯鹿

相传，很久很久以前，有一个人养着一头公驴。主人天天给公驴加料，公驴渐渐膘肥毛光，竟患上了狂犬症，性情亢奋起来。

有一天，主人牵着公驴去河边饮水，远远看见一头母驴，便骚动暴跳，鸣叫不止。主人见公驴暴跳，唯恐跑掉，便立刻将它拴在河边的一棵树干上，然后走向母驴的主人，让他将母驴牵走。那位主人急忙牵走了自己的母驴。这时，那头公驴围着树打转，暴跳有增无减。公驴正围着树打转时，忽然低头看见那根硬邦邦的棍子，心想："这根棍子适用于打仗厮杀……可是，我除此一无所有，仅有这一件东西又能派什么用场呢？仅仅这根棍子是不能杀敌人的，再说我也不是善于征战的骑士呀！虽然如此，我还是能用它打打什么的……"

驴子沉思着，主人见驴子平静下来，正想把它牵回家之时，只见一头驯鹿由主人牵着来到河边饮水。那驯鹿的双角如同分杈树枝，煞是好看，简直美不胜收。驴子看在眼里，羡慕在心，自觉那正是自己所梦想所拥有的。

驴子眼见驯鹿走近，抬头微笑，对驯鹿表示欢迎，然后又低头沉思起来："这驯鹿本来就有长矛、弯弓和别的武器，为何头上还生着这美丽的双角呢……毫无疑问，它定是一位善于驰骋沙场的英雄骑士。我若能逃出去，与驯鹿相随，为它效力，全照它的命令行事，我也能学到骑术。它若看到我全心全意为它效力，还能为它出主意，对它敬重有加，它定会毫不吝啬地送给我几件武器。到那时，即使安拉没有赐予我以福气，这头驯鹿也会尽力给我以补偿的……"

驯鹿见驴子躁动不安，心中纳闷不已，于是抬起头来，停止饮水。驴子见此情景，心想："那驯鹿见我气质高贵、聪明机灵、容貌俊秀，定是喜欢我，为我而心动了。"

主人见驯鹿不喝水了，便将之牵回家中。驯鹿主人的家就在离拴驴子的那棵树不远的地方。驴子一直目送驯鹿走进主人的家门，并记住了那家门口所在的地方的标记。旋即，驴子也被主人牵回家中，拴在槽旁，并往槽里加足了饲草和精料。

驴子一心想去访问驯鹿，既不吃也不喝，开始苦心思索想主意。它自言自语说："我应该今夜就到驯鹿那里去……"

夜幕垂降，主人正忙于备晚餐和饮料之时，驴子便奋力挣脱缰绳，撒腿向驯鹿主人的家门跑去。跑到那里，见那家大门紧锁，驴子只能透过门缝往里看，但见驯鹿自由自在，脖子上连缰绳都没有拴着。驴子怕被人发现，于是在墙角处躲藏了起来，一直站到东方透出黎明曙光。

天亮了，主人牵着驯鹿走出家门，打算去河边饮水。主人握着长长的缰绳在前面走，驯鹿跟在主人后面。

驴子见此情景，便跟着驯鹿，边走边用驴子的语言和驯鹿说话，而驯鹿完全听不懂驴子在说什么，于是与驴子踢打起来。驯鹿主人回头见此情形，举起手中的鞭子，朝驴子抽去。驴子想："看来阻碍我与驯鹿交谈、为驯鹿效力，并且不让我向驯鹿吐露我内心所思所想的就是这个牵鹿人！"想到这里，驴子猛地扑向驯鹿主人，狠狠咬了主人一口。

驯鹿主人费了好大力气，方才挣脱开来，心想："我抽打了它，难免它今后为我带来伤害。我必须在它的身上做个记号，日后再看见它，也好找它的主人报仇。"随即拔出腰间的刀子，冲上去割下了驴子的两只耳朵。

驴子回到自己的主人家中，受到来自主人的比割耳朵更重的惩罚，驴子这时心想："我的父辈比我还有能力，但它们惧怕由此而带来的恶果，因此未曾贸然行事过……"

行者与银匠

相传，许久许久以前，一伙人挖了一口井，结果一个银匠、一条蛇、一只猴子和一头老虎相继跌入井中。

时隔不久，一位行者路经井旁，朝井里一看，发现跌入井里的有人、蛇、猴子和老虎。行者心想："我要为自己的来世积阴功，理当做善事；最好的善事莫过于把这个人救上来，使其免受敌人的残害。"

想到这里，行者走去找来一条绳子，系下井去，不期猴子灵巧机敏，抓住绳子，眨眼间攀爬到地面上来了。

片刻后，行者再次把绳子系下去，那条蛇迅速攀绳而上，也爬到了地面。

第三次放下绳子，老虎抓住绳子，行者用力将它提了上来。

猴子、蛇、老虎感谢行者的大恩大德，并对他说：

“您千万不要救井下那个人！世上没有比人更不知感恩戴德的了，尤其是井下这个人。”

猴子对行者说：

“我的家就在距那座城不远的山中，那座城名叫‘奈瓦德尔赫特’。”

老虎对行者说：

“我住在那座城边上的森林里。”

蛇对行者说：

“我住在那座城的城墙里。您如有一天经过我们这里，有什么事情要我们帮忙，那就请去找我们，我们一定来迎接您，报答您的大恩大德。”

行者没有顾及猴子、蛇、老虎的告诫，转身把绳子系下井去，救出了那位银匠。

银匠到了井上，向行者叩头行礼，并且说：

“你为我办了一件大好事呀！日后若过奈瓦德尔赫特城，就请打听我的住址吧！我是个银匠，名叫‘富拉能’，希望我有机会报答你的恩情。”

说罢，银匠向城里走去，行者也向自己的目的地进发了。

没过几天，行者有事要到奈瓦德尔赫特城去。来到城边的山中，那只猴子出来迎接行者，再三跪拜行礼，亲吻行者的双脚，并且向行者表示歉意，说：

“我们猴子一无所有。不过，请您稍坐一会儿，我马上就来……”

猴子走去，片刻后带回许多鲜美水果，摆放在行者面前。行者美食一顿水果，告辞而去。

行者行至城门附近，那只老虎出来迎接行者，三叩五拜之后，说：

“您对我有救命之恩哪！请您安安稳稳在这里坐一会儿，我去去就来。”

老虎离去，越过城墙，冲入公主家中，将公主杀死，抄起公主的金银首饰，没多大一会儿就回到行者面前，将首饰送给行者，而行者根本不知道这些金银细软由何而来。

眼见这些金银饰物，行者心想：“这猛兽如此厚报我，给了我这么多金银，我何不把它带到那位银匠那里呢？假若那银匠已落到山穷水尽境地，家中一无所有，他可将这些首饰变卖，换成钱财，即使给我一部分，他留下一部分，也足够我花用了，更何况那银匠对金银的市场行情再清楚不过了呢？”

想到这里，行者向城里走去。不大一会儿，行者来到了银匠铺。那银匠见是行者，对他表示欢迎，随后将行者带到自己的家中。

银匠看见行者带的那些金银首饰，立即认了出来，因为那全是他亲手为公主加工打制的。

银匠说：

“你先坐坐，我给你弄点吃的，转眼就回来；家中东西实在拿不出手，不足以待客。”

银匠出了家门，边走边自言自语说：“机会来了，千载难逢，千载难逢啊……我马上去见国王，把这个人送到国王那里去，我定会一步登天！”

银匠快步行至王宫门前，求门卫禀报国王，向国王传他的话：“杀死公主并抢走公主首饰的那个家伙，现在我家中。”

国王听到此话，随即派人将行者解入宫中。

国王见行者带的全是公主的首饰，未容分说，便令宫役棍棒相加，继之绳捆索绑，遍游大街小巷，随后打入牢中。

行者受尽折磨，泪如雨下，高声叫道：

“当初我若听了猴子的劝告，我何至遭此磨难呀？它们都劝我不要救那个人，说人是最不讲感恩的……”

行者一再重复这几句话，不期被那条蛇听见了，随即从穴里爬了出来，一眼认出那就是自己的救命恩人，不禁心急如焚，立即想办法救他。那条蛇迅速爬去，狠狠地将王子咬了一口。

国王眼见儿子被咬伤，立刻派宫仆去请医师，让他们为王子治伤，结果谁也没有办法治愈被蛇咬伤的王子。

那条蛇走去找到自己的一位精灵朋友，把行者的救命之恩讲得一清二楚，并说明了目前行者的悲惨处境。精灵听后，由衷同情行者，随即来到被蛇咬的王子面前，一番揣测推想之后，对王子说：

“你的这种伤，除了被你们无辜惩罚的那个人用神法为你诊治外，无人能医。”

那条蛇扭头向关押行者的监牢爬去。蛇见到行者，对他说：

“恩人哪，我曾劝您千万不要救落在井里的那个人，但您没听我的劝告。”

说着，蛇把一片能解蛇毒的树叶给了行者，并叮嘱说：

“他们若带你去为王子医伤，你就把这片树叶泡在水杯里，让王子将那杯水饮下，他的伤口会立即愈合。如果国王问起你的情况，你要如实相告。但期你安然无恙。”

王子听罢精灵的话，对父王说：

“有一位神灵告诉我：‘除了被无辜关押的那位行者用神法为我调治外，其他人谁也治不好我的伤口。’”

国王听后，立即派人将行者带来，命令他用神法为王子治伤。

行者说：

“国王陛下，我本不善于用神法医病，但用这片树叶泡水，让王子饮下，伤口即可愈合。”

按照行者的话将树叶浸入杯水中，片刻后让王子将水饮下，果然王子的伤口当即愈合。

国王见之，格外高兴，问起行者的情况，行者如实相告。国王重谢行者，赐赠许多金银财宝，并随即下令将那银匠捆绑起来，视其谎言满口、背信弃义、以冤报德等恶迹，令宫役竖起绞刑架，将银匠绞死。

哲学家与鞋匠

一次，一位哲学家穿着破鞋来到修鞋铺，对修鞋匠说：“我想修修这双鞋子。”

鞋匠说：“我现在正修别人的鞋，而且还有些鞋子也非修不可，然后才能轮到修你的鞋。不过，你可以把鞋放在这里，今天先穿这双鞋走，等明天我给你修好后再来取你的鞋子。”

哲学家生气了，说：“我从不穿别人的鞋子。”

鞋匠说：“那好！你真是一位哲学家，不能把你的脚放在别人的鞋子里吗？这条街头上还有一个鞋匠，比我更了解哲学家，你到他那里去修鞋吧！”

修士与奶油罐

相传，很久很久以前，在某一城中，住着一位修士，专靠某一显贵的施舍为生。

那家显贵每天给修士三张发面饼，另加一点奶油和蜂蜜。在那座城中，奶油是很贵的。

修士要来奶油，舍不得吃，把奶油盛在一个罐子里，终于积攒了满满一罐子的奶油。修士望着那装满奶油的罐子，心中甚为高兴，为避免闪失，小心翼翼地把罐子挂在自己床的上方。

一天夜里，修士坐在床上，手里拿着拐杖，想到本地奶油的价钱那么贵，他暗自沉思："我应该把这罐子奶油全部卖掉，用卖掉的钱买一只母绵羊，和牧人的公绵羊一起放牧……第一年，我的母羊生下一只公羊羔和一只母羊羔……第二年，又生下一只公羊羔、一只母羊羔……母羊羔长大，又生公羊羔、母羊羔。如此年复一年，一只母羊羔生了一大群羊。之后，我和那牧羊人平分，我把自己分得的一半拿到集市上去卖，拿卖得的钱买一大块地，在那里建造一座宫殿，随后购买家具、陈设和服装，买男仆婢女，再同一位富商的千金结为夫妻。我要举行一个空前未有的盛大婚礼，屠牛宰羊，做各种美味佳肴和各式甜点，备好各种糖果。我要请天下所有乐师、歌伎和各行艺人，要他们同台献艺，为我的婚礼庆典增光添彩。我要弄来各种奇花异草，用来把我的庭院装点成花园。我还要邀请穷人、富翁、学者、绅士、文武百官来参加我的婚礼；不论是谁，他们要什么，我就给他们什么。我要备好各种吃的喝的，让它一应俱全，应有尽有。我要派传令官沿街呼喊：'公众们，谁想要什么，就可以得到什么！'婚礼完毕，我和我的新娘子相携入洞房……我要仔仔细细欣赏她那花容月貌、婀娜风姿、苗条身材、丰隆酥胸……我与娘子交欢畅饮，边吃边喝，暗自说：'我的愿望已经实现了！'随后，我永远告别我的修行生活……不久，我的小娘子身怀有孕。十月怀胎，一朝分娩，为我生下一个漂亮的小男孩儿，我立即为我的儿子举办宴会，招待各方贵客。我要把我的儿子放在最好的环境里抚养，我要亲自把他培养成出类拔萃的知名人物。在众宾客面前，我因为有那样一个聪明伶俐的儿子而自豪。我要我的儿子做好事，他必言听计从；我禁止我的儿子背信弃义，他绝不会违抗我的命令；我叮嘱他敬畏安拉，从善积德，他会乖乖地听从我的指教。如果我的儿子听我的话，我就给他准备上好礼物；如果他敢于违抗我的意志，我就用这根手杖揍他……”

想到这里，修士真的将手杖一扬，要打他的“儿子”。不料，一杖击打在奶油罐上，只听哗啦一声，罐子碎了，奶油倾泻而下，淌落在修士的头上、衣服和胡须上，一时间，修士成了个奶油人。

塘鱼与螃蟹

相传，很久很久以前，在某一个地方，有一个水塘，塘中生活着一群鱼。

有一年，天久干旱不雨，塘中的水渐渐减少，鱼儿们相互挤在一起，眼见剩下的水不足以维持生命，它们便纷纷议论说：

“我们该怎么办呢？该向谁请教救命良策呢？”

一条年高德劭、足智多谋的鱼说：

“依我之见，别无良策，只有向安拉求救了。不过，我们应先去找找螃蟹，听听它的意见，因为它是我们的头领，经验与阅历都比我们丰富。我们快去找它，看看它有什么好办法。”

大家一听，认为这个办法甚好，于是相携去找螃蟹。

它们来到螃蟹家中一看，见它伏在家里，对外面的情况一无所知。

鱼儿们向螃蟹问安之后，说：

“头领阁下，你是我们的长官、主人，难道我们的事情与你无关？我们想问一件事情。”

螃蟹说：“你们好哇！你们怎么啦？有什么事吗？”

鱼儿们把塘水近于干涸的消息对螃蟹讲了一遍，并且说：

“塘干了，我们的生命也就完了。我们来拜访你，就是想听听你的意见，因为头领见多识广，经验丰富，所以我们特来向你问策，以期获得摆脱危险的办法。”

螃蟹低头沉思良久，然后说：

“你们对伟大安拉的慈悲感到失望，不相信安拉会保证一切生物有养生食粮，足以证明你们无知。难道你们不晓得伟大安拉无偿地供其奴仆衣食吗？你们有所不知，安拉在创造一物之前，就已为之安排好了衣食，而且为之规定了寿限。既然万事已有前定，我们何必担忧呢？依我之见，没有比求助安拉默助更好的办法了。因此，我们每个人都要表里如一地衷心信从安拉，祈求安拉把我们从灾难中拯救出来。安拉是不会让信奉、依赖他的任何人失望的，也不会拒绝任何祈求者的要求。”

螃蟹停顿片刻，又说：

“只要我们的态度端正了，衷心依赖安拉，一切事情都好办，一切好事也便来了。冬季来临，我们的祈祷弥漫大地，我们的祈求必将得到安拉的恩赐。依我之见，我们只要耐心等待安拉的安排就是了。假若我们命中该死，也就没有什么牵挂了。如果非逃离不可，定会迁到安拉为我们安排的地方去。”

鱼儿们异口同声回答道：

“头领啊，你说得对！安拉会降福给我们的。”

说罢，鱼儿们各自返回自己的住处去了。

过了没几天，安拉降下喜雨，塘里积满了水，鱼儿们欢喜如初。

乌鸦与蛇

相传，很久很久以前，一只乌鸦和它的妻子住在一棵树上，过着幸福、平静的生活。孵卵的时间到了，正值炎热季节。

一天，一条蛇爬出洞穴，直向乌鸦夫妇居住的那棵树上攀爬而去。蛇爬到乌鸦巢，便在那里住了下来，住了整整一个夏天，害得乌鸦无家可归，无处安身。

炎热的日子过去了，那条蛇方才回到自己的洞穴里。

乌鸦对妻子说：

"赞美安拉！正是安拉救了我们，使我们终于摆脱了这场灾难。我们即使今年没有吃的，安拉也是不会让我们饿死的。我们万分感谢安拉保佑我们平安无事。我们别无依靠，只有把一切托付给伟大的安拉。假若我们有幸活到来年，安拉一定会给我们弥补今岁的损失。"

第二年的夏天到来了，乌鸦孵卵的时间来到了，那条蛇爬出洞穴，又向着那对乌鸦的窝巢攀爬而去。那条蛇攀爬而上，像往年一样，直奔乌鸦窝巢。就在那条蛇刚要接近乌鸦巢时，一只鹞鹰突然俯冲下来，猛啄蛇的头部，撕破了蛇皮，只见那蛇"呱嗒"一声跌落在地上，一下被摔得昏了过去，群蚁蜂拥而上，未过一个时辰，将那条蛇吃掉了。

从此以后，乌鸦夫妻又过起平静、舒适、放心的生活，孵出了许多小雏鸦，夫妻俩连声赞美安拉保护它们平安，赐予夫妇俩成群的子女。

野驴与狐狸

相传，很久很久以前，有一只狐狸，每日出穴觅食。

有一天，狐狸正在山中行走觅食，不知不觉天色已晚，便向自己的洞穴走去。狐狸正走着，遇见另外一只狐狸。

两只狐狸相遇，都把自己的觅食的情况讲给对方听。一只狐狸说：

"前几天，我捕住一匹野驴。当时，我已三天没有吃到东西，肚子饿极了，因此十分高兴，连声赞美安拉给我的恩赐。因为肚子太饿，我马上把野驴心掏出来吃掉了，而且吃得饱饱的。之后，我回到洞穴里，一连三天没找东西吃。虽然如此，但我也没有感到肚子饿，直到现在还饱着呢！"

这只狐狸听了那只狐狸讲的故事，嫉妒之心顿生，心想："我一定要吃到野驴的心才罢休！"

这只狐狸回到洞穴中，一连数日不吃不喝，眼见身体日渐消瘦，四肢无力，行走不便，几乎濒临死亡，整日趴在洞穴里。

一天，忽有两个猎人跑来，正在追逐一头野驴。他们整整追了一个白天。

一个猎人拉满弓，射出一支叉头箭，箭入野驴腹内，正巧钻入驴心，野驴当即倒下丧命，正好倒在狐狸洞穴前。

两个猎人跑过来，见野驴已死，便走上前去，将箭拔出，但只见拔出箭杆，叉箭头仍留在野驴心脏里。

夜幕降临，狐狸饥肠辘辘，心慌意乱，虚弱不堪，挣扎着走出洞穴。忽见一头野驴躺在洞穴前，不禁心花怒放，高兴得简直要跳起来。它说：

“啊，赞美安拉，天无绝人之路，我终于可以不劳而饱餐一顿了。我万万没有想到野驴会倒在这里，更不曾想到什么野兽会自动走上门来。也许这是安拉特意给我送来的。”

狐狸纵身跳到野驴身旁，一口咬开野驴的肚子，伸进头去，一番寻找，终于触到野驴的心，一口咬了下来，恨不得想一口将之吞进肚子里。然而狐狸万万没有想到，一颗分叉箭头还在野驴的心上。狐狸刚一吞咽，那分叉箭头便死死地卡在了它的喉咙里，既吐不出来，又咽不下去。

狐狸这才感到大难临头，自信必死无疑，悲痛地叹道：

“人不该贪图安拉分给他的非分之物，这话千真万确。假若我满足安拉的恩赐，我本来不会走上死路的。”

游荡王子

相传，很久很久以前，在西方的一个国家里，有一个暴虐君王，暴烈成性，鱼肉百姓，对每一个进入他的王国的人，都要进行横征暴敛，常把人家的财产扣下五分之四，只给人家留五分之一。

那个暴君有个儿子，心地十分善良，见世风日下，便毅然抛弃红尘，云游四方，专心膜拜安拉，拒绝接近世俗，游荡在荒原、旷野，走遍城乡，寻道修行。

有一天，这位游荡公子进入京城。他刚一进城，便被守兵抓住，随之带去搜身。守兵们搜了许久，结果发现王子只有两件衣服，一件新的，一件旧的。守兵对他进行一番侮辱之后，扒去他的新衣服，给他留下那件旧衣服。

王子抱怨说：

“你们这些该死的暴虐之徒！我是个身无分文的苦行僧，你们扒去我的衣服，对你们有什么用呢？你们若不把衣服还给我，我就去国王那里控告你们。”

守兵满不在乎地说：“我们是照国王的命令行事的，你想怎么办就怎么办吧！”

王子行至王宫大门前，想进宫去见国王，侍卫们不让他进，他只得后退到一边。王子心想：“我只有等国王出来时，上前向他讲述我的不幸遭遇。”

王子正站那里等候国王出来，忽听一名侍卫高声喊道：“国王驾到……”

王子缓步走上前去，在宫门前站下来。片刻后，国王果然出来了。王子上前拦住国王，行礼后，为国王祈祷祝福一番，随后将守兵扒去他衣服的暴行报告了国王，并且对国王说，他是弃绝红尘、专事崇拜安拉的修士，是为了求得安拉的喜悦而出家漫游的；他所投之人，无不尽力善待他；他所到之处，无人不对他表示欢迎。

王子接着说：

“我进入本城，本希望城中的人们也像对待别的云游者那样善待我，然而出乎意料，守城人竟拦住我的去路，扒掉我的衣服，对我进行毒打、侮辱。国王陛下，你瞧瞧呀，竟然把我折磨成了这个样子！国王陛下，请你关照我一下，把我的衣服要回来，让我马上离开这座城市，一时一刻也不停留。”

暴虐国王回答道：

“你根本不晓得本城国王如何行事，却贸然闯进本城，能怨谁呢？”

王子说：

“我拿到衣服后，请你们任意处置！”

听游荡王子这样一说，国王面色顿改，勃然大怒道：

“你这个傻瓜！扒掉你的衣服，目的在于侮辱你。你竟敢在我的面前喊冤，岂不知我连你的命都要扒掉！”

说罢，国王下令将王子关押起来。

王子入牢之后，想起自己在国王面前说的那些话，懊悔不已，痛心疾首，简直不想再活下去。

夜半时分，王子站起来，开始礼拜祈祷。王子说：

“安拉啊，你是最公正的裁决者，你最了解我的情况，最清楚我与这个暴君之间的纠葛。安拉呀，我是你的奴仆，我受了虐待，祈求得到你的怜悯，把我从暴君手中解救出来，并给他以应有的惩罚。安拉啊，任何暴君都逃不过你的明亮眼睛，你若确知他虐待了我，我求你今夜就降灾难给这个暴君。因为你的裁决最公正，你是每个遭遇灾难者的大救星。安拉啊，你的力量和权威是永存长在的……”

狱卒听见王子的祈祷声，周身颤抖。

正当这时，忽见王宫中燃起了大火，王宫中的一切顷刻间化为灰烬，就连监牢的门也被大火吞没，只有王子和狱卒两人逃命。

王子和狱卒离开那座城市，向另一座城市走去。

由于那位君主暴虐无度，一场大火将暴虐君王的京城烧了个一干二净，变为一片废墟。

乌鸦的故事

相传，很久很久以前，在某一个地方，有一条宽阔的谷地。谷地里清水流淌，树木繁盛，果实累累，百鸟鸣唱枝头，不住地赞美日夜、天地的创造者安拉。百鸟当中，有一群乌鸦，幸福、欢乐地生活在那里。

乌鸦群中一位头领，对群鸦关怀备至，鸦群团结得像一个人一样，群鸦过着平静、安心、惬意的生活，没有任何一种鸟敢于进攻它们。

过了一段时间，乌鸦们的头领一命归天，群鸦悲痛万分。尤其使它们难过的是群鸦无首，没有任何一只乌鸦能够替代已故头领的角色。群鸦们聚集而议论由谁担当它们的头领，其中一伙乌鸦选出一只乌鸦，并对大家说：

“就让这位兄弟担当我们的头领吧！”

另一伙乌鸦表示反对，继之相互争吵起来，一片混乱，始终没有能够达成一致。经过一番商量，大家一致同意这样一个办法：当夜大家全部安睡，明日早晨谁也不早起外出打食，等到大天亮太阳出来之后，大家集合在一个地方，看哪只乌鸦先飞来。

一只乌鸦说：

“首先飞来的那只乌鸦就是安拉为我们选定的头领，我们就让它担任我们的领袖，把我们的事情全部交给它掌管。”

群鸦们果然安睡一夜，次日一早谁也没有起来打食，直到东方大亮，大家才集合在一个地方。

乌鸦们刚集合完，便看见一只苍鹰飞来，乌鸦们异口同声说：

“喂，善主啊，我们选定你做我们的头领，掌管我们的事情！”

苍鹰听后，欣喜不已，随口说：

“善哉，善哉！我会给你们带来幸福的。”

自此以后，乌鸦们便把它们的事情全交给了苍鹰。

每日清晨外出觅食时，苍鹰便带着一只乌鸦远去，然后将那只乌鸦杀死，随后啄其脑髓和眼睛，将其余肢体丢掉。

这样过了一些日子，只见乌鸦飞去，而不见飞回来，乌鸦们这才反应过来，知道同伴们已死在苍鹰的手里，于是相互议论说：

“我们的大多数同伴已经死去，我们该怎么办呢？我们应该设法救救我们自己了！”

第二天清早，乌鸦们远离苍鹰而去，各奔东西了。

耍蛇人与妻儿

相传，很久很久以前，有一个驯蛇人，以耍蛇为业。这位耍蛇者在一个大篓子里养着三条毒蛇，而家人对此一无所知。

耍蛇者每天都背着大篓子到城中去耍蛇，以此挣钱养家糊口。他每日早出晚归，家人不知道篓子里装着什么东西。

有一天，耍蛇者像平日一样回到家里。妻子问他：“喂，那篓子里装的是什么东西？”

耍蛇者答道："你问这个做什么？有吃有喝还不够吗？你就满足于安拉赐予你的福分吧！别的事情，你就不要过问了！"

妻子一时没有说什么，但心里想："我一定弄个明白，看看那篓子里究竟装着什么东西！"

妻子主意拿定，随后告诉孩子们，鼓动孩子们向他们的父亲苦苦哀求，一定要弄明白那篓子里装的是什么东西，要父亲告诉他们。

孩子们以为那篓子里一定装着什么好吃的东西，所以每天缠着父亲，问篓子里装着什么，百般要求父亲让他们看看里面的东西。父亲则千方百计推托，劝他们不要打听篓子里装着什么。

就这样，过了一段时间。

母亲继续催促孩子们，要他们死死纠缠父亲，非弄明白篓子里装着什么东西不可。妻儿们见自己的努力没有结果，便商定了一个办法：如果父亲不打开篓子让他们看一看，他们就绝食，以迫使父亲满足他们的要求。

一天傍晚，耍蛇者带着许多好吃的东西回到家里，招呼妻儿来吃，但他们谁也不动，而且个个面带怒气。耍蛇者好言劝慰妻子，说道：

"我给你们买来吃的、喝的和穿的，你们还想要什么呢？"

孩子们说：

"爸爸，我们想让你打开篓子，看看里面装着什么好东西；如果你不满足我们的这一要求，我们甘愿饿死。"

父亲说：

"孩子们，那篓子里没有你们想要的东西；如果打开看，对你们有百害而无一利。"

孩子们听后，更加不高兴了。

父亲见孩子们一个个怒气冲冲，十分生气，威胁他们说：

"你们如果还不听话，我就打你们一顿！"

孩子们根本不怕父亲的威胁，还是怒气不消，仍然坚持看篓子里的东西。

父亲生气了，顺手抄起一根棍子，朝孩子们打去。

孩子们见父亲真的发怒了，起身就跑，在院子里和父亲兜起圈子来。

母亲见孩子们被父亲追得到处跑，趁机走去把篓子盖掀开了。

母亲刚一掀开篓子盖，只见毒蛇爬了出来，一条蛇上来咬住妇人的胳膊，顷刻之间，只见她倒在地上，一命呜呼。继之，毒蛇爬到院子里，将孩子们一个个咬死，只有耍蛇人安然无恙。

耍蛇者眼见妻儿一一丧命，万分沮丧，随后走出家门，开始了流浪生活。

蜘蛛与风暴

相传，很久很久以前，有一只蜘蛛在一座高大、僻静的大门上结了一张网，在那里安居下来。蜘蛛感谢安拉给它提供了这么好的一个地方，使它免除了种种忧虑。

那只蜘蛛在那里居住了一段时间，倒也舒适、安静、快乐，衷心感谢安拉安排了丰富的食物。

一天，造物主想考验一下蜘蛛的忍耐能力，于是便派来一阵从东方吹来的暴风，顷刻之间，将蛛蛛网及蜘蛛抛到了海里，继之又被大海狂涛卷上了岸边。这时，蜘蛛感谢安拉保佑它安然无恙，并且责备暴风说：

“暴风啊，你为什么这样对待我？我本来平静、安逸地生活在那座大门之上，你却把我卷到这里来，这对你有什么好处呢？”

暴风说：

“你不要责备我啦！我将把你送回你原来居住的地方去。”

蜘蛛耐心地等待着，期望暴风再把它送回原来居住的地方，然而直到北风离去，它也没能回到它原来的住处。

蜘蛛又等了一些时候，南风吹来了。这才带着蜘蛛向它原来居住的地方飞去。

南风吹过那座大门时，蜘蛛攀住门，停留下来，又结上了一张网。

两位国王

相传，很久很久以前，有两位国王，一个是明君，一个是暴君。暴君占据的那片国土，土地肥沃，绿草成茵，果木繁茂，硕果累累。但是，那位暴君不准任何人经商；只要发现经商的，立即没收其货物、钱财，中止其生意。因此，臣民们只能坐守家中，眼看着沃土而受穷。

另一位明君，则鼓励臣民经商。有一年，明君把一个商人叫到面前，给了商人许多钱，要他带着钱到暴君国中去收购宝石。

商人带上钱来到暴君统治下的国土，刚落脚，便有人禀报暴君，说：

“启禀陛下，有一个商人来到了我们的国土上，带着大批钱，要收购我们的宝石。”

暴君听后，马上派人把那个商人抓来，审问道：

“你是何许人？打哪儿来？谁让你到这里来的？你为什么到这里来？”

商人回答道：

“我是商人，来自陛下的邻国。我们的国王给了我很多钱，要我到贵国采购些宝石。我服从国王的命令，便启程来到了这里。”

暴君说：

“你这个该死的商人！难道你不知道我如何对待我的臣民？我每天都要没收他们的钱财，你怎敢带着钱到我的国土上来呢？”

“国王陛下，我一文不值，这些钱全是我们的国王的，回去还要奉还国王。”

“我不准你在我的土地上生活，除非你用钱赎身，才准你在我这块土地上居住；如若不然，只有死路一条。”

听暴君这样一说，商人心想：“我被卡在了两位国王的夹缝中间。我早已知道，这位国王暴虐无道，对手下臣民竭尽欺压之能事，不让任何人在其境内经商。倘若我不听他的，我必死无疑，而且钱也要被他收去，到头来人财两空，我的采购任务更无法完成；假设把钱全交给这个暴君，回国无法向国王交差，也没有活命的希望……眼下我别无什么良策，只有把一小部分钱给这个暴君，让他高兴高兴，也好赎我的命，免我一死，然后在这块土地上住下来，以便采买宝石；这样既能让暴君满意，也能使我们的明君高兴。我只盼我们的国王公正、宽容，不要惩罚我，因这位暴君勒索去的钱毕竟为数不多。”

想到这里，商人为暴君一番祈祷、祝福，然后说：

“国王陛下，我以钱赎身。这些钱就作为我的赎身钱吧！”

暴君收下钱，便放商人走了。

时隔不久，商人用剩下的钱采购了宝石，迅速回国，将宝石交给国王。

明君就像来世，暴君国土上的宝石就像善行，那个带钱的商人就像追求今世享乐的人，那商人手中的钱就像人的生命。从这个故事里，得知追求今世享乐的人一天也不应该忘掉来世。只有这样，他才能以自己从大地上得到的东西满足今世的生活要求，并以其为追求来世而耗去的生命满足来世的要求。

盲人与瘫子

相传，很久很久以前，有一个盲人和一个瘫子，果园主人把他俩请到果园里，叮嘱他俩不要祸害果园，更不要在园中做损害主人的事情。

一年，果子成熟的季节来到了。瘫子对盲人说：

“兄弟，果子都成熟了，我实在馋得很，想吃上几个，但又站不起来，没法去摘果子。你的两条腿能走，你快站起来，去摘些果子来，让我们好好地吃上一顿吧！”

盲人说：

“你这个该死的！你说的那种事情我怎么能办得到呢？难道你没看见我的两只眼睛看不见吗？可是，我们怎样才能摘到果子呢？”

二人正谈话时，看园人忽然来到二人面前。看园人是个很有学识的人。瘫子对看园人说：

“看园的兄弟，我看见那些成熟的果子，嘴馋得很哪！你看哪，我是瘫子，连路都不能走，而我的这位兄弟又是个盲人，什么都看不见，我们有什么办法能吃到几个果子呢？”

看园人说：

“两个该死的！果园主人不是叮嘱过你俩，不让你俩祸害果园吗？你们俩要小心，打消那种邪念，千万不要干那种坏事！”

盲人和瘫子说：

“我们一定要弄几个果子吃，请你给我们出个主意吧！”

那一瘫一瞎没有改变吃果子的想法。看园人说：“办法嘛，倒是有的！瞎兄弟把瘫兄弟架在肩上，走到果树下，不就摘到果子了嘛！”

随即，盲人站起来，把瘫子架在自己的肩上，在瘫子的指挥下，向一棵果树走去。走到果树下，瘫子伸手摘了些果子，然后走回住处，两个人便津津有味地吃了起来。

就这样，盲人与瘫子合作，吃掉了园中的许多果子。

有一天，盲人和瘫子正坐着时，果园主人忽然走来，发现树上的果子少了很多，不禁大怒，冲着他俩厉声喝道：

“你俩真该死！瞧瞧你们干的坏事！难道我没有叮嘱过你们，不让你俩祸害果园吗？”

二人回答道：

“主人哪，我俩什么事也干不成，你是知道的。我俩一个是瘫子，站都站不起来；另一个是盲人，两眼一抹黑。我们能有何过错呢？”

果园主人说：

“你们以为我不知道你们是怎样祸害我的果园的吗？盲人啊，我猜想是你把你的瘫子朋友架在自己的肩上，由他指挥你，走到树下摘果子，你们这才吃掉了我那么多的果子……”

说着，果园主人把盲人和瘫子狠狠地揍了一顿，随后将二人赶出了果园。

宰相与王子问答

宰相问：

“地上的什么财宝最可贵？”

王子回答：

“乐善好施。”

“王子殿下，你说得对，我完全同意。请你告诉我：知识、见解和智力三者之间有何差别？又是什么把三者集合起来的呢？”

“知识来源于学习，见解来自实践，而智力则来自思考，三者集合在头脑之中。谁能把三者集合起来，谁就是一个完人；谁能把敬畏安拉加入其中，他就是一个超人。”

“王子说得对，我完全赞同。王子殿下，请你告诉我，一个见解正确、聪慧过人、智力超群的学者，在你提及的那种情况下，他能够摆脱贪欲、邪念的纠缠吗？”

“贪欲和邪念一旦进入一个人的头脑，就会改变他的学识、智力和见解，情况颇似一只秃鹰，它本来对猎人保持着高度警惕，翱翔云天，聪明机警，但当它看见猎人张起网，把鲜嫩的肉块放在网下，贪欲和邪念顿时占了上风，忘记了肉块的上方就是罗网，什么鸟落进网去都难以逃生，于是由高天俯冲而下，结果被网缠住。

“猎人走来一看，发现网住的是一只秃鹰，惊异不已，说道：‘我张网是为了捕捉鸽子或类似的弱鸟，怎么把这只秃鹰也逮住了呢？’”

王子接着说：

“一个智者，一旦受贪欲邪念的侵扰，他会用心掂量事情的后果，随即择善而行，用智慧战胜贪欲与邪念。一个智者，一旦受贪欲和邪念的引诱，他就应该像精明的骑士驾御坐骑；倘若他骑的是一匹劣马，他就会紧勒缰绳，迫使马走正路，让马向着他要去的方向前进。至于那种不学无术、毫无见地之辈，必为贪欲和邪念征服，故而胡作非为，醉生梦死，下场也就最为凄惨。”

宰相听后，说：

“王子殿下，你说得很对，我全能接受。知识何时有用，理智何时能够抵抗贪欲与邪念的侵害呢？”

王子说：

“当具有知识和理智的人把知识和理智用在追求来世幸福上时，他就可以用知识和理智抵抗贪欲于邪念的侵害。因为知识和理智都是有益处的。不过，具有知识和理智的人，不应该把知识和理智用于追求今世享乐，只能用其中一部分去换取今世的食粮，防止贪欲滋生，将其大部分用于追求来世幸福。”

“人最应该做的事是什么？”

“行善。”

“人专心做善事，会影响他谋生，他怎样获得不可缺少的糊口之资呢？”

“一天二十四小时，应该利用一部分时间谋生，一部分时间用于祈祷和休息，其余的时间用于求知。因为一个人单有理智而没有知识，就像未经开垦、不生草木的荒地；荒地若得不到开垦，不种庄稼、草木，也就结不出果实；一旦得到开垦，种上庄稼、果木，就会结出累累硕果。这就和人一样，没有知识是没有用的；只有学到知识，心智才能结出果子。”

“只有知识而没有理智，那是怎么一回事呢？”

“禽兽就属于这一类，醒来只知吃喝，但却没有理智。”

“王子殿下回答得简洁明白，我完全同意。请你告诉我：我应该如何提防君王？”

“不要让君王接近自己。”

“君王控制着我，我的一切都在君王的掌握之中，怎能不让他接近我呢？”

“你的一切之所以在君王的掌握之中，因为君王给了你权利；一旦你把权利还给他，他也就失去了掌握你的能力。”

“国王给了宰相什么权利呢？”

“那些权利包括：向国王进谏；当面、背后都要勤奋工作；遇事提出正确意见；保守国王的秘密；不对国王隐瞒自己所知道的任何事情；对国王吩咐给自己的事情不可有半分疏忽大意；从各个方面使国王高兴，竭尽全力避免惹国王生气。”

宰相说：

“王子殿下，请告诉我：宰相应该怎样与国王共事呢？”

王子回答道：

“如果你是国王的宰相，而且想平安无事的话，那么，无论你听还是说，都要让其超过国王对你的期望；你要使你对国王的要求适于你在国王心目中的地位，谨防把自己放在不适当的地位上，以避免重蹈猎人的覆辙。”

雄狮与猎人

相传，很久很久以前，有一个猎人，每当打到野兽，他总是剥下兽皮，留作己用，而把兽肉扔掉。

一头雄狮来到那个地方，见那里有鲜肉，便吃了起来。

猎人每丢掉兽肉，那头雄狮来饱餐一顿。时间一长，雄狮与猎人之间便熟悉起来，于是猎人走到雄狮跟前，伸手抚摩雄狮的背，雄狮老老实实，摇尾乞怜。

猎人见雄狮一动不动，温良可爱，以为雄狮被自己驯服，心想：“啊，这头雄狮已经屈服我了，成了我的猎物，我何不骑上狮背，也像对待别的猎物一样，把它的皮剥下来呢？无疑雄狮皮是再贵重也没有的了……”

想到这里，猎人鼓足勇气，纵身跃上雄狮背，动手就要剥狮皮。

雄狮感到背如刀扎，疼痛难忍，不禁勃然大怒，随即耸肩伸爪，一下将猎人挑翻在地，利爪刺破了猎人的肚肠，然后口爪并用，顷刻之间，猎人被撕成了碎片。

王子答宰相问

王子讲完猎人与雄狮的故事，对宰相说：

“相爷阁下，由此可见，为相者，侍奉君王时，务必审时度势，相机行事，掌握分寸，千万不可贸然行事，以免惹翻君王，招致灭顶之灾。”

宰相问：

“王子殿下，请你告诉我：在君王面前，为相者应用什么来装饰自己呢？”

“接受忠告，采纳正确意见，忠实完成君王委派给自己的工作，坚决执行君王的命令。”

“你已经说过，宰相应该避免惹怒君王，做国王喜欢的事，忠实完成君王交给的工作，这都是应该做的事。王子殿下，请你告诉我，若君王暴虐无道，宰相应该怎么办呢？若与一暴君昏王共事，必遭折磨，有意劝止昏君抛弃淫欲、邪念和偏见，但又无能为力，在这种情况下，宰相该怎么办呢？若宰相一味迁就昏君，任昏君为所欲为，岂不是犯罪，成了百姓的敌人？处在这种情况下，你说宰相该怎么办呢？”

“宰相阁下，你提到的犯罪之事，那则是跟着昏君所犯下的过错。在这种情况下，宰相应该在君王与之商量为政之道时，向君王指出公正之路，告诫君王不要暴虐无道，劝说他善待百姓，使之盼望来世得到安拉嘉奖，告诫他警惕来世的惩罚。假若君王听宰相的意见，有回心转意之举，目的也就达到了；如若不然，那么，宰相只有采用温和、委婉的办法，与昏王暴君分道扬镳；因为离开他，可使双方得到安宁。”

“王子殿下，请告诉我：君王应向百姓尽什么职责？百姓应向君王尽什么义务？”

“对于百姓来说，他们应诚心诚意服从君王的意愿，凡使国王和安拉及其使者高兴的命令都要诚心、忠实执行。对于君王来说，他应该保护百姓的生命和财产，保护他的妻儿老小。百姓应该对国王服服帖帖，忠心报国，尽职尽责，歌颂君王对百姓的公正和善待。”

“有关君王、百姓的权利和义务，殿下说得明明白白。君王对百姓应尽的职责，还有没谈及的吗？”

“君王对百姓应尽的职责较之百姓对君王要尽的义务，显然重要得多。君王失职要比百姓忽视自己的义务造成的危害，当然要大得多了。因为君王的倒台，王权的丧失，江山的倾覆，往往皆因为君王无视百姓疾苦。因此，为王者应考虑三件大事，即：利于宗教，改善民生，改革政治。若能坚持这三点，国可长治，民亦久安。”

“请告诉我：应该如何改善民生呢？”

“维护百姓权益，制定法律法规，让学者、哲人对他们施教，使他们之间相互平等，制止流血，保护百姓财产，减轻百姓负担，富国强兵。”

“请告诉我：宰相应该在君王那里享受什么权利呢？”

“宰相在君王那里享受的权利比任何人享受的权利都重要。其重要性有三个方面：第一，宰相的错误意见，会给君王造成麻烦；而宰相的正确意见，会给君王和百姓带来益处。第二，君王应该让人们知道宰相在君王那里很有地位；这样，人们才会以敬重和虔诚的目光看待宰相。第三，宰相看到君王和百姓敬重自己，他便会竭力效忠君王，为百姓谋福利，除却君王和百姓之所恨，致力于百姓和君王之所爱。”

宰相问：

“殿下有关君王、宰相和百姓的高论，我完全接受。王子殿下，请告诉我：人怎样使自己的口舌不说谎，不骂人，不说脏话，不说过头话呢？”

王子答道：

“人应该只言好事，只出善言，不谈与己无关之事，远避诽谤之言，不把从一个人那里听来的话传给那个人的仇敌，不借权势陷害自己的朋友和对手。期望受益和免于受损的人，只有安拉会注意他们，因益与损会操在安拉手中。人不应该揭他人之短处，不应该胡谈乱扯，以免来世承担罪名，让今世人讨厌。要知道：话语如同羽箭，一旦射出，谁也收不回来。千万不要把秘密吐露给惯于泄密之人；本来相信他能够保密，结果他把秘密泄露出去，说不定会招致什么损害；在保密方面，防朋友泄密要胜过防备敌人。保守秘密是每个人应该养成的习惯。”

“王子殿下，请告诉我：人应以什么样的品性对待亲人呢？”

“人无好的品性，一生不得安宁。对家人和亲友都要给予适当的关心。”

“请告诉我：应该怎样对待亲人呢？”

“对父母要谦恭孝顺，言谈和气，温柔敬重。对兄弟要善言相劝，解囊相助，同喜共乐，宽谅过失。假若他们知道自己的兄弟有这样的善意，他们会毫不迟疑地接受劝告，为兄弟不惜献出自己的生命。假若你相信自己的兄弟，就要给他亲情，为他提供一切帮助。”

渔夫与大鱼

相传，很久很久以前，有一位渔夫。有一天，渔夫像往常一样来到河边打鱼。渔夫刚一上桥，便看见水中游着一条大鱼，心想：“我为什么不去抓那条大鱼……我要追上去，它游到哪里，我就追到哪里；抓着这条大鱼，也就可以安享几天清福了。”

想到这里，渔夫马上脱下衣服，下到河中追那条大鱼去了。

渔夫顺水流而下，费了好大力气，终于抓住了那条大鱼；此时此刻，他回头望去，发现自己已远离岸边。他紧紧抓住那条鱼，随着河水的急流漂流而下，眼见自己的身子被湍急的水流带进了大漩涡，那是落进去就难以活命的地方。这时，渔夫才大声呼救：

“救命啊！救命啊！”

一群护河人赶来，问道：

“你怎么啦？你为什么冒这种巨大危险呢？”

渔夫说：

“我是自己脱离了得救正道，自踏死路，自取灭亡啊！”

众人说：

“喂，落水人，你早就知道这里有漩涡，是必死之地，为什么抛弃得救正道，而自踏死路呢？为什么还不甩掉手里的鱼，赶快逃命呢？现在谁也救不了你啦！”

渔夫绝了生还的希望，急忙甩掉冒着生命危险抓住的那条大鱼，然而为时已晚，顷刻间被漩涡吞没，一命呜呼了。

童子与盗贼

相传，很久很久以前，在一个地方有七个盗贼。

一天，七个盗贼照习惯外出偷盗。他们路过一个果园，见树上结满核桃，便闯进园门。

七个盗贼刚进园门，忽见一童子出现在他们面前。盗贼们对童子说：

“喂，小孩子，和我们一道进核桃林去吧！我们把你托上树去，你先吃饱肚子，再给我们丢下几个核桃来，好吗？”

童子一口答应，随他们进了核桃树林。

进到果园，盗贼们相互议论说：

“我们挑一位身子最轻、年纪最小的上树吧！”

盗贼们说：

“我们谁也比不上这童子身子轻、年纪小。”

来到树下，盗贼们把童子托上树去，然后嘱咐说：

“喂，小孩儿，上去之后，不要动树上的核桃，免得被园主发现，走来伤害你。”

童子问：

“那我该怎么办呢？”

盗贼说：

“你坐在树杈上，使劲儿摇一根树枝，把核桃摇晃下来。我们拾在一起，你下来后，我们会给你一些核桃。”

童子骑在树上，果然照盗贼们的吩咐办，抓住树枝猛力摇晃，只见核桃哗哗啦啦落在地上，盗贼们高高兴兴地拣了起来。

正在这时，果园主人走进园子，大声喊道：

“你们在干什么？”

盗贼们说：

“我们没干什么呀！我们打这里过，见这孩子在树上，以为他是这果树的主人，便向他讨几个核桃吃。他把树枝摇晃了几下，核桃落在地上，我们拣了几个。我们是没有罪的。”

园主问童子：

“喂，小孩子，是这样吗？”

童子说：

“这几个家伙撒谎！他们让我和他们一起来到园子里，然后把我托上树，要我摇晃树枝，他们好在地上拣核桃……”

园主说：

“你是自找倒霉呀！你吃核桃没有？”

“我一个核桃也没吃。”

“孩子，我现在才知道了你的愚呆所在：你是给别人干事，毁了自己。”

园主又对盗贼们说：

“没你们的事了，走你们的吧！”

园主抓住那个童子，把他狠狠地打了一顿。

养驼挤奶人

相传，很久很久以前，有一个人，养着一峰母骆驼，每日靠挤骆驼奶充饥。因只顾挤奶，常常忘记把驼缰拴牢。

一天，养驼人挤奶时，忘记了拴紧驼缰。母驼感到缰绳松着时，便撒腿向旷野奔跑而去，一跑再没有回来。

自此以后，养驼人丢了骆驼，自然也就喝不上驼奶了。这时，养驼人才感觉到由于一时疏忽之过，终于招来了灾难。

男子与妻子

相传，很久很久以前，有一男子，很爱自己的妻子，一切都听妻子的，凡事都照妻子的意见办。

那男子有一片果园，果树都是他亲手栽的。他每天都在果园里忙碌，不是整枝打杈，就是浇水灌溉。

有一天，妻子问丈夫：

“你在园子里栽了些什么果树呢？”

男子说：

“你所喜欢的果树品种，我全都栽上了。我每天都去做活，不是整枝打杈，就是浇水灌溉，忙个不停。”

妻子问：

“你能带我到果园里去看看，让我为你祝福祈祷一番吗？我的祈祷可灵验啦，只要有求，安拉必应。”

男子说：

“可以啊！我明天就带你到果园里去。”

第二天清晨，男子便带着妻子向果园走去。

当男子携妻走进果园时，被两个青年人远远地看见了。一个青年对另一个青年说：

“喂，你瞧啊！那个男的定是个奸夫，那个女的定是个淫妇；这一男一女进到果林中，必定有奸情。”

说着，两个年轻人暗暗盯上了那个男子和他的妻子，想看看他俩究竟要做什么，随后在园子的一个角落里隐藏起来。

那夫妻俩进到果园，刚刚站稳，男子对妻子说：

“你答应为我祈祷祝福，那就为我祈祷祝福吧！”

妻子说：

“你要答应我一件事，我才为你祈祷祝福！”

“什么事？”

“女人要求男人做的那种事……”

“你这个该死的娘儿们！我在家里不是已经满足你的要求了吗？在这里做那种要出丑的事，会耽误我浇果树的。难道你不怕被人看见？”

“那有什么呢？你我是夫妻，我们又不犯什么法，没有什么罪的！浇水嘛，晚一会儿又有什么关系呢，什么时候都能浇水！”

男子说了许多理由，一一被妻子驳回，一概听不进去，非逼丈夫跟她做爱。男子没有办法，只有宽衣解带，与妻子交欢起来……

就在这时，两个青年突然跑了过来，一把抓住那赤身裸体、一丝不挂的一男一女，说道：

“俗话说‘捉奸拿双’，我们今天可抓住了一个奸夫和一个淫妇！若这淫妇不伺候我们一顿，我们非把你俩送到官府去不可！”

男子对二青年说：

“你们这两个真该死东西！她是我的妻子，我是她的丈夫；我是这园子的主人，这果园是我的地产……”

那两人根本不听男子的辩解，直向那男人的妻子扑去。

妻子大声呼喊道：

“老头子，救救我，别让这两个野汉子糟践我！”

男子奋力向两个青年冲去，同时大声呼救。一个青年拔出匕首，扭头向男子扑了过来，将匕首刺进那男子的胸膛，男子当场丧命。随后，二青年将那男子的妻子扑倒在地，将其轮奸……

商人与窃贼

相传，很久很久以前，有一个商人，家里有很多钱财。

一次，他带着货物到一个城市去做买卖。到了那座城市，商人租好房子，住了下来，意外的是被几个窃贼盯上了。

那几个窃贼偷偷溜进商人的住处，想偷商人的钱，但未能得手。

贼首对伙伴说：

“我给你们出个主意吧！”

贼首走去，穿上医生的大白褂，肩上背着一只药袋，边走边喊道：

“谁看病！有看病的没有？”

贼首行至商人住宅门前，见商人正吃午饭，便问：

“喂，兄弟，需要访医问药吗？”

商人说：

“不需要！请坐下，和我一道进午餐吧！”

贼首和商人面对面坐了下来，和商人一起吃起饭来。

贼首见商人大口大口吃得很香，心想机会来了……

贼首望着商人，说：

“兄弟，你待我这么好，我应该对你说实话。我有话要对你说。我看你吃得太多，这就是得胃病的原因所在；你如果不赶快服药医治，恐怕你的命就保不住了。”

“我的身体很好，胃的消化能力也很强，吃得多，吃得香，没有病。”

“我从外表看，就知道你肚子里有病。你若听我的，那就请服药医治你的病吧！”

“谁能知道我该服什么药？”

“天生神医是伟大安拉了。不过，像我这样的医生亦可对症下药。”

“那就请你看看我该服什么药，针对我的病开点儿药吧！”

贼首递给商人一包药末，其中掺有大量芦荟，然后对商人说：

“你今夜就服这种药吧！”

商人接过药，收了起来。

夜幕降临，商人服下药末，只觉药末很苦，但他并没有嫌恶。服下药后，只觉一夜轻松、舒适。

第二天夜里，贼首又带着药末来了，其中的芦荟含量比第一次还要多。贼首把药末交给商人，商人服下药末后，当夜即开始泻肚，商人强忍着，自觉没有什么可怕的。

贼首见商人完全照听自己的话，照自己的安排服药，感到很放心，相信商人不会违抗他的意志，于是无忧无虑地离去了。

第三天，贼首带来了致命的毒药，交给商人。商人接过药，喝下药去，顷刻之间，毒性在商人的肚子里发作，商人的肠子被烧断，不多时一命呜呼。

贼首见商人已死，立即招来群贼，将商人的钱财和货物洗劫一空。

狐狸与狼

相传，很久很久以前，有一群狐狸，一天外出觅食，发现一峰死骆驼躺在地上，便相互议论说：

“这么一个大猎物，够我们享用很长时间了。不过，我们真担心出现内争，强者欺负弱者，致使弱者丧命。因此，我们应该去找一个裁判，为我们进行公正裁决，同时分给裁判一份，以免强者欺负弱者。”

狐狸们正在商议时，忽见一只狼朝它们走来。狐狸们相互说：

“既然我们都同意找裁判，那么，我们就请这只狼为我们进行裁判吧！因为它比我们强大，它的父亲曾做过我们的君王。我们希望安拉让它为我们进行公正裁决。”

狐狸们朝狼走去，向狼述说了它们的想法。狐狸们说：

“狼先生，我们求你为我们进行公正裁决，根据每个狐狸的需要，配给每天的肉食，以免强者欺弱，甚至自相残杀。

狼听后，一口答应了狐狸们的要求，随即把一天的肉食分给了它们。

第二天，狼心想：“若把这峰骆驼分给这些无能的狐狸，我只能得到它们给我的那一份。即使我独自把这峰骆驼全吃下去，它们对我也无可奈何，更何况它们本身就是我和妻儿的美餐，谁能阻止我占有这峰骆驼？也许安拉有意不让我为它们办好事。看来最好我独自享受这只骆驼。从现在开始，我什么也不再分给它们。”

清晨，狐狸们照例来找狼分肉。狐狸们对狼说：

“喂，狼先生，分给我们一天的肉食吧！”

狼说：“我这里没有可分给你们的肉食了。”

狐狸们听狼这样一说，个个垂头丧气，离开狼走去。它们相互议论说：“这个不畏安拉的背信弃义的狼把我们要弄了，我们对它却无可奈何！”

一只狐狸对同伴说：

“它之所以干出这样的事，原因在于它的肚子饿了。今天让它吃个饱，我们明天再来找它。”

次日天亮，狐狸们来到狼面前，说：

“喂，狼先生，我们委托你给我们分配每天的肉食，让你公平对待强者和弱者；吃完这些肉之后，请你再帮助我们找食物，以便让我们长久处于你的保护和关怀之下。我们已经两天没有进食了，肚子饿得厉害，快把今天那份驼肉分给我们吧！剩下的肉，由你享用！”

狼没有答话，相反态度更加强硬粗暴。

狐狸们再三同狼商量，狼闭口不答应它们的要求。

狐狸们离去之后，相互议论说：

“我们只有去投靠狮子，没有别的什么办法可想了。我们倘若把骆驼献给狮子，可以从它那里得到更好吃的东西；即使狮子不给我们东西，狮子也比这个坏蛋狼更配享用骆驼肉。”

狐狸们一起向狮子的住处走去。

狐狸们见到狮子，把刚才与狼之间发生的事情告诉了狮子，然后说：

“狮子王啊，我们都是你的奴仆。我们是来向你求救的，希望你让我们脱离那只狼，来做你的奴仆。”

狮子听狐狸们这样一说，不禁大怒，随即跟着狐狸们走去找狼。

狼见狮子怒气冲冲走来，拔腿就跑，狮子冲了过去，将狼抓住，片刻便将狼撕成了碎片，为狐狸们夺回了骆驼肉。

牧人与窃贼

相传，很久很久以前，有一个牧羊人，每天赶着一大群羊到原野上牧放，精心看守着自己的羊群。

一天夜里，一个窃贼走来想偷他的羊，但见牧羊人警觉地看守着自己的羊群，日不休息，夜不安睡，觉得无机可乘，只得与牧羊人聊了一夜，什么也没偷到手。

当窃贼感到无计可施时，便到旷野上打死了一头狮子，随后剥下狮子皮，用干草填充起来，放在牧羊人能够看见的一个土丘上，看上去就像一头活生生的雄狮。

一切安排妥当，窃贼来到牧羊人面前，对牧羊人说：

“牧羊人兄弟，你好啊！一头雄狮派我来你这里给它取几只羊当晚餐。”

牧羊人惊问：

“狮子在哪儿？”

窃贼指着土丘上的假雄狮，说：

“你看哪，雄狮就等在那里！”

牧羊人顺着窃贼指的方向看去，果见一头雄狮站在那里，以为那是一头真狮子，心中害怕极了，忙对窃贼说：

“兄弟，你要哪只羊，只管牵走就是了，我不会阻拦你的。”

窃贼顺利地牵走了一只羊。因为窃贼看见牧羊人对狮子怕得要命，于是贪心勃发，每天夜里都走来吓唬牧羊人，对牧羊人说雄狮要这要那……

就这样，窃贼把牧羊人的羊牵走了一大半。

松鸡与乌龟

相传，很久很久以前，在一个海岛上，住着数只乌龟。那座海岛上树木繁茂，果实累累，河渠纵横，林壑幽美。

有一天，一只松鸡飞得又热又累，当飞到乌龟住的那座海岛上空时，便落在了岛上。松鸡看见乌龟的洞穴，便走了进去，在那里住了下来。

乌龟们习惯于到海岛的各处觅食，然后返回洞穴。

当乌龟们回到洞中，发现一只松鸡栖息在那里。看见松鸡的羽毛五彩缤纷，乌龟们惊喜不已，连声赞美安拉造物之功。大家不约而同，都很喜欢那只松鸡。

乌龟们相互议论说：

“毫无疑问，这一定是最漂亮的鸟儿！”

乌龟们都对松鸡很友好，而松鸡见乌龟们喜欢自己，也和乌龟们亲近起来。

松鸡每天一早飞出去觅食，晚上飞回乌龟的洞穴，和它们一起过夜，第二天早晨再飞向自己要去的地方。这成了松鸡的生活习惯，就这样度过了一段时间。

每当松鸡离开洞穴外出觅食时，乌龟们便感到寂寞难耐，一心盼着晚上再看到松鸡；松鸡早上飞出去觅食时，乌龟们便相互议论说：

“这松鸡成了我们的好朋友，我们都喜欢这只松鸡，再也离不开它了。我们想个什么办法，让它总是待在我们这里呢？它一飞出去就是一整天，只有晚上才飞回来，我们实在太想它了。”

一只乌龟向大家打了个手势，说：

“姐妹们，你们放心休息吧！我有个办法，能让它一刻也不离开我们。”

群龟说：“你若有这样的办法，我们就甘愿当你的奴隶！”

当天晚上，松鸡外出回来，在乌龟们中间坐下。

那只要想办法留下松鸡的乌龟走近松鸡，向松鸡一番祝福后，说：

“松鸡先生，安拉注定了我们之间的友情，使我们深深恋上了你。正是你使这个荒凉的地方有了生机，你也成了我们的亲人。相亲相爱的伙伴们欢聚在一起，是最欢乐美好的时刻；而相互分离，则是最大的灾难。可是，你每天一早就飞出去，日落之后才飞回来，整天不和我们在一起，使我们感到十分寂寞，难以忍耐，因而使我们感到万分忧愁。”

松鸡说：

“是啊，我也十分喜欢你们，对你们也怀着深深友情；我对你们的思念胜过你们对我的思恋；与你们分别，对我来说也不好受。可是，我有什么办法好想呢？因为我是鸟，生着两只翅膀，不可能总跟你们待在一起；总待着，不是我的品性和生活习惯。生着翅膀的鸟儿只有夜里睡觉时才能安稳下来，天一亮又要飞往自己想去的地方觅食。”

乌龟说：

“你说的是实话。不过，生着翅膀的鸟儿在大部分时间里都得不到休息，而自己获得的东西却抵不上自己所付出的辛苦的四分之一。活在世上，理应得到舒适与休闲。安拉既然已经注定了我们之间的友谊和情分，我们实在为你担心，怕你被敌人捉去，使我们再也看不到你。”

松鸡说：

“是的。可是，我又有什么办法呢？”

乌龟说：

“我有个办法，你可以把你赖以飞行的翅膀上的羽毛拔掉，和我们坐在一起休息，我们吃什么你就吃什么，我们喝什么你就喝什么。因为我们这里果树成行，硕果累累，不愁吃喝。我们和你住在一起，方可安安乐乐地生活。”

松鸡果然听了乌龟们的话，向往舒适、安乐，把自己翅膀上的羽毛一根一根地拔了下来，开始和乌龟们共度日夜，沉浸在暂时的欢乐之中。

有一天，一只黄鼠狼打乌龟洞穴前经过，看见松鸡翅膀上的羽毛已经全部拔光，再也飞不起来了。见此情景，黄鼠狼高兴极了，心想：“好肥的松鸡，羽毛又这么少，我要美餐一顿了……”

想到这里，黄鼠狼走近松鸡，一下咬住了松鸡的脖子。松鸡大惊，忙大声呼喊，向乌龟们求救。

乌龟们听到了松鸡的求救声，但都没有去救松鸡，而是远远地躲开，相互龟缩在一起，干看着松鸡受黄鼠狼折磨，痛苦地淌出了泪水。

松鸡问乌龟们：

“你们只会哭，没有别的办法救我吗？”

乌龟们说：

“兄弟啊，面对黄鼠狼，我们没有任何力量，无计可施呀！”

松鸡自感生存无望，十分难过，对乌龟们说：

“罪过全在我身上呀！因为我听了你们的话，毁了自己赖以飞行的翅膀。我听了你们的话，我的死是我自找的，我不埋怨你们。”

相国夫人与好色国王

相传，很久很久以前，有一位国王，整日沉湎在酒色之中，不问朝政，近乎于“不爱江山爱美人”之辈。

有一天，这位君王坐在宫中，隔窗看见王宫附近一家的阳台上站着一位女子，姿色非同寻常，禁不住春心骚动。他问左右：

“那是谁家房舍？”

“那是陛下的宰相的相府。”

国王立即派人唤来宰相，吩咐他去外地巡视。

宰相从命，带上随行人员离去。

宰相离开京城之后，国王便偷偷溜进相府。

相国夫人一眼便认出国王，急忙走上前去，恭恭敬敬吻过国王的手和脚。她对国王表示欢迎，然后退到一旁站着，听候国王的吩咐。

相国夫人说：

“国王陛下大驾光临，奴婢实在不配在此迎接。陛下到来，有何要事呀？”

“我来是看看你呀！”

相国夫人受宠若惊，急忙再行吻地礼，然后说：

“国王陛下，像我这样一个小小婢女，只堪与陛下的宫仆相提并论，怎敢奢望在国王陛下的心目中占有一席之地呢？”

国王伸手去拉相国夫人，而夫人一躲，忙说：

“国王大驾光临，容奴婢款待陛下一番。请陛下在这里做客一天，我为陛下做些美味菜肴，请陛下品尝。”

国王坐在客厅中宰相常坐的宽大靠椅上。夫人走去，取来一本书请国王看，自己到厨房做饭去了。

国王接过书，翻开一看，只见书中全是禁绝淫乱作恶之类的格言警句，致使国王看后脸上发烧冒汗，淫乱之意顿消。

相国夫人做好饭菜，一盘一盘端到国王面前，竟达九十盘之多。

国王开始吃喝，每个盘子里的菜，他都尝一口。国王发现，饭菜种类虽多，但味道全都一样，心中惊诧不已，于是说：

“喂，夫人，怎么这么多的菜全是一个味道呢？”

相国夫人说：

“国王陛下，这正是我想打的一个比方，以便供陛下借鉴。”

“你要比方什么呢？”

“恳请陛下宽谅奴婢！陛下宫中有九十位嫔妃，她们虽然肤色各异，然而滋味却是一样的。”

国王听完，羞色满面，登时起身走去，出了相府大门；因为害羞，走得太匆忙，竟把吃完饭洗手时摘下的戒指忘在了座椅的靠枕下。

宰相回到京城，首先朝见国王，行过吻地礼，报告巡视情况，然后回到相府。

宰相回到相府，在客厅的坐椅上一坐，无意中一伸手，在座枕下触摸到一枚戒指。他拿起戒指一看，发现那是国王的钻戒，心中顿时被疑云笼罩，怀疑他的妻子与国王偷情。自那时起，宰相一年时间不理睬夫人，变得冷淡起来，而夫人却不知相国为何发怒。

相国夫人回到娘家，把事情告诉了父亲，父亲说：

“我有机会一定在国王面前告他一状。”

一天，相国的岳父来到宫中，见宰相和法官都在那里，便对国王说：

“敬祝国王陛下万寿无疆。国王陛下，容臣有一事相诉：我有一座花园，亲自动手，辛苦经营，栽了许多果树，耗费大量钱财，终得枝繁叶茂，硕果累累。正值采摘季节，我拱手赠送给了你的国相大人。你的这位宰相只顾吃果，却拒绝浇水灌溉，致使花木凋零，昔日华容尽退，景象一片荒凉。”

宰相听后，说：

“国王陛下，这话一点儿不假。我本非常留心护园浇水。可是，有一天，我去园中，发现那里有狮子的足迹，不禁心中恐惧，于是远离了果园。”

国王心里明白，知道相国所言“狮子的足迹”就是他忘在相府客厅靠枕下的那枚戒指，于是说：

“爱卿，你只管放心回到你的花园中去！因为据我所知，狮子确实去过你的花园里；但凭我的列祖列宗起誓，那狮子绝未伤害那里的一草一木。”

“我听陛下的劝告！”

宰相回到相府，派人接回妻子，夫妻俩和好如初。

商人与其妻

相传，很久很久以前，有一个商人，他常常出门远行经商。他有一位很漂亮的妻子；因为他非常爱妻子，关心妻子的行动，故给妻子买了一只会说话的鹦鹉，以便向他报告他外出经商期间家中的情况。

一次，商人外出，妻子勾搭上了一个青年。那青年来找她，她便给他好吃好喝，继之一番寻欢作乐。

商人外出回来，鹦鹉对主人说：

“先生，有个土耳其青年趁你不在时来与你的妻子幽会，你的夫人对他照顾得周到极了。”

商人听后，有意杀掉妻子。

妻子听到消息，对丈夫说：

“喂，男子汉，你敬畏安拉吧！你理智一些吧！莫非一只鸟能知人事，通人性？你要想知道那鹦鹉说的是真话，还是假话，你今夜就到朋友那里睡一宿，明天早晨再来听鹦鹉说些什么。”

商人去找一位朋友，在朋友那里借宿。

夜幕垂空，商人的妻子找来一块皮子，将鸟笼罩上，再往皮子上洒些水，继而拿着扇子扇；然后拿来一盏灯笼，在鸟笼前摇摇晃晃，如同闪电；她又推起磨来，发出轰轰隆隆的响声，一直响到东方亮。

商人回来后，妻子说：

“喂，先生，问问鹦鹉发生了什么事吧！”

商人走到鸟笼前，问鹦鹉昨夜看到了什么，听到了什么，鹦鹉说：

“先生，昨夜又下雨又刮风，而且闪电雷鸣。”

商人说：

“你说谎啊！昨夜既没有刮风，也没有下雨，更没有闪电雷鸣。”

“我跟先生说的，都是我亲眼看见、亲耳听到的呀！”

商人完全不相信，断定鹦鹉有关他妻子勾引土耳其青年的话纯属编造，立即想与妻子和好。

妻子非常高兴，说道：

“这鹦鹉造我的谣言，凭安拉起誓，我看你最好把它宰掉。”

商人走去，抓出那只鹦鹉，将它宰了。

从此，商人与妻子和好了。但是，没过几天，商人看见那个土耳其青年从他家出来，知道鹦鹉说的是真话，而妻子说的是假话，对自己匆忙宰杀鹦鹉深感后悔。于是，商人立即返回家中，一刀结果了妻子的性命，并且发誓终生不再娶。

父子溺死河中

“相传，有个漂布匠，每天都会到底格里斯河畔去漂洗布，而且总是带着小儿子。到了河边，父亲漂洗布匹，小儿子就下河戏水，而父亲根本不去管他。有一天，小儿子下水，游累了，沉入水中；见此情景，父亲才慌了神，立即跳下河去救儿子。那孩子发觉有人救他，便死死抓住父亲不放，结果父子双双被淹死在底格里斯河里。

若不及时管教儿子，难免重蹈那位漂布匠父子的覆辙。

一个坏男人

相传，有一个坏男人看上了一位女子。那女子面目姣好，身材高挑，风韵可人，俏丽妩媚。她是有夫之妇；她的丈夫非常爱她，她也非常爱自己的丈夫。那女子是位性情高洁的贤淑妻子，因此那个企图勾引她的男人屡屡不能如愿。

于是，那个坏男人开始想主意了。

那对和睦夫妻家中有个仆童，十分忠实可靠。

有一天，那个坏男人来找仆童，送礼物给他，善言好语相待，从此相互有所交往。没过几天，那仆童便对之百依百顺了。

一天，那个坏男人对仆童说：

“等你家太太出门时，领我到你住的地方看看吧！”

“好吧！”仆童满口答应。

又有一天，太太去澡堂洗澡，男主人到店铺里去了。仆童找来那个坏男人，对他说：

“走吧，到我家去吧！我们的太太和老爷都出去了。”

那男人在仆童的引领下，来到主人家中，仆童把主人家的所有东西都让那个坏男人看。那个坏男人存心陷害那位贤淑女子，于是趁仆童不注意之时，将随身带来的鸡蛋清儿倒在主人夫妇的床单上，随后告别仆童离去。

一个时辰过后，男主人回到家中。他刚往床上一躺，发觉床单湿漉漉的。他用手一摸，只觉得黏糊糊的，立即猜想那是男人的精液。

想到这里，男主人用愤怒的目光凝视着仆童，审问似的，说：

“太太上哪儿去啦？”

“去澡堂洗澡，一会儿就回来。”仆童答道。

听仆童这样一说，男主人更认为自己猜想无误，于是命令仆童：

“你马上去把太太叫回来！”

太太回到家中，丈夫立即扑上去，将妻子痛打了一顿，然后将妻子绑起来，想把她杀死。

妻子高声喊叫：

“救命啊！打死人了！救命啊……”

邻居们纷纷赶来，太太对他们说：

“我丈夫想把我杀死，而我却不知道自己犯了什么罪。”

邻居们责怪丈夫：

“我们都知道你太太贤淑、贞洁，因为我们和她做邻居时间很久了。我们不知道她有什么不好。你干吗要这样呢？要么你休掉她，要么你高抬贵手原谅她。”

男主人说：

“我在我们的床单上看见了男人的精液，那是怎么回事？”

一位邻居走上前来，说道：

“你带我去看看哪！”

那位邻居走进屋里，收集起床单上的蛋清儿，拿到火上一烤，白色的蛋饼出现了，大家分着吃，确信那是鸡蛋清儿。

男主人见此情景，知道自己冤枉了妻子，原来妻子清白无辜，随后打消了自己的错误想法，与妻子重归于好。

那个坏男人陷害女子的阴谋破产了。

买发面饼的巨商

相传，从前有一位巨商，虽然腰缠万贯，家财堆积如山，但在吃喝上却十分节省。

有一次，巨商出门在外，正在异国都城的市场上漫步时，忽见一位老婆婆捧着两张发面饼，便问老婆婆：

“喂，老太太，你的发面饼是卖的吗？”

老婆婆回答说：

“是卖的呀！”

听老婆婆说卖，巨商便讨价还价了。一番口舌之后，巨商终于用最便宜的价钱，买下了那两张发面饼，然后回到自己的住处。

那一天，巨商就是吃那两张发面饼度过的。

第二天早晨，巨商再去市场，看见那个老婆婆又带着两张发面饼卖，巨商走上前去，又把两张饼买了下来。

就这样，一连二十天，巨商每天都把那位老婆婆的两张发面饼买回来，就着凉水吃来度日。

后来，那位老婆婆的身影不见了。巨商到处打听老婆婆，结果什么消息也没有得到。

一天，巨商来到都城的某条大街，偶然看见那位老婆婆，急忙走上前去，向她问安致意，然后问她为什么不到那个市场上去卖发面饼。

老婆婆听巨商这样一问，很不愿意回答。巨商再三要求老婆婆告诉他原因，老婆婆才慢条斯理地说：

“先生啊，听我慢慢给你讲来！我本在一家人家当保姆。那家男主人的背上生了个大疮，流脓淌水，终年不断。后来请了一位医生，开始为男主人调治。那位医生弄来面粉，用黄油和成面团，贴在男主人的患处，一夜过后，第二天清晨，我便取下男主人背上的面团，把它烤成两张发面饼，拿到市场上卖给你或别的顾客。”

说到这里，老婆婆泪眼模糊，长长地叹了一口气，然后接着说：

“有道是‘生死由命，富贵在天’哪！时隔不久，那家男主人死了，我的发面饼也做不成了。男主人失去了生命，我的财源也断了。”

巨商听后，说：

“我们都属于安拉，我们都要回到安拉那里去！无可奈何，只有依靠伟大的安拉！”

巨商告别老婆婆，回到住所，便开始呕吐起来，不久得了重病，对自己贪图小便宜深感后悔，然而悔之晚矣。

一个坏女人

相传，有位国王的司库，有个漂亮的情妇，他非常喜欢她。

有一天，司库派奴仆送一封信给情妇。那奴仆到了情妇的家中，递上那封信，便和那个坏女人调起情来。不期奴仆的行为正中那个坏女人的意，那女人拉住奴仆不放，然后将之紧紧搂在怀里。奴仆大着胆子要求与那个坏女人做爱，那女人果然宽衣解带……

这一对男女正玩得痛快之时，奴仆的主人来到情妇家敲门。

那个坏女人听到有人敲门，慌忙把那个奴仆藏到阁楼里。

女人走去开门，只见她的情夫手握宝剑走了进来。他一坐在女人的床上，那个坏女人就立即扑到他的怀里，亲吻搂抱，难解难分。片刻过后，二人便开始枕席之欢；那坏女人更是使出浑身解数，风情万种，自不待说……

就在这对坏男女翻云覆雨之时，坏女人的丈夫敲门了。

司库问女人：“敲门的是谁？”

女人答：“我的丈夫回来了。”

司库顿时慌了神，结结巴巴地说：“我……我……怎么办呢？有什么法子躲一躲呢？”

女人说：“你站在走廊里，手握着宝剑，高声骂我。等我丈夫进了门，你就走你的。”

女人走去把门打开，丈夫走了进来，只见国王的司库站在走廊里，手握宝剑，正在大骂他的妻子，而且扬言要将她杀掉。

国王的司库见到女人的丈夫走了进来，面呈羞色，随后将宝剑装入剑鞘之中，转身离去。

丈夫问妻子：“这是怎么回事？”

女人说：“亲爱的，你回来的正是时候；要不是你及时赶到，我这条命就没啦！我本来正在房上纺纱，忽见一个奴仆顺着胡同跑来，只见他失魂落魄，喘着粗气，原来是这个手握宝剑的人在追他。那奴仆跑进咱家院子，亲吻我的手和脚，苦苦哀求我说：‘太太，救救我吧！那个人想杀死我。’我听他这么一说，心也软了，就把他藏到了我们的阁楼里。片刻过后，我就看见这个人提着宝剑闯了进来。他问我看见什么什么样的奴仆跑到我们家来没有，我说根本没有人进我家呀！他说我撒谎，随即破口大骂，还威胁说要把我杀掉。亲爱的，幸亏你及时回到家中，如若不然，你就见不到我了。赞美安拉，及时差你来救我！我刚才还在发愁，心想有谁能来救我呢？”

丈夫听后，说道：

“老婆子，你办了一件好事！安拉会嘉奖你的。”

说完，他爬到阁楼里，把那个奴仆叫了出来，并且对奴仆说：

“下来吧！没有事啦！”

奴仆胆战心惊地从阁楼里下来，一时不知该说什么。

男主人对奴仆说：

“小伙子，放心吧！没事啦！”

与此同时，男主人却心惊肉跳，惴惴不安，奴仆忙为他祈祷祝福。

片刻后，那位丈夫陪着奴仆走出家门，对他那不忠诚的妻子所耍的阴谋诡计竟一无所知。

王子与妖精

相传，很久很久以前，有一位国王，他宠爱自己的小儿子，胜过喜欢其余的所有儿子。

有一天，小王子对父王说：

“父亲，我想去郊外打猎。”

国王思考再三，还是同意了小王子的要求。随后，国王吩咐仆役们为小王子外出狩猎做准备，并特意派一位大臣陪同小王子前往，负责照顾小王子。

大臣和小王子带着外出狩猎所需要的一切，又带上仆役、侍从若干人，起程上路了。

他们一行人马来到一片绿色的大地上，那里有许多野生动物出没，本是狩猎的好地方。

小王子走到大臣面前，说自己很喜欢这个地方，于是他们便在那里安营扎寨，住了几天，小王子玩得非常快活。

正当大队人马收起帐篷，打算返回京城时，忽见一只羚羊从面前跑过。小王子看见那只孤独奔跑的羚羊，很想把它捕获，于是对那位大臣说：

“我想去追这只羚羊。”

“你想追，就去追吧！”大臣未加劝阻。

小王子独自策马追赶羚羊，一直追到夕阳西下。眼见那只羚羊跑进一个崎岖地带，小王子想回返时，但见夜幕已经垂空，认不清路，不知该向哪里走，一时不知如何是好。

小王子骑在马上，一直行走了一夜，到天亮时，都没有找到回返的路。他又渴又饿又害怕，仍然并不知道往哪里走。

烈日当空，天气炎热。小王子突然发现自己来到了一座城下，但见那里房舍高大，建筑整齐，然而却是一片荒凉，只有猫头鹰和乌鸦翻飞啼鸣，气氛尤为凄清。

小王子正站在城下惊诧之时，忽见前面有位妙龄女子，模样姣好，身材苗条，亭亭玉立，正在那里哭泣流泪。

小王子走近那位姑娘，问她：

“姑娘，你是什么人？”

“我叫嫔特·泰米麦，是舍赫巴大地之王泰亚赫的女儿。一天，我出来想找个地方方便一下时，不期被一个妖魔抢走。那妖魔带着我飞行于天地之间；正飞行时，忽有一颗流星落在妖魔的身上，妖魔顿时化为灰烬，我就跌落在了这个地方。我一连三天没吃没喝，又渴又饿。我本想自尽，只因为看到了你，我才又想继续活下去。”

小王子听姑娘说一连三天没吃没喝，又渴又饿，并说看见自己才打消了自尽的念头，又想继续活下去，怜悯之心顿生，随后让姑娘上马，坐在自己的身后。王子对姑娘说：

“你只管放心就是了！倘若安拉能把我送回家中，见到亲人，我一定会把你送回你家人那里去的。”

姑娘说：

“王子，让我下去到墙那边方便一下吧！”

王子勒住马，让姑娘下去，自己在那里等她。

姑娘在墙后待了片刻，走了出来，却见她面目奇丑无比，狰狞可怕。小王子见之，不禁周身抖作一团。

那丑八怪纵身上马，仍坐在王子身后。她问王子：

“喂，王子，你怎么啦？为何面色都变了呢？”

“我想起使我恐惧忧愁的一件事。”

“何不借你父王的大军和英雄去解决呢？”

“使我发愁的那件事用不着军队，更不用惊动英雄豪杰。”

“那就用你父王的钱财去办嘛！”

“钱财也无济于事。”

“你们不是说天上有神，他能看见一切，而谁也看不见他吗？你何不借那万能之神为你帮忙呢？”

“是啊！”王子说，“我们只有依靠万能之神了。”

“你快祈祷吧！也许他能帮助你摆脱危险。”

王子抬眼望着天空，诚意诚心地开始祈祷：

“安拉啊，我求你帮助我挣脱令我忧愁害怕的这件事！”

王子用手一指那个丑八怪，她便跌倒在地上，被烧成了一块黑炭。

王子连声赞美安拉。安拉默助王子骑马奔驰，终于找到了回家之路。经过千辛万苦，小王子终于回到家中，见到了父王和母后。

蜂蜜招灾

相传，有位猎人，常在旷野狩猎。一天，那位猎人走进一个山洞，发现山洞里有个坑，坑里全是蜂蜜。猎人走上前去，装了一皮袋子蜂蜜，扛在肩上，带回城中。

那位猎人有只猎犬，猎人甚为喜欢。

猎人把一皮袋子蜂蜜扛到一家卖油商的铺子里，卖油商便把蜂蜜买了下来。当他们打开袋子看蜂蜜时，不慎一滴蜂蜜滴落在地上。

忽然，一只鸟儿俯冲下来啄食蜂蜜，卖油商的那只猫看见鸟儿，猛扑上去抓鸟儿；与此同时，猎人那只猎犬窜了过去，猛扑向猫，竟一口将猫咬死了。

油商见自己的猫被猎犬咬死，立即抄起棍子向猎犬打去，一棍子把猎犬打死了。

猎人见自己的心爱猎犬被打死，立即冲了上去，对油商拳打脚踢，片刻后结果了卖油商的性命。

油商村子里的人听说油商被打死，立即聚集起许多人，带上武器去找猎人报仇。

猎人村上的人见外人拿着武器来了，马上有许多人抄起刀剑。两个村子的人们相互大打出手，一场混战，结果双方死亡者无数。

偷情骗夫的恶女

相传，有一女人，丈夫给了她一迪尔汗，让她去买米。

女人拿着钱来到米商店铺，递上钱，秤过米，那女人便和米商调起情来。一对男女，眉来眼去，互送秋波，眉目传情，好不亲热。

那米商对女人说：

“这米要加上糖才好吃啊！你若想要糖，就进店铺来等一会儿，我让奴仆给你秤糖。”

女人走进店铺之后，米商对奴仆说：

“你给这位女顾主称一迪尔汗的糖去！”

说完，米商向奴仆使了个眼色，似乎暗示奴仆干什么别的事情。

奴仆从女人的手里接过米袋子，把里面的米倒出来，然后装入黄土；接着，把沙子当作糖装进去，随即将袋子口扎好。

女人在米商那里玩耍尽兴之后，顶着米、糖袋子离开店铺，返回家中，满以为自己讨了个便宜，轻易弄到了一袋子米和糖。

女人回到家中，将袋子放在丈夫的面前。丈夫打开袋口一看，见袋子里装的是土和沙子。

女人拿来锅，丈夫问：

“莫非我对你说过我们要盖房子，致使你拿着钱去买回土和沙子？”

女人定神一看，果见袋子里装的是土和沙子，立即意识到是米商的奴仆玩的花招儿。那女人灵机一动，看了看手里的锅，恍然大悟似的说：

“你看我这是怎么啦，本想去拿筛子，却拿来了锅。”

丈夫说：

“你究竟怎么啦？拿什么筛子呀？”

“我拿去的那一迪尔汗丢在市场上了。我见周围的人那么多，不好意思在那里踱来踱去地找钱，可是又不甘心那一迪尔汗白白丢掉。因此，我把我丢钱的那个地方的土装了一口袋，准备回来后，把土过过筛子，说不定钱就在这土里边呢……你瞧瞧，我本想去拿筛子筛土，却不知道怎么回事，竟拿来了一口锅。我这就去拿筛子！”

女人走去拿来筛子，递到丈夫手里，并且说：

“你的眼比我的眼明，你来筛土吧！”

丈夫坐下，开始筛土，只是筛得自己满脸是土，就连胡子上都落满了尘土，根本不知道自己的妻子在要弄诡计。

女人的诡计呀，不可不防啊！安拉有言："这确是你们的诡计，你们的诡计确是重大的。"[①] 安拉又说："恶魔的计策，确是脆弱的。"[②]

王子与宰相

相传，很久很久以前，有一位国王，他只有一个儿子；儿子稍大，便立为太子。太子长大成人，父王让他与邻国国王的女儿订了婚。

一方是儿子，另一方是公主，正所谓门当户对，堪称美满姻缘。公主天生丽质，体态婀娜，俊美高挑，亭亭玉立，人见人爱。她有一位堂兄，早已向公主求过婚，而公主却不愿意与堂兄成亲。

堂兄得知公主与别人订了婚，不禁醋意横生。他得知与堂妹订婚的是邻国的太子，便修书给邻国的宰相，并随信带去大批钱财和礼物，信中求宰相设巧计，要阴谋，将太子置于死地，或者用别的什么方法，让堂妹与太子的婚事告吹。他在信中对宰相说："尊敬的宰相阁下，我得知堂妹与贵国太子定亲，心中嫉妒之火难以平息，简直无法忍受。恳求宰相助我一臂之力，除我心头之患……"

宰相看完信，收下礼物，立即复信说："请你放心！我定能让你如愿以偿。"

时隔不久，公主的父王选定吉日良辰，修书给太子的父王，请太子去他的京城，为太子和公主完婚。

太子的父王收到亲家大札，拜读之后，立即允许太子启程前往，以期完婚，并且派宰相亲领人马，带上千名骑士，携带大批礼品，轿子和帐篷，浩浩荡荡，向邻国京城进发了。宰相奉国王之命担当此任，不禁心中暗喜：本来早有害太子之意，如今果然等到了机会。

大队人马行至大漠上，宰相想起前面的一座山中有一眼山泉，名叫"美女

① 见《古兰经》"优素福章"第 28 节。——译者注

② 见《古兰经》"妇女章"第 76 节。——译者注

泉”。那美女泉流出来的泉水与普通泉水不同：倘若男子喝了那泉中之水，就会变成女性。

想到这里，宰相令人马在美女泉附近扎帐休息。宰相骑上马，对太子说：

“太子殿下，附近山中有眼泉水，名叫‘美女泉’，多么好听的名字啊！你愿意和我一起去欣赏一下那里的风光吗？”

“十分愿意！”太子顺口答道。

太子随即纵身上马，跟着宰相向那座山走去，根本不知道宰相在打什么主意。

二人一前一后，不多时骑马来到美女泉边。太子离鞍下马，洗了洗手，然后喝了几口泉水。突然，太子发现自己一下子变成了女人，不禁惊慌失措，大声喊叫着，泪流滚滚，直哭得昏迷过去，不省人事。

宰相走来，见太子慢慢苏醒过来，装作难过地问道：

“太子殿下，你怎么啦？”

太子如实相告，宰相听太子一说，随即掉下泪来，对太子说：

“殿下，但期安拉能够使我们摆脱灾难。唉，多么不幸啊！我们是送殿下去异国成亲的，就要和公主共享洞房花烛良宵，却遭了这么一场磨难，真是可惜呀！太子殿下，现在我们是继续前行，还是返回我们的都城呢？”

太子说：

“你回我父王那里，把我的情况告诉他吧！我就留在这里，要么让我恢复原状，要么让我死在这里。”

说罢，太子给父王写了封信，禀报了自己的情况。

宰相心中不胜欢喜，让大队人马及太子留在原地，自己带上信，返回京城。

宰相回到京城，见到国王，报告了太子的情况，随后呈上太子的书信。

国王得知太子变成女性，痛苦至极，立即派人去请来哲人和方士揭示太子遭此灾难的原因，结果谁都说不出个究竟。

宰相秘密给公主的堂兄写了封信，报告了太子变成女性的喜讯。

公主的堂兄收到宰相的信，兴高采烈，欣喜异常，一心想和堂妹早日成婚，并且给宰相送去大批礼物和金钱，同时表示深深的谢意。

太子在美女泉呆了三天三夜，不吃不喝，一心乞求伟大安拉拯救他摆脱眼前这场灾难。

第四天夜里，忽有一骑士策马而来，只见那骑士头戴王冠，看上去定是一位王子，那骑士问太子：

"喂，小伙子，谁把你带到这里来的？"

太子将自己的遭遇向骑士讲了一遍，说自己本是到邻国与那里的一位公主成亲的，不期被随行的宰相带到了美女泉旁，仅仅喝了几口水，就变成了女性。

说着说着，太子已是泣不成声。骑士听后，深深为太子感到忧伤。骑士说：

"这灾难是你父王的那位宰相一手造成的，因为这个美女泉只有一个人知道。"

骑士吩咐太子马上和他一道走，并且说：

"今夜你就到我家去做客吧！"

太子纵身上马，然后问骑士：

"壮士，你究竟是什么人？只有你告诉了我，我才能跟你走。"

"我是神王之子，你是人王之子。你只管放心就是了。你的忧愁一定能够解除！"

太子策马与骑士离去，未向大队人马告别。他和骑士从白天奔驰至夜半，神王之子问太子：

"喂，太子，你知道我们走了多少里程了吗？"

太子回答：

"不知道。"

"我们已经走过了一个快脚人要走一年的路程了。"

太子惊异不已。他问：

"怎么办呢？我怎样才能回到父王那里去呢？"

"这就不是你要想的事情了！这件事由我来负责。只要你挣脱了祸殃，你就能在眨眼之间回到你的亲人身边。这对于我来说，简直是易如反掌。"

太子听神王之子这样一说，心花怒放，不胜欣喜，认为自己是在做一场噩梦；只要醒来，一切就会平安正常。他兴奋地说：

"赞美万能的安拉，他能使不幸之人变为幸福之人。"

太子眉飞色舞，欣喜不已。

神王之子和太子继续奔驰，一直到东方大亮，只见眼前出现一片绿色大地，那里树木繁茂，绿草成茵，百花斗艳，百鸟鸣唱，宫殿巍峨。神王之子首先离鞍，随后太子下马。

二人手拉着手走进一座宫殿，看见一位大王，威风凛凛。二人在那里吃过喝过，一直待到夜幕垂空。

当天色黑下来时，神王之子走去跨上马鞍，太子随后跟着上马，二人趁着夜幕踏上了征程，快马加鞭，一直走到东方放亮。突然，见一片黑色大地出现在眼前，那里只有黑石黑沙，就像是地狱。太子问神王之子：

“喂，神王之子，这是什么地方？”

神王之子说：

“这里叫‘黑大地’，是双翅神王的土地。双翅神王天下无敌；不经他的允许，谁也不能到这里来。太子，请你先站在原地，我去求他允许你进入这个地方。”

太子站在原地，一动不动。神王之子走去，片刻之后回来了。二人继续往前走，行至一道泉水旁，那泉水是从黑山上流下来的。神王之子对太子说：

“下马吧！”

太子离鞍下马。神王之子对太子说：

“你喝些泉水吧！”

太子俯下身去，用手捧着泉水，喝了几口。片刻过后，太子一下由女性变成了男性，就像变女性那样迅速、利落，太子高兴极了。

太子问：

“喂，兄弟，这泉水叫什么名字呢？”

神王之子说：

“这泉水名叫‘仙女泉’；任何女人只要喝一喝这泉水，就会立刻变成男性。赞美安拉，感谢安拉给你的福分吧！请上马吧！”

太子立即叩拜安拉，然后飞身上马，二人相伴离去，终于回到双翅神王的大地。

二人在双翅神王那里度过了一天，好吃好喝，愉愉快快，直至夜幕垂空。神王之子问太子：

“喂，兄弟，你想今夜回家人那里去吗？”

“想呀！因为我很需要他们哟！”

神王之子唤来父王的一个奴仆，名叫拉吉兹，吩咐道：

“喂，拉吉兹，给你一个任务：你把这位青年在天亮之前送到他的未婚妻那里去！”

“遵命！”奴仆爽声应道。

奴仆走去片刻，变成了一个妖魔，回到神王之子面前。

太子见之，惊惶不安，魂飞魄散，神王之子对太子说：

“你不要害怕！你骑上马，踩到他的肩膀上就行了。”

太子说：

“我自己坐上去，把马留在你这里吧！”

说完，太子离鞍下马，坐在那个妖魔的肩膀上。神王之子说：

“太子，你合上双眼吧！”

太子合上双眼，妖魔腾空而起，带着太子飞行于天地之间。

未到二更天，不知不觉中，就已经来到了宫殿顶上。妖魔对太子说：

“下来吧！”

太子离开妖魔的肩膀后，妖魔说：

“睁开眼吧！这就是你岳父的王宫殿顶。”

说罢，妖魔转身离去，踪影不见。

东方透出曙光，太子感到心定神安，离开殿顶，走了下去。

岳父见门婿走来，立即迎了上去，用惊异的目光望着他，问道：

“我们见人们都是从大门进来，你怎么从天上下来呢？”

太子说：

“这是伟大安拉的意志啊！”

国王一听，惊诧不已，对门婿平安到来感到高兴。

日出东方，普天明亮。国王唤来宰相，令之立即安排盛大婚宴，为太子和公主举行婚礼大典。

婚庆盛典完毕，新郎新娘入洞房，共享花烛之夜。

太子在那里住了两个月，然后带着新娘返回父王的京城。

公主的堂兄见堂妹与异国太子共枕鸳鸯，嫉妒心盛，不久郁闷而死。

安拉有眼，默助太子战胜了那个嫉妒者和那个出坏主意的宰相，使他带着妻子平安返回；父王亲率大队人马，出城相迎太子和公主夫妇。

澡堂老板丧命

相传，有个澡堂老板，每天都有许多王公大人到他的澡堂里去洗澡。

一天，有位大臣的儿子去澡堂沐浴。那小伙子仪表堂堂，身材健壮。澡堂老板迎上前去，热情接待他。小伙子脱去衣服，澡堂老板站在那里仔细观看，觉得很奇怪，心想：“这小伙子的阳物在哪儿呢？”因为小伙子过分肥胖，那玩意儿被夹在大腿之间，看上去只有一粒玉米那样大。

见此情景，澡堂老板一拍巴掌，同时说：

“唉……真是遗憾！”

小伙子惊奇地问：

“喂，老板，你遗憾什么？”

“先生，我为你感到遗憾哪！”

“为什么？”

“公子，你膀大腰圆，容貌英俊，可是你却没有男子那种用以享乐的玩意儿呀！”

“你说的倒也不错。不过你使我想起了一件事情哟！”

“什么事情？”

“我送给你一枚金币，你给我找个小娘子来，让我亲自试上一试，行吗？”

澡堂老板贪婪地接过那枚闪光的金币，心想：“这钱可不少呀！给谁呢？俗语说：肥水不流外人田……”

澡堂老板决心下定，快步跑回了家中，对他的老婆说：

“喂，老婆子，我告诉你一件好事！”

“什么好事？”

“澡堂里来了一位大臣的公子。小伙子长相英俊，一表人才，就是那玩意儿小得可怜，像粒玉米那样大，我为他感到惋惜，可怜他青春白白逝去，不能像普通男子汉那样享受青春的快乐。他给了我一枚金币，让我给他找个小娘子，他想亲自试上一试，我看这一枚金币你很容易就能挣到。我带你去见他，和他坐上个把时辰，讥笑他一阵，这金币就是你的了。”

妻子接过金币，走去打扮一下，穿上最漂亮衣服，霎时间，变成了当世无双的美女。

她跟着丈夫走去，来到一间空房子里见大臣的公子。走进房间一看，只见那里坐着一位漂亮的小伙子，相貌英俊，脸似圆月，女人见了都会惊叹其貌美出众。

小伙子见了澡堂老板的妻子，心中暗喜。片刻后，他将门关上，把女人搂在了怀里，女人也紧紧地将小伙子抱住。她突然发现，小伙子的那玩意儿和驴子的那东西差不了多少。小伙子扑了上去……只听那女人又哭又叫，直喊救命。

在门外的澡堂老板听妻子呼喊救命，心急如火，忙喊道：

“孩儿他妈，你快出来吧！孩子还等着你喂奶呢！”

小伙子说：

“你先去给你的孩子喂奶，然后再来吧！”

那女人说：

“我离开这里，我就没命啦！那孩子，谁愿意要，谁就要吧！我要让他哭死，或成为孤儿。”

那女人根本不理睬她的丈夫，和那小伙子一直来了十个回合；与此同时，那位澡堂老板等在门外，呼喊不止，连求救命，但不见一人来问他有何难事。澡堂老板大声喊道：

“我要自尽了！”

仍不见妻子出来时，澡堂老板登上澡堂屋顶，纵身跳下……只听一声惨叫，顷刻一命呜呼。

澡堂老板就这样死去了。

诡计多端的老妪

相传，许久许久以前，有一个女子，秀目含娇，明眸皓齿，体态婀娜，风韵可人，堪称国色天香，举世无双。

有一天，一个青年看见了她，不期一见钟情，而且爱得极深。

那位漂亮女子是个正派女人，从无轻浮之心。一天，她的丈夫外出了。青年得知此事，每天写信给那个女子，而那个女子根本不回信。于是，那青年去找住在附近的一位老婆婆。问过安好之后，向老婆婆诉说了自己对那个女子的爱慕之情，并告诉老婆婆，说他想与那女子幽会一下。老婆婆说：

“小伙子，你不用着急！我一定能让你如愿以偿。”

小伙子听老婆婆这样一说，立刻掏出一枚金币递给老婆婆，然后转身离去。

第二天清早，老婆婆去找那女子，和女子说了一阵儿贴心话。从那天起，老婆婆每天都到那女子那里去，在那里吃午饭和晚饭，而且还从那里拿些吃的东西，带回家给孩子们吃。

老婆婆天天和那女子一起生活，致使那女子一时也离不开老婆婆了。

一天，老婆婆带着一张发面饼离开女子家，把黄油和胡椒夹在发面饼里，将之喂狗。那条狗吃了老婆婆的发面饼，一连数天总是跟着老婆婆。一天，老婆婆在发面饼中夹了许多胡椒和黄油，把饼喂了狗。那狗吃了那种夹着许多胡椒和黄油的发面饼，因胡椒辣，狗的眼睛流起泪来。

那女子看见狗在流泪，心中好生奇怪，便问老婆婆：

“阿妈，这狗为什么哭呢？”

老婆婆说：

“闺女呀，这其中有一段奇妙的故事。这条狗本是一个姑娘变的，原是我的邻居，长相漂亮，花容月貌，亭亭玉立，明艳动人。巷中的一个小伙子见了姑娘，爱甚一日，终于患了相思病，久久卧床不起。小伙子多次写信给姑娘，期望得到姑娘的同情，但姑娘却一口拒绝，不容商量。我劝姑娘说：‘姑娘，你就依了他吧！你怜悯怜悯他吧！’姑娘不接受我的劝告。小伙子再也忍耐不住了，便向他的朋友们述说了此事。那些朋友听后，一气之下，对姑娘施了妖术，使她的外貌由人变成了狗。姑娘见自己一下变成了狗，痛苦不堪，除了我，没有人同情她，她便进了我家，求我可怜她。她连连亲吻我的手和脚，放声大哭不止。我对她说：‘我劝过你多少次，你根本不听我的劝告。’我见姑娘变成了这副模样，打心眼里同情她，便收下她，让她待在我的家中。姑娘每当想起自己原来那花容月貌，总是泪流不止。”

女子听老婆婆这样一说，心中惊惶不已。她说：

“阿妈，你讲的这个故事使我感到害怕。”

“你怕什么呢？”老婆婆问。

“有一个漂亮的小伙子爱上了我，给我寄来许多封信，我没有理睬他。我今天听了这个故事，真怕我自己也像那姑娘一样变成这样一只狗。”

“闺女，你要小心呀！假若你不听我的，我还是很为你担心的。假若你不知道小伙子住在什么地方，就请告诉我他的长相，我把他给你叫来。你不要让任何一颗心嫉恨你！”

女子将小伙子的长相向老婆婆说了一遍，老婆婆装作完全不认识那个小伙子。老婆婆说：

“我这就去找那小伙子。”

老婆婆离开女子那里，直奔小伙子家，对小伙子说：

“小伙子，你只管放心就是了！我已经把那女子的心说动了。明天中午，你站在胡同口，等我来后，我带你到她家去，你可以在她家里玩上半天和一整夜。”

小伙子一听，兴高采烈，欣喜不已，立即给了老婆婆两枚金币，并且说：

“老阿妈，我达到目的之后，定给你十枚金币作为酬谢。”

老太太回到女子那里，对她说：

“闺女，我把那件事告诉了小伙子。我发现他对你很不满，决计要报复你一下，给你点儿厉害看看。我好生安慰了他一番，让他明天晌午时分来。”

女子听后，十分高兴。她说：

“阿妈，如果他午后能来我这里，我就给你十枚金币。”

老婆婆说：

“你只有通过我，才能把他请来。”

第二天早晨，老婆婆来到女子家，对她说：

“你准备好午饭吧！你要穿上最漂亮的衣服，我这就去请那个小伙子来。”

女子一番打扮，然后开始准备午饭。

老婆婆走去等那个小伙子，但却不见那小伙子出现在巷口上约定的地方。她到处找他，结果没有找到。老婆婆心想：“怎么办呢？难道就让女子做的午饭白白扔掉？难道就让她已经许给我的金币轻易飞走？我决不能让这个计谋落空！我要另找一个小伙子带到她那里去。”

正当老婆婆边想边在大街上徘徊时，突然看见一位美貌男子出现在她的眼前。只见那男子面带风尘，似是刚刚外出归来。老婆婆走上前去，向男子问过安好，然后问他：

“美男子，你有吃有喝有娘子吗？”

那男子回答道：

“我哪有这些好条件呢？”

“我家里全有啊！你愿意跟我去享受一番吗？”

男子跟着老婆婆走去，而老婆婆根本不知道他就是那位女子的丈夫。

来到门前，老婆婆敲过门，女子开了门，便转身走去准备衣饰和香料。

老婆婆带着那男子走进客厅，继续策划阴谋。

女子回到客厅，一眼看见她的丈夫和老婆婆坐在那里，她便想了一个主意。这时，老婆婆急忙躲到一边，女子则一步冲到丈夫面前，提高嗓门，大声责斥丈夫说：

“你我之间曾经立过什么约言？你怎么能背叛我，干这种勾当呢？我听说你回来了，我就用这位老太太考验你。你终于未听我的告诫，干出这种事情来，背弃了你我之间的约言。在此之前，我本以为你是个纯洁的男子汉；今天，我却亲眼看见你和这个老婆婆在一起，足见你常常眠花宿柳，放荡不羁。”

女子说着说着，抡起巴掌，抽打丈夫的面颊。

其实，她的丈夫是无辜的，根本没有浪荡之嫌。他连忙向妻子发誓，说他没有背叛她，没有干过什么眠花宿柳之类的勾当，并以伟大安拉之名立誓。而那女子却不依不饶，边抽打丈夫，边哭着说：

“邻居们，你们来呀……”

丈夫急忙捂住妻子的嘴，而妻子却狠咬丈夫的手。丈夫在妻子面前变成了一个低三下四、卑躬屈膝的人，连连亲吻妻子的手和脚，而妻子仍然用巴掌抽打丈夫的脸。

女子向老婆婆使了个眼色，意思让她把自己拉开。老婆婆心领神会，马上走去，亲吻女子的手和双脚，终于让那夫妻俩坐了下来。

夫妻坐稳，丈夫亲吻老婆婆的手，并且说：

“老翁家，安拉会嘉奖你的！因为你使我摆脱了她的抽打。”

老婆婆见那女子如此善于随机应变，心中暗暗称奇。

银匠与歌姬

相传，古代波斯有一个银匠，嗜酒好色。有一天，他在他的一位朋友家，见墙上挂着一幅美人图，画中美人妩媚窈窕，姿色无比。银匠看了又看，惊叹画中美人俊俏，深深爱在心中，终于害了相思病，临近死亡边缘。

一天，一位朋友来看他，坐在床边问其病因，银匠说：

“兄弟，我害的是相思病啊！就是因为我爱上了一位朋友家墙上的画中美人，才病成了这个样子。”

朋友一听，责怨起他来：

“哎，你真没有脑子！怎好恋上画中之美人呢？要知道，那画中之人对你既无害，也无利，看不见，也听不着，既不从你这里要什么，也不会给你什么。”

“画那幅美人的画师一定是仿照真美人画的呀！”

“也许那是画师凭空想象出来的。”

“不管怎样吧，反正我爱上了画中的美人；如果没有画中人，我简直就活不下去了。假若世上真有相似的美人儿，我求伟大安拉将她送到我的面前，让我看上一看，以祛除我的疾病。”

朋友走去打听画像人，得知画师已到另一个国家去了。他又给画师写了封信，讲述了自己朋友的情况，并问那幅美人图是凭空创造的，还是仿照真人画的，画师回信说：“那幅美人图是我照印度克什米尔城中一位宰相的歌姬的模样画的。”

这位波斯银匠得知这一消息，立即收拾行装，启程上路奔印度而去。

一路风尘，一番辛苦，波斯银匠终于到达印度的克什米尔城，在那里住了下来。

有一天，银匠去城中一家香料商那里拜访。那位香料商精明能干。银匠向他打听国王的情况，香料商说：

“我们的国王公正清廉，爱民如子，从善如流。他最憎恨妖术；神汉或巫婆落入他的手中，他必下令将之抛入城外的枯井里，让其活活饿死。”

银匠问及大臣们的情况，香料商向他介绍了每一位大臣的性情和爱好，终于谈到了那个拥有漂亮歌姬的宰相。

银匠耐心等了几天，想出了一个办法，在一个风雨交加、电闪雷鸣之夜，带着几件行窃工具，向相府走去。

银匠把带钩子的梯子搭在墙头上，攀爬而上，登上屋顶，下到院中，见所有的婢女都在屋内各自的床上安睡。他悄悄溜进屋里，细细察看，只见一张雪花石床上睡着一位美人儿，面如天上皓月，便轻手轻脚地走到床边，伸手去撩幕幔，发现幕幔用金线织成；美人的头前和脚后各放一只金烛台，上面燃着龙涎香蜡烛；枕头旁摆着一个银匣子，里面放着她的所有首饰。

见此情景，银匠掏出一把尖刀，随即向美人儿刺去，将她臀部刺伤。

美人儿突然惊醒，一见银匠，吓得目瞪口呆，不敢出声喊叫，她认为来者目的在于谋财，于是说：

“把银匣子及里面的东西都拿去吧！你把我杀了，对你没有什么好处。我听你的，你要我怎样，我就怎样。”

银匠抱着首饰银匣子匆匆逃去。

第二天清晨，银匠带着首饰银匣子，进入王宫，来到国王面前。他向国王行过吻地礼后说：

“国王陛下，我来自呼罗珊大地，有话禀告陛下。我久闻陛下光明正大，爱护百姓，因此投奔陛下，愿做陛下臣民。我是天将黑时来到本城的。我见城门已关，便睡在城外。我半醒半睡之时，看见四个女人，有的骑着扫帚，有的骑着扇子；我一看便知她们都是巫婆，想要闯入我们的城里。一个女人走近我，用脚踢我，用她手中拿的那个狐狸尾巴抽我，抽得我疼痛难忍。当我忍受不了之时，我发怒了，抽出刀子向她扎去，扎伤了她的臀部。她受伤惊逃，丢下这么一个银匣子。我拣起匣子，打开一看，见里面全是贵重首饰。国王陛下，我不需要这些东西，请你拿去吧！因为我是个修士，常年住在山中，离群索居，不喜红尘，一心膜拜安拉。”

说完，银匠将银匣子放在国王面前，转身走去。

银匠走后，国王打开银匣子，取出首饰翻看，见里面有一条项链，认出那是他赐赠给歌姬的主人——宰相大人的，于是马上派人将宰相叫来。国王问宰相：

“相爷阁下，这是我送给你的那条项链吗？”

宰相回答道：

“是的。我把它送给了我的一个歌姬。”

“把歌姬给我唤来！”

歌姬来到国王面前，国王对宰相说：

“把她的裙子撩开，看看屁股上面有伤口没有！”

宰相撩开一看，果见有一处刀伤，立即报告国王：

“国王陛下，有刀伤一处。”

“正像一位修士对我所说，这是个巫女，没有丝毫疑问。”

说罢，国王命令宫役将之投入枯井。仆役们当天将歌姬投入城外的枯井中。

夜幕垂空，银匠得知自己的计谋已经得逞，迅速来到枯井旁，将装着一千第纳尔的钱袋递给看守枯井的人，然后坐下来，与看守人聊天到小半夜，谈话进入了正题。银匠说：

“兄弟，你有所不知，这枯井里的姑娘并不像他们说的那样是个巫女，那不过是我给她编造的一个罪名罢了。”

接着，银匠把故事从头到尾给枯井看守人讲了一遍，然后说：

“兄弟，你收下这个袋子吧！这袋子里有一千第纳尔。你把这姑娘交给我，让我把她带回国去吧！对你来说，这钱比囚禁这姑娘更有用处。我们俩为你祝福祈祷。”

枯井看守人听后，惊奇不已，赞叹此计高妙。他接过钱袋，把姑娘交到银匠手中，要求银匠不得在该城停留，哪怕仅仅一个时辰。

银匠领着姑娘，连夜离开那里，返回呼罗珊大地上的波斯王国。

银匠诡计多端，一个小小计谋便如愿以偿。

后半生未笑者

相传，很久很久以前，有一个大财主，房产无数，奴婢成群，家中钱财堆积如山。财主去世时，留下一个儿子，年尚幼小。这个孩子长大成人，便开始大吃大喝，听乐赏歌，天天招待食客，日日挥金如土，时隔不久，便将父亲留下的钱财挥霍一光。

钱财花完，他开始变卖家奴、婢女和家产，直至将父亲留下的一切全部卖光花尽，不得不靠给人打工糊口度日。

他这样生活了一年时间。有一天，他正在墙下坐着等待他人来雇佣之时，忽然看见一面容端庄、衣饰讲究的老翁走近他，跟他打招呼。他向老翁问安致意之后，说道：

“大叔，你在此之前认识我？”

那个人说：

“孩子，我不认识你；不过，你虽已落到这个地步，我却发现你一脸富贵相。”

“大叔，命该如此啊！你有活儿让我去干吗？”

“孩子，我有些小活儿，想让你来干。”

“什么活儿？”

“我那里有十位老翁，无人照顾，你来照顾他们吧！我将管你吃，管你喝，另外还给你工钱，但期安拉恢复你往日的富贵生活。”

“那太好啦！”

“不过有一个条件……”

“什么条件？”

“你要对自己看到的一切严加保密；见我们落泪，千万莫问原因。”

“这一条，我能做到。”

“孩子，跟我走吧！安拉为你祝福。”

青年站起来，跟着老翁走去。

老翁把青年送到澡堂，让他脱下身上的旧衣服，随后派人送来一身好布衣，让他穿上。出了澡堂，老翁把他带回家中。

青年进了院门一看，只见那里房舍巍峨，建筑考究，厅堂宽大。每个大厅里都有喷泉，百鸟鸣唱，悦耳怡神；窗子下临花园，园中花卉争奇斗妍。

老翁将青年带入一个客厅，只见那厅壁用彩色大理石砌成；厅顶上镶嵌着用天青石雕刻的图案，金丝环边，耀眼放光；地面上满铺丝毯，富丽堂皇。

青年定神望去，但见十位老翁，面面相对坐在那里，身穿丧服，哭泣落泪，不由得心中一惊。他想向老翁询问其中的原因，忽然想起来前谈妥的条件，便未敢开口。

老翁把一口装着三千第纳尔的箱子交给青年，同时嘱咐说：

“孩子，这箱子里的钱供你为我们也为你自己花用。你是忠诚可靠的人，我把这些钱交给你，你好好保管吧！”

“遵命！”

青年照顾老翁起居生活，细致周到。刚过十天十夜，一位老翁离开了人间，同伴们为之浴尸、装殓，然后把他埋在屋后的花园里。没过多少时间，老翁们相继驾鹤离去，大院中只剩下青年和领他来到此院的那位老者。

一老一少一起生活了一段时间，老者病倒。青年对老翁的生命感到失望时，便走到老翁的病榻前，对老翁说：

“大叔，十二年以来，我尽力照顾诸位老翁，不曾一时疏忽、怠慢。”

老翁说：

“是的，孩子，你为我们尽了全力。人有生老病死，我们都要回到伟大安拉那里去。”

“老翁家，你已病入膏肓，我有一事想问：老翁家总是哭泣落泪，痛苦不堪，究竟原因何在呢？”

“孩子，你本无须知道这一点，也不要强我所难。我求伟大安拉保佑众生，不让任何人遭受我已遇到过的灾难。你若想安全无事，那就千万不要开那扇门。”

老翁伸手指了指那扇门，告诫说：

“你若想再遭我们遭过的难，那么，你就打开那扇门；你知道了我们哭泣、悲伤的原因，定会后悔莫及。你千万不要打开那扇门啊！”

老翁病情加重，不久去世。青年亲手为他洗尸、盛敛，然后将他埋在已去世的老友们的墓旁。青年坐在那里，思考着老人生前说的那几句话，思来想去，百思不得其解。

有一天，青年正在思考老翁不准开那扇门的叮嘱时，忽然想去看看那扇门，于是站起来朝门走去。他走近仔细一看，发现那是一扇很漂亮的门，但上面结着蜘蛛网，挂着四把铁锁。

青年看着门，想起老翁的警告，立即转身离去。片刻过后，他又想去把门打开，看看里边究竟有什么，但老翁的告诫却又立刻重新响在他的耳边。

就这样，一连七天，青年的思想总是处于矛盾之中：时而想打开那扇门，时而又记起老翁的叮嘱。

第八天，青年终于克制不住自己，心想：“我一定要把那扇门打开，看看究竟出什么事。凡是伟大安拉决定的事情，都是不可避免的；所有事情都是安拉规定的。”

想到这里，青年站起身来，走去将锁砸掉，把门推开，见门内有一道狭窄走廊。

青年在走廊里走了三个时辰，从一个洞口出来，发现自己来到一条大河岸边，心中惊异不已。他沿着河边走去，边走边左右观看。突然间，一只大雕俯冲下来，伸出爪子将青年抓起，旋即飞行于天地之间；飞至一座海岛上时，将青年丢在那里，拍翅飞离而去。

青年呆呆站在海岛上，一时不知该往哪里走是好。

有一天，青年正在岛上坐着，忽见一艘帆船远远出现在海上，就像天上的一颗星星。看到船，青年觉得有了生还的希望，目不转睛地望着那只船。

船终于靠了岸，青年走近一看，发现那是一条用象牙和乌檀木做成的船。船桨是用檀香木和沉香木做的，外嵌黄金封条，闪闪放光，船上坐着十位妙龄女子，一个个如花似玉。姑娘们看见青年，立即走下船来，亲吻青年的双手，并对他说：

“你就是我们国王的新郎。”

一位宛若晴空艳阳的少女走上前来，打开手上的包裹，取出一套王服和一顶镶嵌着珍珠宝石的王冠，给青年穿戴上，然后领着青年登上了船。上船一看，青年发现舱内满铺五彩丝毯。

姑娘们扬起风帆，船儿乘风破浪驶去。青年跟着美女们同乘一只船，自觉如在梦中，不知道她们要把自己带到什么地方去。

船终于靠了岸，青年见岸上站满了兵士，个个身披铠甲，人人握矛持盾。他们给青年送来五匹高头骏马，全都背着镶嵌珍珠、宝石的金鞍。青年选定一匹马骑上，其余四匹马跟在后面，前有旌旗引路，鼓角齐鸣，左右有大军护卫，浩浩荡荡朝前走去。青年一时只觉得半睡半醒，简直不敢相信自己行进在浩浩荡荡的队伍之中，认为自己是在做梦。

他们来到一片绿色草原，只见那里宫殿高大，园林处处，树木繁茂，河渠纵横，百花吐艳，百鸟鸣唱，争相歌颂伟大万能的安拉。

正当此时，忽见一支大军从宫殿和花园中走了出来，其势如洪流，顷刻间布满整个绿色草原。

大队人马接近青年，停下脚步，忽见一位国王骑马离开大队，在几个侍卫簇拥下来到青年面前。国王和青年相继离鞍下马，相互走近问安致意。之后，他们各自上马。国王对青年说：

“你是我们的客人，跟我们走吧！”

青年跟着国王走去，他们边走边谈。青年和国王在队伍的护卫下，一直来到王宫。他们相继离鞍下马，步入宫殿。国王拉住青年的手，让他坐在一把金椅子上。国王坐下，揭开自己的面纱，青年见国王是一位姑娘，明眸皓齿，肤色白皙，宛如晴空中的艳阳，俊美绝伦，光彩照人。

青年望着姑娘，由衷惊叹她那妩媚姿容。姑娘对青年说：

“我就是这块土地上的女王。你所看到的那大队人马，不管是骑士，还是步行者，都是女子，没有一个男子。在我们这里，男子只管耕种收获，建造房舍，从事各种手艺作业，而妇女们则管理国家，主持政务，当兵打仗。”

青年一听，大感惊异。正当此时，宰相走了进来，只见她是一位头发斑白的老太太，但却从容自若，潇洒威严。女王对她说：

“你给我们请法官和证人来吧！”

老太太从命，转身离去。

女王转过脸去，和青年亲切交谈，语调温柔，一扫青年心中的忧虑。她说道：“你喜欢让我成你的妻子吗？”

青年站起来，向女王行吻地礼，女王急忙阻拦。青年说：

“女王陛下，我比为你效力的女奴还要低微。”

女王忙说：

“难道你没有看见那么多奴仆、军队和钱财？”

“看见啦！”

“你眼前的所有一切，都听你的使唤和支配；要花多少钱，就花多少钱；要送给谁，就送给谁。”

女王指着紧紧锁闭的一扇门，接着说：

“不过，这扇门例外；你千万不要打开它；一旦打开，将后悔莫及。”

女王话音未落，宰相老太太带着法官和证人走了进来，只见她们一个个全是老婆婆，人人长发披肩，个个威风严肃。

女王命令她们为她和青年缔结婚约，继之举行盛大婚宴，全体将士饱享美味佳肴。

婚宴毕，新娘新郎共享洞房花烛，乐不可言，喜不胜收。

一对美满夫妻过着幸福、快乐的生活，不知不觉七年光景转瞬而逝。

有一天，这位得意的郎君忽然想开启那扇门，心想：“那里面一定藏着我未曾见过的至宝；如若不然，女王怎会不让我开呢？”

想到这里，他走上去将门打开，发现里面关着一只大雕，就是把他从海岛上携带到这里的那只大雕。

大雕一看见他，开口说道：

“不再欢迎一张永远不能成功的面孔！”

他一听此话便转身想逃，大雕追来，伸出爪子将他抓住，拍翅腾空而起，在空中飞翔了一个时辰，落在七年前抓他的那条河边上，放下他，旋即展翅飞去。

他坐在那里，头脑方才清醒过来，想起往日享受的富贵荣华，想起昨天号令三军、威风凛凛的神气场面，后悔不已，不禁泪珠簌簌下落，失声号啕大哭。

他在海边上生活了两个月时间，无时不在想回到妻子的身边。一天夜里，他辗转反侧，夜不成寐，苦思冥想，悲哀不堪。忽然，他听到空中响起一种喊声，只能听到声音，却看不见人，只听有人高声喊道：

“多么美妙的享受，然而一去不复返，令人何等忧伤！”

他听见这种喊声，自感再见女王无望，更无法得到昔日的荣华富贵，于是向昔日那十位老翁居住的旧屋走去。

他走进那座空荡荡的房舍，方才悟到他们的经历与自己的经历完全相同；这也便是他们痛哭、悲伤的原因所在。想到这里，他觉得那些老翁们总是流泪是情有可原的。

这位青年走进厅堂，深深陷于痛苦、悲伤之中，整日泣哭不止，不吃不喝，后半生没有再笑过，直至告别人世，被埋葬在老翁们的墓旁。

王子与商人妻

相传，从前有位商人，是个醋罐子。他有一位娇妻，生得眉清目秀，风韵可人，妖艳妩媚。他很爱这位妻子，生怕招风惹祸，因此不让她住在城里，而是在城外单独为她造了一座宅院，房舍巍峨，大门坚固。每当他进城时，总是将大门锁上，把钥匙带走，挂在自己的脖子上。

一天，商人正在城里，一位王子出城郊游。来到城外，他到处游逛，忽见一座豪华宅院出现在眼前。

王子凝神朝那里望去，但见一女子正凭窗眺望。眼见女子秀目含娇，美丽动人，王子一时心怦怦直跳，不知如何是好。他很想上前面谈一番，但有高墙相隔，不能如愿。王子唤身旁仆役取来笔和墨，写了一封信，表述自己对女子的爱慕之情，然后将信绑在箭头上，搭上弓弦，射入院内。

女子见有东西射进院中，立即走出屋门，走庭院花园中。她对一婢女说：

“快去把那支箭拣来，让我看看箭头上绑的是什么！”

婢女走去，将箭头上的信拿下来，递给女主人。

女子接过信，打开一看，知道刚才站在墙外的那位小伙子对自己深怀爱慕之情。

女子看完信，立即回信一封，信中说她恋他胜过他恋自己。随后，她回到窗前，把信投给了站在墙外的那个王子。

王子拾起信，看过之后，更加爱那女子。他走到窗下，对女子说：

“请你顺下一条绳子来，好让我把这钥匙绑在绳子上，你把它提上去。”

女子果然顺下一条绳子，王子将钥匙系在绳子下端，然后离去。

王子回到京城，向大臣们述说了他对那个女子的爱慕之情，并且说他再也忍耐不下去了。

一位大臣问王子：

“王子殿下，你需要我做点什么事？”

王子说：

“我希望你把我装在一口箱子里，然后把箱子寄放在那个商人城外的家中，就说那箱子是你的，以便我在几天之内幽会那位女子。这之后，你再收回你的箱子。”

“我完全照办！”

王子跟着那位大臣走到他的家中，钻到一口箱子里，大臣将箱盖锁上，送往商人的住宅。

大臣来到商人家，商人立刻迎上来，亲吻大臣的双手，然后问道：

“大臣阁下，有何要我效力之事？”

大臣说：

“请你把这口箱子存放在一个安全的地方，好好保管。”

商人即吩咐家仆把箱子搬走。之后，商人将箱子运到他在城外的宅院，放在仓库里。

商人出门忙别的事情去了，妻子走到仓库里，用王子给他的那把钥匙把箱子打开，只见从箱子里走出一位貌似皓月的青年，正是那位王子。

女子走去，穿上最漂亮的衣服，然后将王子带到客厅，一道坐下吃喝，一连七天时间。每当丈夫回来，她就把王子藏在那口箱子里，加上锁。

有一天，国王向大臣问王子在哪里，大臣走去找商人要那口箱子。

见大臣来要箱子，商人破例赶回城外宅院。

商人回到宅院，上前敲门。妻子听到敲门声，赶紧把王子藏入箱子里，因为匆忙，忘记了上锁，便去开门了。

商人进了大门，吩咐家仆去搬箱子，结果箱盖开了，发现王子在箱子里躺着。商人一眼认出王子，忙去报告大臣，并说：

“大臣阁下，你去叫王子吧！我们任何一个人都不能去抓王子。”

大臣走去，带上王子，告别商人，离开那里。

商人当天休掉妻子，并且发誓终生不再复娶。

一个坏奴仆

相传，从前有一个十分风趣的人。一天，他来到市场，看见一奴仆在高声叫卖自己，于是他走过去将那奴仆买下，领回家中，交给妻子。

奴仆在那个人家里住了一段时间。有一天，男主人对妻子说：

“你明天到花园里去玩玩，散散心去吧！”

“好的！”

妻子高兴地答道。

奴仆听后，连夜准备饭菜、饮料、干果和水果，然后把东西悄悄搬运到花园里，分别放在四棵树下。

第二天清晨，主人吩咐奴仆陪太太去花园，并准备好他们需用的、吃的、喝的和水果。

太太出门，骑上一匹马，奴仆陪着她来到花园。

他们刚一进园门，忽听乌鸦一声叫，奴仆马上说：

“说得对呀！”

太太问：

“你知道乌鸦在说什么？”

“是的。”

“乌鸦说什么？”

“乌鸦说：‘饭菜在这棵树下，请吃吧！’”

“你懂得鸟语？”

“是的。”

太太走到那棵树下，果然看见那里有饭菜。大家吃过饭，太太惊愕不已，相信奴仆果真懂鸟语。

吃完饭，大家开始在园中游逛，只听乌鸦又叫了一声。奴仆说：

“说得对！”

“乌鸦又说什么？”太太问。

“乌鸦说：‘那棵树下有甜水和佳酿。’”

太太走去一看，果见树下有甜水、美酒，更加相信奴仆懂鸟语；奴仆在女主人的心目中顿时有了地位。

太太和奴仆坐下喝起酒来。

喝完酒，奴仆陪太太向前走去。正走着，忽听乌鸦叫了一声。奴仆随口说道：

“说得对！”

“乌鸦说什么？”

“乌鸦说：‘那棵树下有鲜果和干果。’”

太太走到前面那棵树下一看，果见那里放着各种干鲜果子。

二人吃了些鲜果和干果，继续朝前游逛。走着走着，传来乌鸦的第四次叫声。奴仆听后，弯腰从地上拾起一块石头，向乌鸦投去。太太随即问奴仆：

“你为什么用石头投乌鸦呢？它说什么？”

“太太，乌鸦说的这句话，我不便对你说。”

“你我之间还有什么不能说的话吗？直说就是了。”

“不能啊！太太！”

“说吧！没关系的。”

“万万说不得！”

太太再三立誓、催促，奴仆方才说：

“乌鸦对我说：‘你取代太太的丈夫吧！’”

太太一听，笑得前仰后合，然后对奴仆说：

“小事一桩，轻而易举！”

说着，太太走到一棵树下，铺上毯子，躺了下来，呼唤奴仆说：

“你来呀……”

奴仆正要走去，忽见男主人出现在身后，望着奴仆，喊问道：

“喂，奴仆，太太为什么躺在地上哭呢？”

奴仆急忙回答道：

“报告老爷，太太从树上跌下来，摔死了；幸得安拉搭救，方才起死回生。她在这里躺了一个时辰，以便休息一下。”

太太看见丈夫站在她的头前，缓缓站起来，装出病恹恹的样子，连连叫苦喊疼道：

“哎呀，把我的背和腰都摔疼了。亲爱的，来呀，我简直活不成了。”

丈夫听后，大惊失色。过了一会儿，方才喊道：

“奴仆，给太太牵马，把太太扶上马去！”

奴仆把太太扶上马，然后牵着马走去，丈夫紧跟在马后，边走边对妻子说：

“安拉会使你康复的。”

听完这个故事，可知男人如何诡计多端。

小娘子与众达官

相传，很久很久以前，有一位小娘子，她本是一个商人的妻子。她的丈夫常常外出。一次，她的丈夫到一个很远的地方去，因离家时间太久，小娘子寂寞难耐，便与一个商人的儿子关系暧昧起来。小娘子爱那小伙子，那小伙子也非常喜欢那位小娘子。

有一天，那位小伙子和一个人争吵、打架，被那个人告到总督府，结果小伙子被投入监牢之中。

小娘子得知小伙子入狱，一时惊恐不安，失魂落魄。小娘子站起来，一番收拾打扮，穿上最漂亮的衣服，快步来到总督府。她见到总督，问过安好，把状纸呈上。状纸上写道：

总督大人：

因与一个人争吵、打架而被阁下关押起来的那个人，是我的弟弟。因为那些人作的全是伪证，故我的弟弟乃属无辜被关押之列。我家无别人，唯姐弟相依为命，特恳求总督大人开恩，下令释放他。

总督看过状纸，抬头朝小娘子望去，但见她花容月貌，风姿绰约，立即爱在心里。总督对她说：

“小娘子，你先到我家去吧！我马上将你弟弟带来，让你把他领走。”

小娘子说：

“总督大人，我只有安拉可以依靠。我是个异乡女子，不能随便进任何人家中。”

“你不去我家，与我交欢，我是不能放你弟弟的。”

“你若一定想交欢，那要到我的住处，你可在那里安歇一整日。”

“你住在何处呀？”

“我的住处离这里不远。”

小娘子把自己的住址告诉了总督，并约定了幽会的日子，然后离去。

小娘子来到法官府，对法官说：

“法官阁下，请你关照一下我的案子，安拉会报偿你的。”

法官说：

“谁迫害你啦？”

“先生，我只有一个弟弟，家中别无他人。我弟弟让我来找阁下求情。总督根据伪证将我弟弟投入监牢之中，而事实上他是无辜的。因此，我求法官大人为我到总督那里说个情。”

法官见小娘子貌美出众，一见钟情，顺口说道：

“请你到我府上去，和我交欢一个时辰，我再派人去求总督释放你弟弟；假若我知道你弟弟的赎金是多少，我代付之，以便终结此案。你言谈动人，实在使我钦佩不已。”

“法官大人，如果你那样行事，我们就不责怨他人了。”

“你若不去我家，就请走你的吧！”

“若大人真想那样，就请到我的住处，因为我那里比你家严密、安稳。你家里奴婢成群，出入的人无数，我很不习惯让人看见。不过，需要就是一切呀！”

“你的住处在哪里？”

“离这里不远……”

说完，小娘子与法官约定了幽会的日期，和与总督约定的是同一个日子。

小娘子离开法官府，来到相府。见到宰相后，将事情原委说了一遍，恳求宰相救弟弟出狱。

宰相见小娘子姿色非凡，一见动心，说道：

“与我交欢一场，我才能让总督释放你的弟弟。”

小娘子说：

“你若真想那样，就请到我的住处去吧！因那里对我和对你都更方便、更保密；再说，我家离这里也不远；此外，你也知道，我们需要干净、漂亮……”

宰相问：

“你的家在哪里？”

小娘子把住处告诉宰相，并约定在同一天与宰相在自己家中幽会。

她离开宰相府，来到王宫，见到国王后，便把情况向国王讲了一遍，祈求国王释放她弟弟。

国王问：

“谁把你弟弟关押起来啦？”

小娘子回答：

“是总督……”

国王见其姿容，闻其娇言，顿觉情箭穿心，随后要小娘子和他一道入寝宫共枕鸳鸯，然后派人让总督放人。小娘子说：

“国王莫急嘛！对于陛下来说，这种事情再简单不过了：要么，出于我甘心情愿；要么，逼迫我强装笑脸。如果国王陛下真有此意，那就是奴婢的齐天洪福。不过，国王陛下若能到我家中共享交欢之乐，那就是我的三生大幸了。有诗为证……”

小娘子顺口吟诵道：

呼声二挚友，
可见可听闻；
贵客登门来，
倍增我身份。

国王说：

“我听小娘子安排！”

小娘子约国王在同一天到她的住处幽会，并把住址给国王说了个清清楚楚，明明白白。

总督、法官、宰相和国王要在同一天到小娘子家中与她幽会了。

小娘子离开王宫，直奔木匠那里。见到木匠，小娘子说：

“木匠师傅，给我做一个四斗柜吧！柜子分成上下四层，每层安一个门，再安上锁襻儿。多少钱，你说个价吧！”

木匠说：

“四个第纳尔。”

木匠抬头看了看小娘子，见她姿色不凡，挤了挤眼，接着说：

“小娘子，若容我与你单独会上一面，这柜子嘛，我就白送给你，分文不取了。”

小娘子说：

“如果非单独会一面不可的话，那就请你把柜子再加一层，做成五斗柜吧！”

“好说，好说！”

小娘子要求木匠当天把柜子做好，并且约他在同一天去她家幽会。

木匠听小娘子满口答应，喜在心里，马上说：

“请你稍坐，我马上把柜子打好，你带回去就行了。”

小娘子坐了不大一会儿，一个五斗柜便做成了。她将柜子带回家中，放在客厅里，然后走去取来四件衣服，送到洗染匠那里，分别染成四种不同颜色。

小娘子回来，立即开始准备饮料、水果、鲜花和酒席。

约会的日子到了，小娘子梳洗打扮，涂脂抹粉，穿上顶漂亮的衣服，喷上香水，然后将客厅精心布置一番，铺上各种华丽地毯，坐在那里，静等客人的到来。

一阵敲门声传来，小娘子把门打开，但见进来的是法官，急忙向他行吻地礼。小娘子让他坐在地毯上，而法官却急不可耐，一把将小娘子搂在怀里，温香柔玉地抚弄……小娘子说：

“法官阁下，别急呀！你脱下自己的衣服，解下自己的头巾，换上这件黄袍，缠上这块头巾，我们先吃饱喝足，再行交欢不迟！”

法官宽衣解带，换上小娘子递过来的黄袍，缠上头巾……就在这时，忽听有人敲门，法官慌了神，忙问：

“是谁敲门？”

小娘子说：

“是我丈夫回来了。”

“怎么办呢？我去哪儿躲一躲呀？”

“不要慌！你别害怕！我把你藏在这个柜子里。”

“那就快一点儿吧！”

小娘子拉着法官的手走去，让他钻进五斗柜的最下面一层，迅速关上柜门，加上了锁。

小娘子走去开门，见进来的是总督，忙向他行吻地礼，然后让他坐在地毯上，并且说：

“总督大人，我的家就是你的家，我是你的奴婢。你就在我这里玩上一天吧！请你宽衣解带，换上这件红大袍，缠上这条方巾，这才是睡衣睡巾呢！”

总督未等把红袍穿好，便把小娘子紧紧搂在怀里，手不停地抚弄……小娘子说：

“大人，别急呀，今天一天没有人来，任你玩耍。大人，劳你大驾，先给我写个释放我弟弟出狱的条子吧，也好让我放心哪！”

“那好办！”

只见总督顺手取来笔墨，挥笔写道：

典狱官：

见此条速放因斗口角而被关押的青年出狱！万勿怠慢，无须多言。

写完，取下戒指印，在签字处盖上了印章。

小娘子收起字条，总督即走过去，将小娘子抱住，又亲又吻……

正当此时，传来敲门声。总督不耐烦地问：

“谁在敲门呀？”

小娘子答道：

“我丈夫回来了。”

“哦……我怎么办？”

“不要慌，跟我来！”

总督跟着她来到五斗柜前，小娘子打开第二层门，对他说：

“快钻进去躲一躲吧！”

总督钻了进去，小娘子将门关上，紧紧锁住。所有这一切，藏在下面一层的法官听得清清楚楚，但他不敢吱一声。

小娘子从容走去开门，见来客是宰相，忙跪在地上，向宰相行吻地礼，然后将他带入客厅。小娘子说：

“宰相阁下，你的到来为寒舍增光添彩，令我荣幸之至。相爷，感赞安拉赐给我们这宝贵一面。”

小娘子让宰相坐下来，并对他说：

“相爷宽衣吧！请换上这件轻薄的蓝大袍，缠上这块红方巾！这朝服沉重，行动不方便，还是这件蓝袍适合吃饭和睡觉。”

宰相换上衣服，随即将小娘子搂在怀里，亲吻起来。小娘子轻轻推开相爷，说道：

“相爷，你别着急嘛！时间还多着呢……”

正在这时，忽听有人敲门，宰相问：

“谁在敲门？”

小娘子说：

“我丈夫他……”

“怎么办呢？”

“你快跟我来！”

宰相跟着小娘子来到五斗柜前，小娘子说：

“你快钻进柜子里去吧！等我打发走我丈夫，再来伺候你。”

宰相钻进柜子的第三层，小娘子把柜门关上，锁了起来。

小娘子走去打开房门，见国王走了进来，急忙跪下向国王行吻地礼，然后站起身，将国王领入客厅，让国王坐下。小娘子说：

“国王陛下，你的到来使我家蓬荜生辉，即使我把整个世界及世间的所有东西都送给你，也难以抵得上陛下朝我们走来一步。”

国王刚坐下，小娘子又说：

“陛下，请允许我再说一句话。”

“想说什么，就说吧！”

“陛下，请休息一下，脱下你的朝服，摘下你的缠头巾，换上这套衣服吧！”

国王身上的衣服价值一千第纳尔，而小娘子要他换上的那套衣服仅值十个菲勒斯。

小娘子见国王已换好衣服，走去与他亲热起来。所有这些言谈，藏身在柜子里的法官、总督和宰相都听得清清楚楚，但谁也不敢吱声。

国王伸手去搂小娘子的脖子，想亲吻她，她说：

“陛下不要急嘛！我已答应尽心伺候你，保你如愿以偿。”

二人正交谈时，忽听“咚咚”敲门声传来。国王问：

“谁在敲门？”

“我的丈夫。”

“你把他打发走！如若不然，我就强行将他赶走。”

“陛下，不能啊！你稍忍耐一下，我设法把他劝走就是了。”

“我怎么办呢？”

“快跟我来！”

小娘子把国王领到五斗柜前，让他钻进第四层，然后用锁锁起来。

小娘子走去开门，见来者是那个木匠，木匠向她问好致安，而她却说：

“你做的那个五斗柜是什么呀？”

木匠问：

“怎么啦？”

“最上面的一层太窄小了。”

“不是挺宽的吗？”

“你钻进去试一试呀！它连你都容不下。”

“它足以容下四个人。”

木匠走去，钻进第五层，小娘子立即关上柜门，随手锁上。

小娘子带上总督那张字条，迅速赶到监狱，见到典狱长，递上总督的条子。典狱长看过条子，立即放了小娘子的情人。

小伙子出了监狱，小娘子将救他出狱的过程向他说了一遍，他连忙问小娘子：

“我们怎么办呢？”

小娘子说：

“我们立即离开这座城市，奔另一座城去。我们干了这种事之后，就不能再在这里待下去了。”

二人整理完东西，绑在骆驼背上，启程奔另一座城而去。法官、总督、宰相、国王和木匠被锁在五斗柜里，一连三天没有吃饭。他们实在憋不住了，木匠撒尿淋在国王的头上，国王撒尿淋在宰相的头上，宰相撒尿淋在总督头上，总督撒尿淋在法官头上，法官喊道：

“这是什么脏东西？难道这还不够我们受的，甚至在我们头上撒尿？”

总督提高嗓门嚷道：

“法官阁下，安拉赏赐你了。”

法官听得出那是总督的声音。接着总督大声喊道：

“这是什么脏东西呀？”

宰相大声说：

“总督阁下，安拉奖赏你了。”

总督一听，便知那是宰相在说话。宰相嗅到尿臊气味，高声喊道：

“谁在撒尿？”

总督抬高声音：

“相爷阁下，安拉会给你报偿的。”

国王一听便知，那是宰相的声音，便默不作声了，想隐瞒自己的身份。

宰相这时故意说：

“这个坏女人，把我们这些国家要人都集中到她这里，只有国王没来。”

国王听后，说道：

“你们住口吧！我是第一个落入这个婊子的罗网中的。”

木匠听他们这样一说，提高声音嚷道：

“我给她打了一个柜子，工钱四个第纳尔，我要账来了，我有什么罪，致使她也把我锁在这柜子中？”

他们相互谈着，纷纷用好言安慰国王，消除他的怒气。

正在这时，邻居们来了。他们见房子一连好几天都紧锁着门，便相互议论说：

“昨天我们还见邻居家媳妇在家中，怎么现在一个人的声音也听不到，一个人影也看不见了呢？把门砸开，看看里面出了什么事，免得总督或国王知道了，将我们关押起来，到时候我们后悔都来不及了。”

说着，邻居们将门打开，走了进去。他们看见客厅里放着一个五斗柜，听到柜子里有人喊喝叫饿，便相互议论说：

“莫非这柜子里藏着妖精？”

一个人说：

“我们弄些干柴来，将这妖精柜子烧掉吧！”

法官听后，大声喊道：

“不要烧，不要烧！”

邻居们相互说：

“妖精在说人话……”

法官听人们这样一说，立即念了《古兰经》，然后对人们说：

“你们走近这柜子些！”

人们走近柜子，法官说：

“我们是人，我们有好几个人在这柜子里。”

“谁把你们弄到这里来的？把事情讲清楚。”

法官把事始末对他们讲了一遍，他们方才叫来一位木匠，一一打开柜门，陆续放出法官、总督、宰相、国王和木匠。

人们见他们各穿一件颜色各异大袍，彼此面面相觑，一个个狼狈不堪，不禁捧腹大笑。

这几个达官想捉拿小娘子，派人四下打听，却没打听到她的任何消息。小娘子已经带着他们的衣物，远走高飞了。众达官无法出门见人，立即派人取来衣服，穿戴好，方才偷偷地溜走了……

国王冤枉信女

相传，有一位虔诚的信女，常常出入国王的王宫；人们见之，必定对她表示祝福，用羡慕的目光注视着她。

一天，这位信女照平日习惯进了王宫，坐在王后的身旁。片刻过后，王后要去浴池沐浴，把价值一千第纳尔的项链摘下来，交到信女的手中，并且叮嘱说：

“你拿着这条项链，好好看守着，等我从浴池里出来，再给我。”

信女接过项链，王后到宫中的浴池洗澡去了。信女在王后那里坐了一会儿，把项链放在礼拜毯下，先做礼拜，然后去室外方便。

信女刚离开不久，一只鸟儿飞来，衔起项链飞去，将项链衔到了宫院上空，丢到一个角落的墙缝里，然后展翅飞了。

信女方便后回到屋内，对刚才发生的情况一无所知。

王后从浴池出来，向信女要项链，信女立即去拿，但她撩开礼拜毯一看，项链不见了。信女找来找去，却未见项链踪影，无可奈何地说：

“凭安拉起誓，一个人都没有来过，而且我接过项链，把它放在礼拜毯下面的时候，也没有一个仆女看见或注意我，当时我正在做礼拜；究竟谁拿去了，只有伟大安拉知道。”

国王听说王后的项链被信女看丢了，命令王后拷打那个信女，时而用鞭子抽打，时而用火燎烤。

一番折腾、拷打，各种刑罚用尽，但信女什么也没有招认，也没有猜疑任何人。国王下令给信女加上镣铐，随后将之投入监牢。

此后不久，有一天，国王和王后坐在宫院中，周围都是水，国王无意中看见一只鸟，正在从一个角落的墙缝里往外啄一条项链，于是让一婢女跑去追赶那只鸟儿。

婢女追上了那只鸟儿，夺回了项链。国王接过项链一看，认出那正是王后的那条项链，知道自己冤枉了那位信女，对自己的作为深感后悔。

国王立即将信女从监牢中接出来，连连亲吻她的头，边哭边求信女宽谅，对自己的作为深表歉意。随后，国王拿出许多钱来给信女。但信女分文未收，原谅了那位国王，然后离去，发誓不再进任何人家，遂隐居高山深谷，专心膜拜安拉，直至天年竭尽。

雌鸽屈死

相传，有一对鸽子夫妻，采集了若干小麦和大麦，放在巢中，以备冬天食用。夏季来临，因风吹日晒，大麦和小麦粒干燥微缩，看上去似乎数量减少了许多。

见此情景，雄鸽子问雌鸽子：

“是你吃了大麦、小麦？”

雌鸽子说：

“没有！凭安拉起誓，我一点儿都没有吃。”

雄鸽子不相信，随后用翅膀拍击雌鸽子，继而用喙狠啄它，终于将雌鸽子折磨至死。

天气渐渐冷了下来，大麦、小麦粒着了湿气，慢慢膨胀，恢复了原状，看上去和原来一样多了。雄鸽子这才知道自己冤枉了雌鸽子，但已经后悔莫及。从此，雄鸽子躺在死去的雌鸽子尸旁，号哭不止，不吃不喝，身体日衰一日，终于一命归阴。

王子智娶公主

相传，某国王有位女儿，天生丽质，明眸皓齿，身材苗条，行止妩媚，而且心地高洁。此外，这位公主集女性温柔与男性刚健于一身，武艺也格外高强。

这位公主名叫杜蒂玛。曾有多少位王子前来求婚，杜蒂玛公主却一个也未看中。她说：

“只有在校场上勇于刺杀、搏斗，能够战胜我的人，才能与我结为百年之好。谁能打败我，我就诚心诚意嫁他为妻；败在我手下的人，我将没收他的马、武器和衣物，并在他的前额烙上‘释奴’的字样。”

远近诸国王子们纷纷前来求婚比武，结果一个个败在杜蒂玛公主的手下，武器、马匹被没收，前额被烙上“释奴”字样，狼狈地原路而回。

波斯的一位王子，名唤白赫拉姆。这位波斯王子得知杜蒂玛公主招亲之事，远道而来，并携带着大批钱财、马匹、随从及若干皇家御用宝物，拜见杜蒂玛公主的父王，送上贵重礼物。国王热情接待波斯王子。

波斯王子向国王表示，他要向杜蒂玛公主求婚，国王说：

“孩子，杜蒂玛的事情，我管不了啊！我的女儿已经立过誓，只与在校场比武中战胜她的英雄好汉结为伉俪。”

波斯王子说：

“我正是接受这个条件之后，才离开父王的京城，前来拜访国王陛下的。”

“那样的话，明天你就同杜蒂玛在校场上见吧！”

第二天，国王派人通知杜蒂玛公主。

杜蒂玛公主得知波斯王子前来求婚，立即准备校场比武，披挂整齐，拿好武器。

波斯王子一夜精心准备，决计与公主较量一番。

人们闻讯，从四面八方来到校场，坐等观看比武场面。

杜蒂玛公主身穿甲衣，束着腰带，蒙着面纱，纵马挥矛上阵。波斯王子披坚执锐，全副武装，英姿勃勃，跃马冲至阵前。二人你来我往，剑矛对撞，铿锵作响，大战数个回合，不分胜负。

杜蒂玛公主感觉对方武艺高超，胆量过人，自知自己不是对手，但又怕在众人面前丢脸，于是略施小计，随后撩开自己的面纱，露出俊俏面容，赛过月华，娇艳无法描绘。

波斯王子见之，顿感惊喜不已，不禁精神焕发，斗志一扫而光。

杜蒂玛公主见此情景，奋力冲了过去，一矛将他戳下鞍，像老鹰捉小鸡那样将王子擒在了手中。王子一时魂飞魄散，不知如何是好。公主牵走了王子的马，夺去他的武器和衣物，用火在王子的前额上烙了字，便放他离去了。

波斯王子苏醒过来之后，一连数天不吃不喝，也不睡觉。王子深深爱上了公主。他让随从给他的父王修书一封，信中说他不达目的决不回返，宁愿死在公主面前。

国王收到儿子的来信，深为他感到难过，一时想发兵征讨，但群臣们竭力阻拦，一致主张忍耐。

王子急中生智，随即想出一则妙计，把自己化装成一个老翁，来到公主的花园中，因为那是公主常去的地方。

王子见到园丁，对他说：

“老园丁，我是个异乡人，来自一个遥远的国家。我自打年轻时起，就喜欢栽花种树，对园艺之道颇为精通。”

老园丁一听，非常高兴，随即将王子带入花园里，并把几个人交给他管。王子开始在花园里干活，培植花草，管理果树。

有一天，他正在干活，忽见一群奴仆牵着骡子进了花园，驮着毡毯和餐具器皿。王子询问身边的助手们，他们说：

“公主要游园来了。”

王子听他们这样一说，立即走去，将从国内带来的首饰、锦衣拿到花园中来，把一些宝物放在自己的面前，自己则浑身颤抖着，看上去年迈体衰，老态龙钟。

婢女们走来，在花园里转来转去，摘果子，采鲜花，赏风景。她们看见一个人坐在一棵树下，便朝那棵树走去；那个人就是波斯王子。她们走近一看，发现那是一个老翁，手脚不停地颤抖，但面前却放着许多国王们的御用宝物。她们望了望，觉得非常奇怪，问他为什么摆着那么多首饰，王子告诉她们：

“我想用这些首饰娶你们当中的一位姑娘。”

婢女们一听，都笑了起来。她们问王子：

“你同姑娘结了婚，打算怎样呢？”

王子答道：

“我吻她一下，然后就把她休掉。”

公主走来，对王子说：

“我把这个婢女嫁给你了。”

王子拄着手杖，颤颤巍巍地走近那个婢女，吻她一下，然后把首饰和锦衣递给她，那婢女非常高兴。众婢女不住地讥笑王子。

过了一会儿，众婢女倦游归去。

第二天，婢女们来到花园，朝王子走去，发现他仍坐在那棵树下，面前摆着许多首饰和锦衣，比昨天的还要多。

婢女们坐在王子面前，问道：

“老翁家，你摆这些首饰做何用呢？”

王子说：

“我要像昨天一样，用它与你们当中的一位姑娘成亲。”

公主说：

“我把这个婢女许配给你了。”

王子走去，亲吻那个婢女，把首饰和锦衣送给了她。

随后，众婢女离去。

公主看见王子送给婢女的首饰和锦衣，心想：“我比她们更应该得到那些东西。我要了那些首饰和锦衣，又有何妨呢？”

次日天亮，公主独自走出闺房，扮成一个婢女模样，向花园走去。

公主来到王子坐的树下，对王子说：

“喂，老头儿，我是公主，你想同我结为鸳鸯吗？”

王子说：

“完全同意。”

王子立即取出更精美、更贵重的首饰和锦衣递给公主，然后站起来同她亲吻，将她紧紧搂抱起来，而她却是那样安然、放心，紧紧搂住了王子……王子问：

“难道你不认识我？”

“你是何许人？”公主问。

“我是波斯王子白赫拉姆。我化了装，远离祖国和亲人，到了这里，就是为了你呀，我的公主！”

公主站起来，默不作声，没有回答，什么也没表示。她心想：“我就是杀了他，又有什么用呢？”她思来想去，心想：“既然生米已煮成熟饭，我别无他路，只能跟着他走，到他的国家去。”

想到这里，公主立即回去收拾金银财宝和细软首饰，并且派人通知波斯王子，要他立刻做好启程准备。

波斯王子接到公主的通知，迅速行动，收拾起钱财，二人约定夜来之时启程上路。

夜幕垂空之时，王子与公主飞身上马，踏上征程，一夜马不停蹄，直奔驰到东方大亮。二人继续策马前进，终于到达波斯王国境内，接近了京城。

父王得知王子归来，立即率大队人马出迎。父子相见，分外高兴。

几天过后，王子修书，派人送给杜蒂玛公主的父王，说公主已在波斯王国京城，请他为公主准备嫁妆。

国王收到信，笑纳礼物，热情款待信使，然后举行盛大宴会，请来法官和证人，为王子和公主缔结婚约，并向信使赐赠了礼袍，托信使将公主的嫁妆带回去。

波斯国王为王子举行盛大结婚典礼，白赫拉姆王子和杜蒂玛公主结为美满夫妻，共享天伦之乐。

心地不善的老婆婆

相传，很久很久以前，有一个商人，腰缠万贯，家中钱财堆积如山；他有一个儿子，商人爱子如命，视若掌上明珠。

有一天，儿子对父亲说：

“父亲，我有一个愿望，期望你能帮助我实现。”

“什么愿望？”父亲问，“孩子，说吧！我一定会尽力，让你如愿以偿。”

“我希望你给我些钱，我想跟着商人朋友们去巴格达，观赏一下那里的风光，看看那里的哈里发宫殿。因那些商人的孩子们对我说过，那里风景宜人，美不胜收，所以我很想去亲眼看看。”

“孩子啊，你长期不在我的身边，我怎忍受得了呢？”

“不管怎样，我都要去。不论你愿意与否，我决心已经下定，一定要到巴格达去。”

父亲见儿子态度坚决，便为他准备了价值三万第纳尔的货物，将儿子托付给可靠的一位商人，然后送儿子上路了。

这位青年随商人朋友们到达和平之地巴格达之后，来到市场，看见一座建筑精美、宽敞讲究的宅院，那里花香鸟语，客厅华丽，地面上铺着彩色大理石，天花板五彩纷呈，于是问看门人：

“这座房子的租金是多少？”

看门人答道：

“月租金十第纳尔。”

“你说话当真，还是开玩笑？”

“凭安拉起誓，我说的是真话。不过，住在这座房子的人，只能在这里住上一个礼拜，或两个礼拜。”

“什么原因？”

“孩子，住这座房子的人，不是病着出来，就是死在里面。这座房子因此出名，所有的人都知道。我一说出它的租金，谁也不敢住进去。”

青年听看门人这样一说，惊愕不已。他说：

“既然住进去的人不是病就是死，这其中定有原因。”

青年暗自想了一会儿，求安拉为他驱除恶魔，打掉心中的顾虑，租下那座房子，住了进去。

青年住下之后，开始做买卖，忙经营。他在那座房子里住了若干天，看门人说的那种情况均未出现。

有一天，青年坐在门口，见一白发老婆婆打门前走过，看上去真像一条蝮蛇，口中念赞美之词，脚下不住地踢开路上的石子。她见青年坐在门口，朝青年看了一眼，二目中绽露出惊奇的神色。

青年问老婆婆：

“喂，老太太，莫非你认识我，或看着我面熟？”

老婆婆听他这么一问，马上走过来，向青年问安致意，问青年：

“小伙子，你在这里住了多久啦？”

青年回答：

“阿妈，我在这里住了两个月啦。”

“孩子，我不认识你，你也不认识我。不过，使我觉得奇怪的是，别人住在这里，不是病着出来，就是死在里头，你却敢住进去。孩子，我认为你在拿着自己青春冒险呀！你还没有看见这座院子里的瞭望台，也没有上房去看看吧？”

老婆婆说完，便走开了。

青年思考着老婆婆的那番话，心想：“我既没有上过房顶，也没有见识过老婆婆说的那瞭望台，那里会有什么呢……”

青年转身进去，在整个院子里巡视了一遍，终于在一个角落里看到一扇漂亮的门，在树木掩映之下，上面结满了蜘蛛网。他心想：“蜘蛛在此结网，也许秘密就在其中。”他一边背诵着《古兰经》文：“我们只遇到安拉所注定的胜败，他是我们的保佑者。”一边将门推开，看见一个梯子，于是沿梯子而上，发现上面果然有座瞭望台。

青年在那里坐下休息片刻，然后登上一座高台，向西周望了望，只见整个巴格达城风景尽收眼底。

他在瞭望台上左右环顾，看见一位妙龄姑娘，面目姣好，体态婀娜，皮肤白嫩，风采动人。青年见之，顿觉心荡神弛，自感心灵中增添了阿尤布的磨难、叶尔孤白的悲伤。

青年看见姑娘，仔细审视，心想：“也许人们说住在这座房子里的人不病即死，原因就在姑娘身上。但期我能知道我将如何挣脱这种困境。因为我一看见她，便自觉神魂颠倒了。”

他离开瞭望台，不时思考着自己的处境。他只觉得心神不安，走出门去，坐在门前，一时不知如何是好。

忽然看见那个白发老婆婆走来，青年边走边赞颂安拉。青年一看见她，急忙站起来，向她问安致意。他说：

“阿妈，我本来身体健康，精神饱满。听你提到瞭望台之后，我就打开那扇门，登上房顶，到瞭望台看了看，使我大吃一惊。阿妈，我自认为自己非死不可了。我知道，除了你，谁也不能医治我的疾病。”

老婆婆听后一笑，随后说：

“但求安拉保佑，你不会有什么灾祸的。”

青年听老婆婆这样一说，转身回到房间，拿来一百第纳尔，递到老婆婆手里，并且说：

“阿妈，请收下这点儿礼物吧！我求你像主人对待仆人那样对待我，请你不时到我这里来；如果我不幸死去，求你在世界末日为我申冤。”

“遵命！不过，孩子，你要想实现自己的愿望，还希望你帮我一把。”

“我能帮什么忙呢？”

“你去丝绸市场一趟，问艾卜·法塔赫·本·盖达穆的店铺在哪儿；问到之后，向店主致意，对他说：‘把你的金丝面纱拿给我看看吧！’他那里有顶好的面纱，你要高价买下，先保存在你这里。但愿我明天来看你。”

老婆婆说完，转身走去。

青年一夜辗转反侧，不能成寐，忐忑不安，如坐针毡。

次日清晨，青年口袋里装着一千第纳尔，向丝绸市场走去。他顺利打听到了艾卜·法塔赫的店铺，走进店里一看，但见那里奴婢成群。有一位女子容颜超凡，似乎只有在帝王宫中才能见到那样的仙女。在群仆当中，坐着一位相貌端正、举止庄重的人；青年一看，便知那就是艾卜·法塔赫。

青年上前问好，主人回过礼，随后让青年坐下，青年说：

“我想看看面纱。”

主人随即吩咐仆人从店内取来一包东西，五颜六色的面纱顿呈眼前，美不胜收，一时令人只觉得眼花缭乱。

青年挑到了那条金丝面纱，出五十第纳尔买了下来，然后高高兴兴地返回住处。

回到住处，见老婆婆已等在那里。他把面纱递给老婆婆，老婆婆说：

“孩子，给我拿火炭来。”

青年拿来火炭，老婆婆用火炭将面纱边烧了一下，然后照原样折叠起来，拿着向艾卜·法塔赫家走去。

敲过门后，来开门的是位女子。老婆婆是那女子母亲的好朋友，平日交往甚多。女子说：

“你好，阿妈！有什么事吗？我母亲回她的住处去了。”

老婆婆说：

“闺女，我知道你妈不在你这里，我刚才还在你妈那里呢！我来你这里，是怕错过晌礼的时间。我想到你家做个小净，因为我知道你家干干净净”。

女子让老婆婆进了门，老婆婆为女子祝福祈祷，然后接过水壶，进入清洁室做小净，接着准备做礼拜。她走到女子面前，说道：

“闺女，我看这个地方有仆人走过的痕迹，不大干净，还是另给我找个做礼拜的地方吧！”

“阿妈，跟我来！”

女子拉着老婆婆的手，来到内室，指着一个地方，说：

“阿妈，这是我丈夫休息的铺垫，你就在这里做礼拜吧！”

老婆婆开始祈祷、跪拜、叩首，趁女子不注意之时，将那条面纱放在枕头下。

礼拜毕，老婆婆站起来，为女子嘱咐一番之后，告别离去。

红日偏西时分，女子的丈夫艾卜·法塔赫回到家中，坐在自己的铺垫上。仆人端来饭菜，他吃过饭，洗完手，往枕头上一靠，看见枕头旁露着面纱边。他拉出面纱一看，认出那是他的店铺出售的东西，认定妻子是个坏女人。

他的妻子名叫麦济雅。丈夫喊道：

“喂，麦济雅，这面纱是从哪里来的？”

麦济雅以信仰起誓，说道：

“除了你，谁也没有来过。”

艾卜·法塔赫唯恐出丑，没有再说什么。他想：“若让这个消息传出去，必定会臭名传遍巴格达城。”

艾卜·法塔赫是巴格达的有名巨商，乃哈里发的座上客。因此，对于此类事，不敢声张，他只是对妻子说：

“麦济雅，你母亲近日心脏不适，邻居女人们都在围着她哭，她让你马上回去看看。”

麦济雅立即回到娘家，发现母亲情况正常，根本没病。

她刚坐片刻，便见脚夫把她的衣物等东西都从丈夫家给她搬了回来。母亲问：

“闺女，这是怎么啦？出什么事了吗？”

麦济雅说没出什么事。

母亲哭了，知道女儿已被丈夫休掉了。

几天过后，白发老婆婆来见麦济雅，向她问好之后，说：

“闺女，亲爱的，你好哇！我很想你呀！”

老婆婆又走去见她的母亲，问道：

“老姐儿们，闺女和她的丈夫怎么啦？我听说她丈夫把她休了。她究竟有什么罪，致使她丈夫把她休掉呢？”

麦济雅的母亲说：

“但愿她的丈夫能够回心转意。老姐姐，你就在长夜里多多为她祝福吧！”

仨人在一起谈起天来。老婆婆说：

“闺女，不要难过，不要发愁！安拉会让你和丈夫重新和好的。”

老婆婆离开那里，去见青年。她对青年说：

“你赶快准备一桌宴席吧！我今夜就给你把她请来。”

青年立即去准备吃的喝的，然后坐着等待她俩到来。

老婆婆见到麦济雅的母亲，对她说：

“老姐儿们，我那里要举行一个聚会，让你女儿去参加吧，也好消消愁，解解闷。事完之后，我把她送回来。”

母亲走去，让麦济雅着意打扮一番，穿上最漂亮的衣服，戴上最华贵的首饰，然后让她跟着老婆婆走去。

母亲把她俩送到大门口，叮嘱老婆婆说：

“老姐姐，要小心点儿！不要让任何人看见她；你知道，她丈夫在哈里发那里很有地位。事情完了之后，尽快把她送回来。”

老婆婆带着麦济雅来到青年家中，进入客厅，只见青年立即走上前去，拥抱女子，接着连连亲吻她的双手和双脚。

麦济雅见小伙子那样俊秀，打心里感到惊异。在她看来，那客厅中的一切，似乎都是香的，均可以吃，可以喝。

老婆婆觉察到她那惊异的神态，忙对她说：

“闺女，你不要害怕，我一直坐在这里，一刻也不离开你，你俩好好谈谈。”

麦济雅十分害羞地坐了下来，而青年则不时地用诗歌、故事和她开玩笑，安慰她，终于使麦济雅露出笑颜，开始吃喝起来。

她吃完喝罢，抱起四弦琴，唱了一首歌，名为《她爱少年俊容》。

青年听完那首歌，酒不醉人人自醉，他的心陶醉了。

见此情景，老婆婆走了出来。

次日清晨，老婆婆走来，向二人问早安。老婆婆对麦济雅说：

“闺女，昨夜过得好吗？”

“多亏你的安排，过得很好。”麦济雅回答。

“走吧，我们去你母亲那里吧！”

青年听老婆婆这样一说，立即拿出一百第纳尔递给老婆婆，并对她说：

“让麦济雅今夜留在我这里吧！”

老婆婆离开那里，来到麦济雅的母亲家，对她说：

“老姐儿们，你的女儿向你问安。新郎的母亲留她在那里过夜。”

“老姐儿们，代我向她们俩问好。如果闺女高兴那样，那有什么妨害呢？我所担心的是来自她丈夫单方面的强迫行动。”

老婆婆安排了一个又一个计谋，让麦济雅在青年那里住了七天，每天都从青年那里得到一百第纳尔。

七天过去了，麦济雅的母亲对老婆婆说：

“把我闺女叫回来吧！我在为她担心了，因为她好久不回来，我害怕她出了什么事。”

老婆婆听后，恼怒地离开那里，走到青年家中，拉住麦济雅的手便走，而当时青年因酒醉睡在床上，对此事一无所知。

来到麦济雅母亲的家中，母亲用喜悦的目光望着女儿，心中高兴极了。母亲说：

“孩子，我心里挂念你呀！我因为你，说话伤了我的老姐儿们。”

麦济雅说：

“妈妈，你赶快吻吻阿妈的手和脚吧！她就像我的仆人一样，给我办了许多事。你如果不愿意，我就不是你的女儿，你也就不是我的母亲。”

那位母亲急忙站起来，与老婆婆和好。

青年酒醒之后，发现麦济雅不在了。但是，他感到高兴，因为他的目的达到了。

过了一会儿，老婆婆来到青年家中，问安之后，说：

“你看我干得怎么样？”

“你干得很漂亮，安排周到。”

“我们好好想个办法，把麦济雅还给她的丈夫吧！那对夫妻之所以分离，原因在于我们身上。”

“我该干什么？我能干什么呢？”

“你去艾卜·法塔赫店铺，在他那里坐上一会儿，问候他一下。我打他店铺前走过，你看见我时，立即离开店铺，跑到我的跟前，拉住我的衣服，破口大骂，威胁我，向我讨还那条面纱，并对商人说：‘先生，你不晓得我为什么用五十第纳尔买那条面纱。我的妻子戴上那条面纱，不慎花边被火烧了，我便让仆女给了这位老太太，想找一个人织补一下。老太太拿走了面纱，至今我也没有见到她送回来。’”

青年立即说道：

“我记住了！”

青年转身来到艾卜·法塔赫店铺，在那里坐了一个时辰，忽见老婆婆路过门前，手拿念珠，不住地赞美安拉。

青年看见老婆婆，急忙站起来，走去拉住老婆婆的衣服，破口大骂她，而她却好言说道：

“孩子，你是可以原谅的。”

市场上的人见此情景，纷纷问道：

“这究竟是怎么回事呢？”

青年说：

“众人们，我从这位商人手里买了一条面纱，花了五十第纳尔。我的妻子刚戴上一个时辰，一颗火星溅来，烧坏了面纱的花边。我把面纱交给了这个糟老婆婆，让她找个人织补一下，然后再送回来。可是，过了好多天，她还没有送回来。”

老婆婆说：

“这个孩子说的全是实话。我带着面纱去串门，把面纱忘在了一家的一个什么地方，我记不清了。我是个穷老婆子，怕那家主人，不敢找人家去要。”

商人艾卜·法塔赫听得一清二楚，但他完全不知道这是那个老婆婆与那个青年共同策划的一个阴谋诡计。

商人听后，站起来，说：

“安拉至大，安拉至大！我求伟大安拉宽恕我的罪过。感赞安拉揭开了事实真相。”

商人走到老婆婆跟前，问道：

“老太太，你到我家去过吗？”

老婆婆说：

“我去过你家，也去过别人家，全是为了行善。自打那天起，没有任何人告诉过我那条面纱丢在了哪里。”

“你问过我家的人吗？”

“先生，我去过你家，家中人告诉我，老爷已把太太休掉了。自那天起，我没再问过你家任何人。”

商人望着青年，说：

“你就把老太太放掉吧！你的那条面纱在我这里。”

随后，商人从店铺取出面纱，当着大家的面，交给青年去设法织补。

过了一会儿，商人去见自己的妻子麦济雅，给了她些钱，一番道歉之后，将妻子接回家中，并连声求安拉宽恕他的罪过，而对老婆婆的作为一无所知。

妖女断送王子命

相传，很久很久以前，有位王子，独自外出游玩。他经过一座花园，但见那里树木繁茂，绿草如茵，果实累累，鸟语花香，河渠纵横，风景如画，便停下脚步，坐在一个地方休息，拿出身上带的干果，吃了起来。

正当这时，王子忽见一缕烟雾腾空而起，直冲天空，心中十分害怕，立即站起身，爬上一棵大树，藏身在浓密的树叶之间。他定睛一看，只见一个妖魔浮出河水水面，头顶着一口石箱，上面还加着锁。那妖魔把石箱放在花园里，将石箱打开，只见从中走出一个女子，貌美绝伦，宛如晴空艳阳。妖魔让女子坐在自己面前，先是相看一番，然后把头埋在女子怀里，睡着了。

片刻过后，姑娘把妖魔的头移到石箱上，站起来走去。她朝树上望去，看见了那位王子，向他使了个眼色，示意他下来，王子却一动不动。

那女子再三要王子下来，并且说：

"你如果不下来，不按照我的吩咐行事，我就把妖魔叫醒，让他把你处死。"

王子一听，不禁恐惧万分，立即从树上下来。女子走上前去，亲吻王子的双手和双脚，春心勃发，要求与王子欢乐一番。王子心中害怕，只得答应了她的要求。一阵欢乐之后，女子说：

"把你手上戴的戒指送给我吧！"

王子把戒指摘下来递给女子。女子打开一个绸布包，但见里面包的全是戒指，足有八十枚以上，她随手将王子的那枚戒指放在里面。王子见绸布包里有那么多戒指，大惑不解，问道：

"你要这么多戒指做什么用呢？"

女子说：

"这个妖魔把我从我父亲的宫中抢出来，将我装在这口石箱子里，用锁锁上，然后顶在他的头上，须臾不肯离身；出于嫉妒，禁止我同其他男子接触。面对这种情况，我立誓进行报复，不拒绝同任何男子交欢；每遇一男子，交欢之后，便向之索取一枚戒指。你看这绸布包之中，有多少枚戒指，就说明我见过多少男子。"

女子叹了口气，又对王子说：

"你走你的吧！我在这里再等另一个男子。"

王子简直不敢相信这一切，随后回父王宫中去了。国王完全不知道自己的儿子已被那个女子玩弄过，只是因为听说儿子的戒指丢了，便下令处死儿子。

国王回到宫中，只见大臣们都在那里，纷纷劝说国王，不要轻易处死王子。

国王听了大臣们的劝告，方才终止了处死王子的想法。

一天夜里，国王把大臣们请来，对他们劝阻自己处死王子的举动表示谢意。王子也对他们表示感谢，对他们说：

“由于你们的善举，保全了我的一条生命，但期我能报答你们的恩惠。”

接着，王子把失去戒指的原因从头到尾向他们讲述了一遍，大臣们为王子祈祷平安、吉祥，然后相继离去。

对女人的诡计，不可不防！

盲夫子智高一筹

相传，许久许久以前，有一个商人，腰缠万贯，常常外出经商。每当他要去一个地方时，便首先向从那个地方来的人打听当地的情况。

一次，他想去一个城市经商。他见到从那座城市来的人，便问道：

“喂，朋友，到那座城中经商，什么货赚钱多呀？”

“檀香木能卖好价钱。”

商人听后，立即把自己所有的钱，都买了檀香木，带着货驮子向那座城市进发了。

到达那座城市时，天色已晚。商人遇见一位赶着羊的老婆婆。老婆婆问他：

“你是谁呀？”

“我是从异乡来这里经商的人。”

“你要留神啊，这里骗子和盗贼很多，他们专门欺负异乡人，吃人家的，喝人家的，还拐骗人家的东西。”

老婆婆一番告诫之后，离商人而去。

第二天一大早，便有一个当地人来找这个商人，一番问候之后，对商人说：

“先生，你从哪里来呀？”

“我从外乡来。”

“你带来了些什么货物？”

“我带来了檀香木，我听说檀香木在这里能卖好价钱。”

“这个消息不准确呀！我们这里都拿着檀香木当柴烧饭；在我们这里，檀香木和一般木柴没有什么两样。”

商人一听，懊悔不已，但又半信半疑。他住在客栈里，开始用檀香木烧火做饭。

那位当地人见商人果然拿檀香木当木柴烧火做饭，便走上前去说：

“你愿意以一沙阿[①]换一沙阿的代价，把檀香木卖给我吗？”

“卖给你！”

商人把带来的檀香木全部让那个当地人搬走，而他想的是用一沙阿黄金换一沙阿檀香木。

第三天清晨，商人正走在大街，遇到一个蓝眼睛的独眼人。独眼人见商人眼珠也是蓝的，一把把他抓住，说：

“你把我的眼睛弄瞎了，我决不能放你走！”

商人觉得莫名其妙，随口说：

“哪有这么回事呢？”

人们围拢上来，要求独眼人宽限一天，明天再让商人来赔他的眼钱，并且有一个人出面做担保人，商人这才得以脱身。

因为被那个独眼人纠缠，商人的鞋子都被踩坏了。

商人来到一家修鞋铺，把那只鞋子交给修鞋匠，并且说：

“请把这只鞋子修一修；你要多少钱，我会使你满意的。”

商人离开修鞋铺，遇见一伙人坐着打赌玩，他便也坐在了旁边，忧心忡忡，闷闷不乐，看人打赌玩耍。那些人要他和他们一起玩，他就玩了起来，结果，输得一塌糊涂。有一个人对他说：

“你能喝干海水，我就把自己的全部财产给了你；如果喝不完海水，那就把你的全部财产给我。”

商人站起来，对他们说：

---

① 沙阿，古代阿拉伯的容量单位，等于 118.8 公升。——译者注

“请你们宽限我到明天，再让我进行选择吧！”

商人满怀忧虑地走去，不知道如何是好。他坐在一个地方，正在苦思冥想之时，忽然看见那位老婆婆走来，对他说：

“我看见你满目惆怅，想必是被本地人骗了吧？”

商人把自己两天来的经历从头到尾讲了一遍。老婆婆说：

“谁要换走你的檀香木？在我们这里，每一磅檀香木要卖十第纳尔。我给你出个主意，但期帮你摆脱困境。”

“请老婆婆赐教。”

“你朝那座门走，那门里有一位盲老夫子，他是位很有学识的老翁。不论谁有了难事，都去问他，向他求教解困的办法。那盲老翁总会给人们出主意，想办法。盲老翁对于那些骗子的手段、阴谋、伎俩和诡计都很了解。夜晚来临时，常有一些当地人聚集在那里，听他分析问题，谈解决难题的方法。你不妨到那里去，不要让你的对手看见你，只要能听见老翁说话就可以了。那位老翁会告诉人们何为胜、何为败；也许你能从中得到启发，悟出摆脱困境的方法。”

商人按时来到老婆婆指点的地方，看见一位盲老翁，便在他附近躲藏起来。片刻刚过，便有一伙求教的当地人来到老翁面前，向老翁问过安好，然后围坐起来，其中就有与商人打过交道的那四个对手。

他们坐好，老翁吩咐旁人拿来一些吃的东西。他们边吃，边谈自己一天的经历。

买檀香木的商人对老翁说：

“我从一个人那里买了檀香木，商定用同等沙阿的东西对换。”

盲老翁说：

“你输给了你的对手啦！”

“如何输了呢？”

“你想一想呀！假若对方要同等沙阿的金银，你给他吗？”

“我给呀！就是给他黄金或白银，我也赚钱。”

“如果他要你给他同等沙阿的跳蚤，且一半是公的，一半是母的，你怎么办呢？”

那商人一听，承认自己败给了对手。

接着，那个独眼人对老翁说：

“老翁家，我今天看见一个蓝眼珠的外乡人，便一把抓住他，硬说是他把我的一只眼睛弄瞎的；在有人担保他赔偿我金钱之后，我才放他走了。”

老翁说：

“如果那个人想制服你，一样可以办到。”

“他怎样才能制服我呢？”

“他只要说：‘你剜下你的一只眼，我剜下我的一只眼，放在天平上称一称；如果两只眼睛重量相等，我就赔给你。’到那时，你一只眼睛没有了，变成了瞎子，而他还有一只眼可以看见光明。”

商人在一旁听得一清二楚，知道可以用这个方法战胜独眼人。

这时那个鞋匠对老翁说：

“老翁家，今天有一个人来我铺子里修鞋，对我说：‘把这只鞋子给我修一修；你要多少钱，我会使你满意的。’我要把他的钱全弄到我手里，我才满意。”

老翁说：

“他可以不给你分文，把他的鞋子取走。”

“怎么会呢？”

“那个人只要说：‘有一个君王，打败了敌人，征服了对手，子孙满堂，奴婢成群；让你成为这样一位君王，你满意吗？’等你一说‘满意’，他可以拿起鞋子，转身离去。倘若你说‘不满意’，他就会拿鞋子劈头盖脸地抽你一顿。”

鞋匠知道自己注定是输了。

接着玩钱打赌的那个人对老翁说：

“老翁家，我遇到一个人，和他打赌，我赢了他。我对他说：‘你能喝干海水，我就把自己的全部财产给你；如果喝不干海水，那就把你的全部财产给我。’”

老翁说：

“假若那个人想战胜你，也是可能的。”

“怎么可能呢？”

“那个人只要说：‘你把海嘴儿给我拿来，我就能把它喝干。’你不可能把海嘴儿拿给他，你也就输了。”

商人听后，掌握了征服对手的办法。

人们相继离去，商人也离开了那里。

第二天早晨，打赌喝海水的那个人来了。商人对他说：

“你把海嘴儿拿来，我就能喝干海水。”

那个人无能为力，商人赢了，打赌人付出了一百第纳尔给商人作为赎身钱，然后败兴而去。

商人去修鞋铺取鞋子，修鞋匠要“满意”，商人说：

“有一位君王，打败了敌人，征服了对手，子孙满堂，奴婢成群；让你成为这样一位君王，你满意吗？”

“满意！”修鞋匠说。

商人拿起鞋子走去，分文未付。

独眼人来找商人讨赎眼金，商人说：

“你剜下你的一只眼，我剜下我的一只眼，放在天平上称一称；如果两只眼睛重量相等，我就赔给你。”

独眼人听商人这样一说，立即求情道：

“容我想一想……”

片刻后，他与商人说和，并赔给商人一百第纳尔，然后转身离去。

买檀香木的那个人来了，对商人说：

“我给你送檀香木钱来了。”

商人问：

“你将给我什么呢？”

“我们已经商定以一沙阿换一沙阿。如果你想要金或银，我就给你金或银。”

“金银我不要，我要跳蚤，必须是一半公，一半母的。”

“我上哪儿给你弄呢？”

那个人自叹败在异乡商人的脚下，只有还回全部檀香木，然后又陪了一百第纳尔给商人。

商人卖掉檀香木，带着钱离开那座城市，到另一座城市去了。

三岁童子怒斥奸夫

相传，有那么一个人，高大肥胖，行动迟缓，个性执拗，脾气很坏，但却贪恋女色，人称“色鬼”。一次，他听说另一座城市中有位颇具姿色的美女，便带着礼物，来到那座城市住下。随后，他写了一封信，向那位美女表白了他的强烈爱慕、思念之情，并说正是由于这种情感，驱使他来到了这座城市，一心乞求与她幽会一番。

那位女子接到信后，让人捎信允许他来见面。

那男子来到女子家中，女子恭恭敬敬地迎接他，对他表示欢迎，亲吻他的双手，为他做饭烧菜，并置备酒席招待他。

那女子有个孩子，刚刚三岁；因母亲忙于招待客人，时而烹饪，时而端饭送酒，故把孩子放在一旁，顾不上管他。

那色鬼急不可待，对女子说：

“我们上床吧！”

女子说：

“我的孩子坐在这里，看着我们，如何使得呢？”

“这孩子小，什么也不懂，不会说什么的。”

“假若你知道他的学识，你就不会这样说了。”

孩子知道饭已做熟，哇哇地哭了起来。母亲问：

“孩子，你哭什么呢？”

孩子说：

“给我盛碗米饭，再往里搁点儿黄油。”

母亲给孩子盛了米饭，搁了黄油，送到孩子手里。

孩子刚吃一口，又哭了起来。

“孩子，你又哭什么呢？”

“妈妈，给我放点儿糖吧！”

色鬼忍耐不住了，怒气冲冲地说：

“你真是个带来凶兆的孩子！”

孩子说：

“凭安拉起誓，带来凶兆的不是别人，正是你！你跑到这里，一心追求的是色情淫乱。我哭泣，我掉泪，不过是要吃一口搁黄油加糖的米饭罢了；我吃饱了，也就没有眼泪了。究竟谁是带来凶兆的人，这还不一清二楚吗？”

那色鬼听三岁的孩童那样一说，羞得无言以对，如同听到了惊世箴言，受到了一次教育，未凑近那位女子，便转身离去，回到家中，一直忏悔到天年竭尽，一命入土。

五岁童子才思过人

相传，许久许久以前，有四个商人，合凑了一千第纳尔，放入一个钱袋里，然后拿着钱走去采购货物。

他们正走在路上，看见一个花园，那里树木繁茂，百花竞放，百鸟鸣啭，风景秀丽，将钱袋交给看门的女子保管。

四个商人进到园中，在一个地方坐下，观赏景色，又吃又喝，分外开心。一个人说：

“我带着洗发香水呢，我们何不在这清澈的溪水中洗洗头呢？”

另一个人说：

“需要有梳子呀！”

又一个人说：

“我们去找看门的女子借把梳子嘛，说不定她带着呢！”

第四个商人走到看门女子那里，对她说：

“把钱袋给我吧！”

女子说：

“我们已经讲好条件，你们四个人都来，或者你的朋友们让我给你，我才能给你。”

其余三个人坐在离看门女子不远的地方，她可以看见他们，而且能听见他们说话。第四个商人回过头去，对他的同伴们说：

“她不愿意给我。”

三个同伴齐声说：

“你就给他吧！”

女子听那三个人这样一说，拜年把钱袋交给了那个商人，那个商人接过钱袋，转身逃跑了。

三个同伴见那个人久久不回，便一起来到看门女子面前，问道：

“我们那位兄弟来借梳子，你没借给他？”

女子愕然：

“他没说借梳子，而要的是钱袋呀！”

“你把钱袋给他啦？”

“是的。我是经过你们三个人允许后才给他的。他拿着钱袋离开这里，走了。”

三个商人一听，忧心如焚，连连劈打自己的面颊，然后抓住女子，说：

“我们是让你给他梳子呀！”

“你们的那位朋友根本没有提梳子的事。”女子申辩说。

他们把她带到法官面前，向法官叙说了事情的经过，法官要她交出钱袋，三个商人逼她赔偿。

女子离开法官，一时不知如何是好，竟然迷失了方向。她正走着，遇见一个五岁孩童。那孩童见她满面愁云，便问道：

“阿姨，你怎么啦？”

女子见他年纪那么小，认为就是对他说明情况，也不起什么作用，因此没有开口答话。

五岁童子一问再问，女子方才说：

“有四个人进花园里游玩，把一个装着一千第纳尔的钱袋交给我保管，并且说定只有他们都在时，才能把钱袋交给其中的一个人。他们进到园中，正在观赏游玩时，一个人跑来索要钱袋。我说，你们都来了，我才能给你们。那个人说，他已经得到了同伴们的许可。我仍然不愿意给他，他就喊他的同伴，对他们说：

‘她不愿意给我。’他的同伴们说：‘你就给他吧！’因为他们都离我不远，说话听得清清楚楚，我就把钱袋给了那个人。那个人拿起钱袋走了。他们见那个人久久不回去，便都来问我：‘你为什么不给他梳子？’我说：‘他根本没有向我要梳子，只是要走了钱袋。’就因为这个，他们把我告到法官那里，法官一定要我拿出钱袋来。”

五岁童子听后，说

“阿姨，你给我一个菲勒斯，让我买块儿糖吃，我来给你出个主意，保证让你得以脱身。”

看门女子给了他几个零钱，然后问：

“你有什么主意呀？”

“你去找法官，就说：‘我和他们事先已有约言，只有他们四个人都在时，我才能把钱袋还给他们。’”

女子听后一想，不禁暗暗称妙。她回到法官那里，把五龄童子的话向法官说了一遍。法官随后问那三个人：

“你们事先是这样约定的吗？”

“是的。”三人异口同声回答。

“那么，你们就去找你们的同伴吧，然后再找女子要钱袋。”

女子平安转回家中，没有受到任何伤害。

水鸟与雄龟

相传，很久很久以前，有一只水鸟飞得很高很高，忽然俯冲下来，落在河当中的一块巨石上，河水流得很急。

水鸟刚刚站在巨石上，忽见一具人的尸体随水流漂流过来，因水流急，将尸体搁浅在岩石一侧，又因尸体胀得很大，被急流送到了岩石边，停在了那里，一动不动了。

水鸟走近仔细观看，发现是一具人的腐尸，只见遍体伤痕。见此情况，水鸟心想："这个被杀死的人，原来是坏人，于是群起而攻，将他杀死，人们才不担心受他的侵害了。"

水鸟边看腐尸边想，正觉得可疑之处甚多之时，只见许多兀鹰和秃鹫飞来，将那腐尸包围。眼见此情此景，水鸟惊惧异常，不禁自言自语道："我再也没有耐心在这里住下去了。"说罢，另找暂时栖息的地方，等到尸体被吃完，猛禽离去之后，再飞回原地。

水鸟一直飞了好远，才看见一条河，河心有棵大树，于是落到树上，远离故土的忧伤与痛苦难以表述。水鸟心想："啊，痛苦依然伴随着我呀！看见那腐尸的时候，我高兴安拉为我送来美餐……可是，顷刻之间，欢乐变成了忧伤，愉快转化成痛苦，欣喜让给恶劣惆怅。一群猛禽夺去了我的美食，使我不得享用，望食兴叹。在这样的世界上，我怎么能祈求得到安宁呢？我又怎能放心地生活呢？古谚说：'世界乃是一座房舍，属于没有房舍的人；无智之人则要受欺骗，因为有金钱、儿女、族人和好友而安心居住，甚至对之完全依靠，先在地上得意蹒跚，最终走入地下催促亲人将之掩埋。'对青年来说，面对灾难，忍为上策。我已经远离故土和巢窝，我本不喜欢远离兄弟和伙伴……"

水鸟正在沉思，突然看见一只雄龟滑入水中，向水鸟游来。

雄龟游近水鸟，问过安好，然后说：

"你为什么远离自己的家乡呢？"

水鸟回答说：

"那里来了许多敌人，智者是没有耐心与敌人为邻的。"

水鸟吟诵诗句道：

一日灾星陨落，
万民以走为上。

雄龟说：

"事情既然像你说的这样，我就一直守在你的身旁，不再离开你了。你有什么事情，我会为你效劳的。俗话说得好：再没有比背井离乡更难耐的孤零、寂寞。又有人说，任何灾难都不能与别离善良人等同。古人有训：智者自慰的最佳办法是异乡结友，忍受灾难。我衷心希望你允许我陪伴你，让我做你的仆人和助手。”

水鸟听了雄龟的这番话，说道：

“你说得对呀！凭安拉起誓，我真的尝到了远离家乡，别离兄弟、朋友的寂寞孤苦。别离之中果有可以供人借鉴思考的问题。一个青年若找不到可以安慰自己的朋友和伙伴，那么，他便与外界中断了联系，听不到任何消息，因而招来长久祸患。智者在任何情况下，都应该通过接触朋友，消除心中的忧闷，增强自己的忍耐性和坚韧性；忍耐和坚韧都是两种美德，凭借两者可以战胜一切灾难，排除一切恐惧心理和急躁情绪，使人遇事不慌，胆大心细，遇难呈祥。”

雄龟说：

“你千万不要急躁！因为急躁会搅乱你的生活，削弱你的意志。”

水鸟和雄龟交谈了很长时间。后来，水鸟说：

“我仍然担忧灾难临头，总也放不下心来。”

雄龟听水鸟这样一说，急忙走近它，亲吻水鸟的前额，然后说：

“群鸟们遇事都来同你商量，以求平安，你还忧虑什么呢？”

雄龟一再安慰、劝解，水鸟终于心定神安。雄龟与水鸟相伴，生活平静安乐。

一段时间过后，水鸟思念起故乡来，于是悄悄地飞回河当中的那块巨石上。水鸟到原来停搁腐尸的地方一看，猛禽已经踪影不见，而那具腐尸也只剩下几根骨头，于是它急忙飞到雄龟身旁，将所看到的情况一一如实相告，高兴地说敌人已经离开了它的家乡。

水鸟对雄龟说：

“我想回老家去，和亲人朋友一起生活是愉快的。对于智者来说，离别故土的愁思是难以忍耐的。”

雄龟便和水鸟一起来到水鸟的故乡。到了故乡一看，没有发现任何可怕的迹象，水鸟因此不胜快乐，情不自禁地吟唱道：

兴许灾难降，青年无奈何。
安拉子有力，除灾方略多。
灾难环扣环，坚固不胜说。

臆想难摧者，消隐在顷刻。

雄龟和水鸟在那块小岛式的巨石上住了下来。

水鸟正沉浸在平安、欣悦、愉快之中时，一只饥饿的鹞鹰俯冲下来，伸出爪子，将水鸟牢牢抓起，旋即它成了鹞鹰的一顿美餐。

平静岁月，水鸟没有保持应有的警惕性。它之所以丧命，原因在于它忽略了祈祷。据传，水鸟在此之前常常口中念念有词，赞美安拉不止。

狐狸、狼与人

相传，很久很久以前，一只狐狸和一只狼合造了一个窝，同住在里边，一起度过一段时光。狼常常欺负狐狸。有一天，狐狸劝狼要温和一些，丢掉坏脾气，说：

“如果你总是这样狂傲暴烈，弄不好安拉会派人来制服你。你有所不知，人类计谋高超，策略多变，聪明善断；可猎天上的飞鸟，可捕海中的鲸鱼，有移山填海之本领，有征服一切之手段。因此，我劝你坚持平等公道，丢弃蛮横暴虐积习。若能这样，你就能安享太平，生活幸福。”

狼根本不接受狐狸的劝告，粗暴地回答道：

“你有什么资格谈论这样的大事？简直是胆大妄为，不知天高地厚！”

说罢，狼狠狠地抽了狐狸一个耳光，狐狸当即倒在地下，晕了过去。

过了一个时辰，狐狸慢慢苏醒过来，微笑着，对自己刚才讲过的那些话，向狼表示深深的歉意，请求宽恕原谅。狐狸吟唱道：

原本出爱心，不料大错成。
有伤君体面，失敬在语中。
诚表忏悔意，但求怜悯情。
既来乞宽恕，谅自贵手生。

狼接受了狐狸的道歉，中止了惩罚行动，说：

“从今以后，你不要说与你无关的事，否则就要听你不喜欢的话。

狐狸回答道：

“遵命！从今以后，你不喜欢的事，我只字不提。圣贤说得好：无人问你，不要回答；不懂之事，不要装懂；事不关己，高高挂起；莫向坏人进忠言，因为他们以怨报德。”

狼听过狐狸的这番话，微微地笑了。但是，狼仍对狐狸怀恨在心，心想：“我一定要设法杀死这只狐狸。”

狐狸忍受着狼对它的折磨和煎熬，心想：“骄傲和诽谤必然带来死亡，造成困窘局面。先贤有训：骄横者必然失败，鲁莽者必定后悔，谨慎者安然无恙。平等待人乃是高贵者的品质之一，礼貌是最高尚的收获。眼下，我最好迁就、奉承这个暴虐之徒，它是必定要灭亡的。”

想到这里，狐狸对狼说：

“奴仆犯了罪，安拉都会原谅、宽恕自己的奴仆。我是一个懦弱的奴仆，竟敢出言劝说主人，犯下了鲁莽大罪。假若我早知道会尝你的耳光之苦，我想就是大象也不敢进言的。不过，我无意诉说这一记耳光的痛苦，因为从中得到了快乐。这一记耳光虽然打得我够难受的，然而其结果却是欢乐和愉快。先贤有训：来自训育者的处罚，其始令人觉苦，其末却比蜜甜。”

狼听罢狐狸的话，说道：

“我宽恕了你的罪过。从今以后，你要加倍小心谨慎，少跌跤，承认你的奴仆地位。我的威严你已经见识过；谁与我为敌，绝无好下场。”

狐狸忙向狼叩拜，并且说道：

“安拉使你长命百岁，万寿无疆。谁敢与你为敌，定为你所征服。”

狐狸依然害怕狼，百般奉承它。

有一天，狐狸到了葡萄园，发现园的墙上有一个缺口，不免心中生疑。狐狸心想：“这墙上出现一个缺口，其中必有缘故。古人云：‘谁看见大地上有了裂缝而不躲避，还想把脚踏上去，那便是冒险，必遭杀身之祸。’有一个例子，无人不知，无人不晓。相传有一个人做了一个狐狸形，放置在葡萄园中，在假狐狸面前放上一盘子葡萄，以便让真狐狸看见，上前去吃葡萄，落入罗网或陷阱之中送命。依我之见，这围墙上的缺口就是一种阴谋诡计。古人说：‘谨慎小心就是一半聪慧。’从小心谨慎出发，我必须对这个缺口加以研究，也许会从中发现导致上当送命的机关。我决不能因为贪心而自投陷阱，白白送命。”

想到这里，狐狸走近围墙缺口，小心翼翼地看了一看，发现缺口下有一个大坑，那是葡萄园的主人为了捕捉糟蹋葡萄的野兽而挖的。狐狸还发现大坑上有一个薄薄的盖子。

看清楚之后，狐狸离开了那里，说道：

“赞美安拉，我终于发现了那里的秘密。我希望我的敌人——狼跌落在那深深的陷阱里；因为那老狼在，我的生活便不得安宁。老狼被人捉起来，我就可以独享葡萄园，平平安安地生活在这里。”

接着，狐狸摇晃着脑袋，高声笑着，哼着小调，然后得意扬扬地吟唱道：

但期此时刻，劲敌落陷阱。
狼常威迫我，心浸苦水中。
但求人灭狼，从此消踪影。
园中静悄悄，我独戏青藤。

狐狸唱罢，转身飞快跑了回去，对狼说：

“喂，我的主人，真是天赐良机呀！安拉为了你提供了方便，可以让你毫不费力地进入葡萄园。这是你的福气哟！祝贺你呀！安拉会让你轻易地获得战利品。真乃是：生活的门路宽又广，何须费力空繁忙！”

狼不解地问：

“何以见得呀？你说这些话，又有何凭据呢？”

“我走到葡萄园里，发现葡萄园的主人死了。于是，我便大摇大摆地走进了葡萄园，只见那里果实累累，挂满枝头，色彩艳丽，真是馋人。”

狼听狐狸这么一说，半点也不怀疑，禁不住垂涎三尺，贪吃之心顿生。于是，狼站起来，在贪心的诱使下，快步向葡萄园走去。

狼和狐狸来到葡萄园围墙的缺口处，只见狐狸停了下来，看上去疲惫不堪，一动不动，像是死了。狐狸暗自吟唱道：

想会莱依拉[①]，贪心何猖狂？
痴情一条汉，以命冒险郎。

狼走近围墙缺口，狐狸对狼说：

“喂，我的主人，进园吧！用不着再把墙推倒了，安拉已经做了好事。”

狼通过墙的缺口，向葡萄园走去。它刚刚行至坑盖中间，坑盖便塌陷了，狼随即跌入陷阱之中。

眼见此情此景，狐狸欣喜若狂，心头的烦恼与愁闷顿时烟消云散。

狐狸兴高采烈地唱道：

时光怜悯我，惜我受熬煎。
让我得所求，除我忧与烦。
我定宽恕它，往日罪滔天。
可惜狼心恨，难逃死亡关。
果园我独享，决不共愚伴。

狐狸走到坑的旁边，只见狼在坑底落泪，痛苦、后悔不已。狐狸和狼一道哭了起来。

狼抬起头来，望着狐狸，说：

“喂，艾卜·侯赛尼[②]，你哭是因为可怜我的遭遇吗？”

狐狸说：

“不是的！凭将你抛入陷阱的安拉起誓，我并不同情、可怜你。我之所以哭，原因在于你竟然逍遥法外那么长时间，为什么在此之前不落入陷阱之中。假若在我见到你之前，你已经落入陷阱之中的话，我早就可以舒舒适适地过平静日子了。不过，你的末日来临了，你已经活到了头了。”

狼说：

---

① 莱依拉，阿拉伯著名爱情悲剧中的女主人公，痴情美女的典范。——译者注

② 狐狸的外号。——译者注

“喂，干坏事的家伙！快到我母亲那里去一趟，把我的情况告诉她，但愿她能设法救我。”

狐狸说：

“因为你太贪心，贪得无厌，使你跌入了陷阱，送了你的命。这一回，你没有活命的机会了。喂，愚蠢的老狼，难道你没有听人这样说过‘不计后果，必食恶果’吗？”

“艾卜·侯赛尼，你本来很敬重我，期望和我交朋友，惧怕我的魔力。我过去有对不起你的地方，请你千万不要记恨在心。敬重安拉、宽大为怀者，必得安拉报偿。有诗为证：

狼吟唱道：

且请播种德，即使地不当。
不论何处播，终究不失望。
德种播下去，他日当有偿。
种德必收德，纵使待时长。

狐狸说：

“愚蠢绝顶的野兽，呆傻无比的畜生，你暴虐蛮横，高傲自大，目空一切，难道你都忘记了吗？你不讲交情，没有按照诗人的劝告行事。”

说罢，狐狸吟诵道：

君握利剑时，千万莫蛮横。
劝君且牢记，仇自暴虐生。
你眼沉睡时，怨者神志清；
心中诅咒你，安拉目不瞑。

狼听罢狐狸的吟诵，说道：

“喂，艾卜·侯赛尼，请不要再责备我过去的罪过，希望你高抬贵手，原谅我的过错。你要知道，行善就是一种积德啊！你可知道诗人有这样的诗句吗？”

狼吟诵道：

趁有能力时，赶快行善功。
须知你自己，并非日日能。

狼低三下四，卑躬屈膝，再三求救于狐狸，说：

“喂，艾卜·侯赛尼，但愿你设法救我一命。”

“哼！你这个背信弃义、蛮横成性的东西，你坏事干尽，休想再活命。这就是你为恶的必然下场。”

狐狸说罢，笑着吟唱道：

莫再欺骗我，蒙蔽难长久。
休想逃活命，纵然苦哀求。
昔日种灾祸，今朝饮苦酒。

狼仍然哀求，说：

“艾卜·侯赛尼，你是最温驯的动物，救救我吧！我今日落入这陷阱，我相信绝不是你干的。”

狼又吟诵道：

回忆昔岁月，你待我情厚。
今日遭灾难，只能靠你救。
你是大救星，脱险赖你手。

狐狸说：

“愚蠢的家伙！你高傲自大，暴虐成性，如今却变得温良、谦恭。过去我因为怕你，不得不奉承你，但我从未从你那里得到什么。你干尽了坏事，恶贯满盈，报应终于来临了，岂不是罪有应得、死有余辜呢。”

狐狸吟唱道：

奸狡蛮横徒，罪恶不胜述。
今日落冷穴，当尝临终苦。
但盼自今时，狼种化虚有。

狼依然苦苦哀求：

“我的好朋友，请不要用敌视的目光看我，更不要把我当作敌人痛骂。我们应该维持我们的老交情。我求你放下一条绳子，把一端拴在树上，让我攀着绳子上去。如果事成，我愿把自己的财产和金钱全部奉送给你。”

狐狸丝毫没有动心，说道：

“你就死了心吧！你欺负我，你虐待我，站在我的头上大发淫威，我怎么会伸手救你呢？你的大限已经来临，很快就要离开这个光明的世界了！等待你的，只有到地狱受苦受难！”

“艾卜·侯赛尼，你就不要这样固执了。你要知道，帮助一个患难之人，就是救一个临危者的生命；救活一个人，就等于救活众生。做人切不可固执己见，更不要刚愎自用。如今我落入陷阱，生命垂危，你怎可见死不救呢？我求你发点善心，立即行动，救我一命。”

“凶狠、粗暴的家伙，你表面善良，内心凶狠，就像隼[①]对待鹧鸪。”

“隼与鹧鸪之间发生过什么事情呢？”狼问狐狸。

狐狸说：

“一天，我进葡萄园去吃葡萄。我正在葡萄园里时，见一只隼向一只鹧鸪俯冲而去。当隼要捕杀鹧鸪时，鹧鸪迅速逃避，飞回巢中，隐藏起来。隼追了过去，对鹧鸪说：‘喂，傻瓜蛋，我看你在旷野上怪饿的，怜悯之心油然而生，便给你拾了些谷子，带给你吃，不料你却逃了。你这样躲避我，实在不近情理。你快出来，接纳我给你带来的谷子，好好吃上一顿吧！’鹧鸪听隼这样一说，信以为真，出了巢穴，只见隼张开利爪，一下紧紧将鹧鸪抓住。鹧鸪这才明白了隼的来意，说道：‘你从旷野上给我带来的就是这种谷子？你还说让我好好吃一顿，

① 隼，一种凶猛的鸟，飞得很快，善于袭击其他鸟类。其翅窄而尖，嘴短而宽，上嘴弯曲并有齿状凸起。也叫作“鹘”。——译者注

你就这样欺骗我？你吃了我的肉，安拉定会让它在你的腹中变成致命毒素，让你一命呜呼！’隼吃下鹧鸪，果然周身羽毛脱落，头抬不起来，登时死去。”

讲到这里，狐狸稍稍停顿，片刻过后，又说：

“老狼呀，你有所不知：凡为兄弟掘坑的人，自己很快跌入坑中。是你首先背弃了我呀！”

狼说：

“不要提这些旧话了，也不要念那些谚语了。我以前做的那些不好的事，也就不要说啦！眼下我处境如此遭，足够我受的了。我跌入了深坑，就连敌人也会同情的，何况朋友呢！请你赶快给我想个办法，让我摆脱困境吧！赶快救救我，哪怕求你受点累呢！朋友帮朋友，也许要承担万般辛劳；朋友救朋友，说不定要不惜两肋插刀。古谚说得好：‘好心朋友胜过同胞兄弟。’你若能把我救出来，我一定给你收集足够用的工具，然后再教你一套出奇的本领，保证能让你轻易地打开葡萄园和任何果园的大门，任意采摘果实，安心享用，无忧无虑。”

狐狸听罢，笑着说：

“像你这样的愚不可及之辈，学者们曾有过精彩的描述。”

“学者们说什么呢？”狼问。

“学者们说：体态臃肿、性情粗暴者，远智慧而近愚昧。狡猾、愚笨的家伙，你说‘朋友帮朋友，也许要承担万般辛劳；朋友救朋友，说不定不惜两肋插刀’，这话一点儿不错，但是，你却让我了解到你愚不可及、智力低下。你是个背信弃义之徒，我如何能和你交朋友呢？我本来对你抱有幸灾乐祸的心情，你怎好把我当作你的朋友呢？假若你头脑健全，那么，你会知道这种话胜过利箭。你还说要给我收集足够用的工具，然后再教我一套出奇的本领，让我自由出入果园，任意采摘果子，无忧无虑，安心享用……何其美妙动听！你这个背信弃义的骗子，你连救你自己挣脱死神的办法都想不出来，那些空话又从何谈起呢？你为你自己考虑得很周到，但休想让我接受你的劝告之言。你若有办法，你就自己救自己吧！我祈求安拉不要让你逃脱灭顶之灾。喂，蠢货，有办法就自己救自己免于一死吧！你就不要教育别人了！你这样的情况，很像一个患了病的人，另有一个患同样病的人前来为你医病，来者说：‘我给你治治病吧？’前者答：‘你何不先治自己的病呢？’来者无言以对，凄然离去。老狼啊，你正像那个想为病人治病的病人。你就待在原地，等待灾难降临吧！”

狼听了狐狸这样长长的一番话之后，知道狐狸不会帮任何忙，于是哭了起来，说：

“想当初，我真是太粗心大意了。我万万不该欺负弱者。倘若安拉能把我从这次磨难中救出来，我定彻底忏悔，痛改前非，悔过自新；我定穿粗毛衣，隐居深山，敬畏安拉，口念主名；我将远离其他野兽，大力周济贫苦人和那些为主道而战斗的勇士。”

说着，狼号啕大哭起来。

狐狸听了狼说的这段话，认为狼对自己过去的蛮横暴虐、自高自大已经忏悔，同情之心油然而生；再加上狼再三苦苦哀求，狐狸内心为之一动，高兴得不知如何是好。于是，狐狸走上前去，坐在陷阱边上，尾巴耷拉到坑中。就在这时，狼站了起来，伸出前爪，抓住狐狸的尾巴，用力一拽，狐狸落在了陷阱里，和狼落在了一起。

狼说：

“喂，毫无怜悯之心的狐狸，你本来是我的伙伴，在我的奴役之下，怎敢骂起我来了呢？现在你也落到了陷阱里，受你的罪吧！先贤有训：谁骂兄弟是狗奶养大的，那么，他也必然吃过狗奶。有诗为证……”

接着，狼吟诵道：

时代降灾难，波及众人家。
何分你我他，灾至俱倒下。
幸灾乐祸者，亦遭同灾杀。

狼吟罢诗，接着说：

“我要在你看见我被杀之前，先把你杀死。”

狐狸心想：“我与这个暴虐之徒落入同一个陷阱，需要借计谋与之进行周旋。俗语云：‘女子打首饰，意在装饰日。’古谚说：‘平日储泪水，用在灾临时。’假若我不用计谋对付这个凶狠的野兽，无疑会立即丧命。”

想到这里，狐狸暗暗吟诵诗人的叮嘱：

你处时代里，个个似猛狮。
何以地生存，完全靠欺世。
开通狡诈渠，生活磨方驶。
采果若无力，甘心觅草食。

狐狸沉默片刻，对狼说：

“喂，威力无穷的猛兽，你急忙把我杀掉，你会后悔的。你若迟缓一下，好好想想我对你讲过的那些话，你就会了解我的用意了。倘若你立即将我杀掉，对你没有任何好处，我们都会死在这里。”

狼对狐狸说：

“狡猾的骗子，你要我暂缓杀你，难道说你对我和你平安逃命还抱有什么希望？你就把你的用意告诉我吧！”

狐狸说：

“我的意思是说，你应该好好嘉奖我一番。因为我听到了你发自内心的许诺，而且承认了你先前的过错，诚心忏悔，愿意做好事。我还听到你的许愿；如果安拉能救你摆脱这次磨难，决心日后不再伤害同伴，不再祸害葡萄及其他水果，而且自此以后，谦恭谨慎，剪掉爪子，打掉犬齿，身穿粗毛衣，隐居深山，求道修行对安拉顶礼膜拜，念念不忘安拉大恩。我听了你的这些话，虽然我本希望你死，但此时此刻我的同情之心油然而生。我听罢你那美好的忏悔词和许愿，便把我的尾巴伸下来，以期让你攀住逃生；可是，你仍然没有摆脱你那强暴的习性，没有寻求逃脱的办法，更没有思考自己的安全利益，而是猛地一拽，将我拉下陷阱底，使我顿觉灵魂出壳，我和你都只有等死了。眼下，如果你能同意的话，还有一个办法使你得救。你我得救之后，你应该忠实实践你的诺言，照许下的愿还愿，我仍然做你的伙伴和朋友。”

“要我同意什么办法？”狼殷切地问。

狐狸说：

“办法很简单：你后腿站立，让我站在你的头上，也好接近地面。我爬上地面之后，取来一件能让你攀爬的东西，你再逃命。”

“我不能相信你的话。”狼说，“因为先哲有训：‘谁把信任用在仇恨上，那便是大错铸成。'‘谁相信没有信誉的人，那将受骗上当。'‘谁考验被考验过的人，定会后悔不已。'‘谁把种种复杂情况混为一谈，必定福少祸多。'有诗为证啊！……”

狼吟道：

若论你之想，皆系乱猜疑。
猜疑倒也是，聪慧智一滴。
行好与诚信，不置人死地。

狼又吟道：

心常有疑处，遇险得脱逃。
清醒生活者，灾祸自然少。
若逢敌人至，开口脸堆笑。
心中怀大军，随时拔剑刀。

狼再吟道：

你所相信者，亦是你劲敌。
与人相半时，时刻宜警惕。
相信岁月长，无疑是奇迹。
猜测凶事临，防范心头记。

狼吟罢，狐狸对狼说：

“无论在什么情况下，猜测总不是一种美德，而诚信才是一种高尚、完美的品性，其后果必然是逢凶化吉，遇难成祥。我的老狼主人，当前你应该设法摆脱为难境地才是。我们平平安安，总比死亡要好啊！请你赶快抛开猜疑与仇恨吧！假若你相信我，我无非会做出两种选择中的一种：要么给你放下一件东西，让你攀爬出坑，得以逃生；要么，我背弃你，我自己逃生，却让你继续留在阱中；

而这后一种的可能性并不存在，因为我担心那样做会使我将来遭受到你所遭过的难，那是背信弃义者的必然下场。古谚说得好：‘忠实是美德，背叛乃丑行。’你应该相信我。我对灾难并非不知，望切不要再推迟我们脱险的计划。事情紧急，时间紧迫，不容我们再久谈了。”

狼说：

“虽然我对你的忠诚不大相信，但你知道了我的忏悔之后，我认为你还是想救我的。”

狼心想：“假若狐狸真的按照它所说的办，就算它改正了自己的过错，将功折罪了；如果狐狸说一套做一套，口是心非，安拉会惩罚它的。”想到这里，狼说：

“狐狸兄弟，你的建议我接受了。假如你背叛了我，那么，你必死无疑。”

说完，狼站直身子，狐狸站在狼的肩膀上，接近了地面，接着蹬住狼的肩膀纵身一跳，跳出了陷阱，整个身子落在地面上，登时被摔昏过去。

狼在陷阱里喊道：

“喂，狐狸好友，千万不要忘记了我，快快救我！”

狐狸苏醒过来，一阵哈哈大笑，然后说：

“受了骗的老狼，刚才因为我和你开玩笑，想戏弄你一下，才使我落入了你的手中。原因是我听了你忏悔的话，高兴得手舞足蹈，无意之中，把尾巴耷拉进坑中，遭你用力一拉，使我跌入坑底，还是安拉把我救了，使我逃离了你的凶恶之手。你与魔鬼是同党，我将助人置你于死地。你有所不知，我昨夜做了一个梦，梦见我在婚礼上跳舞。我醒来之后，把梦境讲给了一个会圆梦的人。圆梦人对我说：‘你将跌入坑中，还能得救。’我落入你的手中，又得以解脱，正是那场梦的验证。受骗的傻瓜，你要知道，我是你的敌人，你怎么不动脑筋，怎么不好好想一想，在我听过你那番粗暴的话之后，我怎么会救你呢？我又怎会想办法救你呢？先贤们有训：‘坏蛋一死，人得宽舒，地得洁净。’我知道，假若我忠实于你，必将忍受比背叛你更大的痛苦；如果不是害怕这一点，我本会设法救你的。”

狼听狐狸这样一说，后悔得直咬自己的手掌……

狼看到硬的一手已经无济于事，认定必须来软的一手，于是低声下气地对狐狸说：

“你们这伙狐狸呀，嘴最甜，最喜欢开玩笑。这是你开的玩笑。可是，并非什么时间都适于开玩笑呀！”

狐狸说：

“傻瓜蛋，开玩笑是很有限度的。你不要认为安拉在把我从你的手中救出来之后，还会让我落入你的手中。”

“你我之间素有交情，你是一定愿意救我的。你若把我救出，我一定好好奖赏你。”

“先哲有训：‘莫与无耻愚夫交友，因为他会给你带来耻辱，不能为你锦上添花。’‘莫与骗子结谊，因为你有长处他掩盖，你有短处他张扬。’先贤有训：‘万事皆有救药，唯有死亡例外。’‘万事皆可补救，除了本质败坏。’‘万事皆可排除，唯有天命除外。’这些格言是何等中肯啊！至于你说我可以从你那里得到报偿，我则应该把你比作那条从耍蛇人手里逃跑的毒蛇。”

“那是怎么一回事呢？”狼问。

“那条毒蛇逃出耍蛇人之手以后，一位过路人见之惊恐万状，便问道：‘喂，蛇公公，你怎么啦？’毒蛇回答说：‘我刚从驯蛇人那里出来，他正在追捕我。你如能救救我，把我藏在你身上，日后我一定好好报答你的恩情，为你做种种善事。’过路人为了得到报答，贪图好处，便把毒蛇藏在自己的衣袋里。驯蛇人走过去之后，毒蛇的恐惧完全消失了。过路人问毒蛇：‘我救你摆脱了你所恐惧的一切，你给我什么报答呢？’毒蛇说：‘正如你所知，我们只会以咬人作为报答。请告诉我，我该咬你的哪个部位？’毒蛇狠狠地咬了过路人一口，过路人当即倒在路边死去。喂，愚蠢的老狼，你就是那条毒蛇呀！你还没有听说过这首诗吧？听我给你吟诵一遍！”

接着，狐狸吟诵道：

千万莫相信，动怒小青年；
劝君莫以为，其怒已消散。
蛇表光且美，百折显柔软。
内有巨毒藏，杀生瞬息间。

听罢狐狸的吟诵，狼说：

“喂，口舌伶俐、容貌俊美的好兄弟，我的情况，你并不生疏。你知道人们都是怕我的。你知道我能摧毁堡垒，拔掉葡萄树。你就照我的吩咐办吧！你就像奴隶伺候主人那样对待我吧！”

狐狸说：

“喂，愚蠢、虚伪的老狼，你的呆笨和寡廉鲜耻使我感到惊异。你怎么还命令我为你效力，在你面前作为奴隶伺候你呢？你等着吧！你将看到你的脑袋被石头砸碎，你的犬齿将被打掉。”

说罢，狐狸登上葡萄园的一个高丘，大声呼唤守葡萄园的人们。人们闻声迅速赶来。狐狸把狼落陷阱之事对人们一说，人们急忙赶到陷阱旁一看，果见狼落入了陷阱之中。于是人们一阵紧张，有的以重石相击，有的用棍棒抽打，有的用矛头猛刺。没过多久，老狼便一命呜呼。

守园人相继离去之后，狐狸回到陷阱旁，眼见老狼已死，高兴地摇着脑袋，乐滋滋地吟唱道：

苍天眼睛亮，送掉老狼命。
求主显灵验，将之远远扔。
艾卜·赛尔哈[①]，害人心久动。
今你但遭劫，灾难足灭顶。
你落陷阱里，丧命情理中。
不论谁跌入，死亡风暴生。

老鼠与黄鼬

相传，很久很久以前，一只老鼠和一只黄鼬同住在一位贫苦农民宅中。农夫的一位朋友患病，医生诊断后，开了个药方，要用剥皮芝麻当药服用，医生

① 狼之别号。——译者注

还送给他一些芝麻。

农夫拿到芝麻，交给妻子，并吩咐碾去芝麻皮。妻子遵照丈夫的嘱咐把芝麻皮碾掉了，将剥了皮的芝麻放在一个地方备用。

黄鼬看见芝麻，便走了过去，开始往洞穴里搬运芝麻，仅仅一天工夫，就把一大半芝麻搬进了洞穴。

农妇走来一看，见芝麻明显减少了，便坐在那里侦察，看看究竟谁来过，以期弄清芝麻减少的原因。

不久，黄鼬又来搬芝麻了。它见农妇坐在那里，知道她在侦察什么，心想："这种行为必然下场可悲。我真担心那女人在伏候着我。不计后果者，必定遭殃。我一定要做件好事，凭此显示我的清白无辜，掩饰我的一切丑行。"

于是，黄鼬开始把运到洞穴里的芝麻搬出来，送回原处。

农妇看在眼里，心想："这并不是芝麻减少的原因啊！因为它在从偷芝麻者的洞穴里往外搬，然后堆放在原处。它把芝麻送回来，给我们做了一件好事。谁做了好事，当有好的报偿。这不是芝麻遭偷的真正原因。不过，我还要在这里侦察，看看偷芝麻的究竟是谁。"

黄鼬弄清了农妇的心思，转身跑去见老鼠，说：

"喂，我的鼠妹妹，不关心邻居，不保持友谊的人，是没有任何用的。"

老鼠说：

"是的，我的好朋友！我与你为邻，感到非常快乐。你这话又从说起呢？"

"我们的房东弄来了芝麻，他和他的老婆、孩子都吃了个足饱，剩下的都丢掉了，凡是有生命的朋友都去拣芝麻吃，若你也去拣一些吃，那是比谁都应该的。"

老鼠听后，惊喜不已，手舞足蹈，摇尾纵身，一心想饱餐一顿芝麻，当即窜出洞穴。

老鼠跑去一看，果然看见剥了皮的芝麻闪烁着亮光。老鼠根本没有去想事情的后果，毫无顾忌地冲了过去，情不自禁地大口大口吃了起来。就在这时，农妇抽出准备好的一根棍子，手起棍落，刹那之间，老鼠头破血流。

贪食和不计事情后果，断送了老鼠的性命。

乌鸦与老猫

相传，一只乌鸦与一只老猫结为兄弟。一天，乌鸦与猫正在树下玩耍谈天时，忽见一只猛虎朝大树走来，不知不觉便走近了大树。乌鸦看到情况危险，急忙展翅飞到树上，只有猫留在树下，一时不知如何是好。猫对乌鸦说：

“好朋友，我把希望都寄托在你的身上了，你有办法救救我吗？”

乌鸦说：

“人到需要时才寻找朋友，面临灾难时才向朋友求救。有诗为证……”

乌鸦吟诵道：

世上真朋友，与你在一起；
宁可损自己，也要成全你。
世上真朋友，灾临显诚意；
保你得团聚，宁己骨肉离。

就在那棵树的附近，有许多牧羊人，他们带着许多只护羊狗。乌鸦展翅飞去，用双翅使劲地拍击地面，边拍边发出“呱呱”的高声叫喊。片刻之后，乌鸦又飞近牧羊人，用翅膀拍击狗的脸，旋即腾空而起。

那只狗见乌鸦飞得不高，当即追赶而去。

牧羊人抬头一看，见乌鸦飞得很低，时而降落地面，时而腾空而起，也追赶了过去。

乌鸦飞得不高不低，总是离狗群有段距离，好让群狗捕不着它。群狗见此光景，一心想把乌鸦捕住。

乌鸦飞得时高时低，群狗穷追不舍，终于追到了那棵大树下。群狗见那里站着一只老虎，于是群起向老虎扑去。

本以为可以把猫当作一顿美餐的猛虎见势不妙，调头逃离而去。

猫依靠好朋友乌鸦的谋略，幸免于落入虎口。

狐狸与乌鸦

相传，很久很久以前，有一只狐狸，住在山上的一个洞穴里。它的狐崽每稍稍长大一点儿时，狐狸便因为饥饿且又觅不到食，而将自己的狐崽吃掉。假若不吃自己的狐崽，就得活活饿死。

在同一座山顶，住着一只乌鸦。狐狸心想："我想与这只乌鸦建立友情，一则可让它为我消除孤独寂寞之感，二则可以成为我谋生的帮手。因为乌鸦能做到的事情，我却做不到。"

于是，狐狸向乌鸦住的地方走去。当它接近乌鸦，并能听到它说话声音的时候，狐狸首先向乌鸦问安好，然后说：

"喂，我的邻居。你要知道，你是我的邻居，你就应该对我尽义务，特别是我们要长期为邻。正因为我打内心里喜欢你，所以这种情感促使我善待你，推动着我来寻找你的友谊。你对此如何作答呢？"

乌鸦对狐狸说：

"你要知道，好话是最诚挚可信的。也许你说的这些话口是心非，言不由衷。我担心你的友谊只表现在口头上，而内心里却充满着敌意。因为你是食肉者，而我却是被食者。因此，我们在交友结谊方面，应该有明显不同。你为什么想达到根本无法达到的目的，追求本不可能有的东西呢？你属于兽类，而我属于禽类，这两类之间交朋友是不合适的。"

狐狸说：

"知道高贵者所在的地方，那就按照自己的意愿，从他们当中选择自己的朋友，也许可以达到有利于朋友的目的。我喜欢接近你，决计和你亲近，以期在某些事情上相互合作，使我们的友谊取得成功。我有许多应该好好结交朋友的故事，你若乐意听，我就讲给你。"

乌鸦说：

"我同意你讲故事。那就请你讲吧，以便让我了解你的用意。"

狐狸说：

"亲爱的朋友，你好好听着，我给你讲一讲跳蚤和老鼠的故事。这个故事能够证明我刚才给你说过的那些话完全正确。”

相传，许久许久以前，有一只老鼠，住在一个腰缠万贯的富商家里。

一天夜里，一只跳蚤跳到富商的床上，看见富商那光滑的身体。这只跳蚤干渴得要命，当即咬破富商的体肤，吸吮起富商的血来。

富商觉得一阵疼痛，从睡梦中醒来，坐起身高声呼唤家仆。家仆们闻声而至，待富商说明遭遇，仆人们便一个个挽起袖子，开始搜捕那只跳蚤。

跳蚤觉察到数只手捉拿它时，便蹬腿而逃，正好落在老鼠洞旁，迅速钻进了老鼠洞，老鼠看见跳蚤，便问：

“你与我既非同根，又非同类，是谁让你闯进我的洞穴中来的？你在这里肯定要受到粗暴的待遇的。”

跳蚤对老鼠说：

“我是逃到你这里来的，保住了我的这条命，避免了一场杀身之祸。我是向你求保护的。我无心占据你的洞穴，更不会给你带来祸殃，迫使你离开自己的家。我希望能有一天报答你的恩情。你必将看到我的话变为现实。我是言必信，行必果。”

老鼠听后，说：

“情况既然像你说的那样，就请放心吧！你来无妨，你会看到这里的一切都使你高兴，决不会遭到什么意外，除非我遇到什么不测。我会把友情全部献给你，不要后悔自己错过了喝那个富商鲜血的机会，更不要因为从他那里得不到食粮而惋惜。你就满足你的平常生活吧！因为那对你来说最安稳。跳蚤兄弟，我听某诗人有这样一首诗……”

老鼠吟诵道：

知足平生乐，甘于寂寞中。
喜度日与月，随遇而安命。
发面饼一张，清凉水一盅。
粗盐少许放，破衣能挡风。
生活主安排，满意笑盈容。

跳蚤听了老鼠的话，说道：

“我的鼠姐姐，你的叮嘱我都听清了。我衷心服从你，没有任何力量能够使我违抗你的美好意愿，直到生命的最后一刻。”

老鼠说：

“诚挚的友谊有美好的愿望作基础也就足够了。”

说罢，老鼠和跳蚤立下了誓盟，结为好友。自此之后，跳蚤夜间宿于富商的床上，从不超越床去干别的；白天和老鼠一起住在老鼠洞中。

一天夜里，商人带着许多金币回到家中。商人回到房间，便开始清点金币。老鼠听到金币的响声，将头伸出洞外，瞪大眼睛望着那些金币，只见富商将金币放在枕头下面，很快就进入了梦乡。

老鼠对跳蚤说：

“难道你没有看到机会和佳运来了吗？你有办法让我们弄到那些金币吗？”

跳蚤说：

“不管干什么事，都应该量力而行。如果力量不足，即使计划周密，也会徒劳无益。就像贪图谷粒的麻雀，跌入笼中，白白送命。你既不能取来金币，更运不出房间。我连一枚金币都扛不动，拿了金币又有何用？”

老鼠说：

“我在这座房子里，挖了七十个出口。我还找了一个万无一失的地方，专门藏宝。你若有办法把商人弄出房间，我就有办法把金币搬走。”

“我负责把商人赶出房间！”

说罢，跳蚤一跃而起，落在富商床上，上去狠狠咬了富商一口，这是富商从未经历过的一口狠咬。咬罢，跳蚤蹦到一个安全地方，躲了起来。那富商突然醒来，想逮住跳蚤，但踪影未见，翻了个身，又睡着了。

这时，跳蚤见商人睡着，又跳了上去，狠狠咬了一口，比第一口更厉害，富商睡不着了，索性离开床铺，到门外的一条长凳上躺着睡觉去了。就在这个时候，老鼠开始搬运金币，一气搬了个精光，一块未剩。

次日清晨，富商见枕头下的金币不见了，猜疑有人盗走了他的金币。此外，富商还有种种猜测，五花八门，理不出个头绪。

狐狸讲完跳蚤和老鼠的故事，对乌鸦说：

“喂，目光远大、天资聪颖、经验丰富的乌鸦，你要知道，我对你说这些话，完全是为了报答你的恩惠，就像跳蚤报答老鼠一样。请你想一想，跳蚤是怎样善报老鼠的吧！”

乌鸦说：

“行善者若想行善，就行善事；若不想做善事，可以不做善事。对于以疏远寻求联系的人来说，行善并不是一种义务。你是我的敌人，假若我对你发善心，也许因此会断送我的性命。狐狸呀，你是狡猾、欺诈之辈，你的誓约是靠不住的；誓约不可信之人，是不可饶恕的。听说不久之前，你背弃了你的狼朋友。你背信弃义，用阴谋诡计，害死了你的伙伴。狼是你的同类，你与它相处那么长时间，尚且容不下它，干出了那种事情，我又怎能相信你的劝告呢？你对你的同类朋伴尚且如此，对你的异类敌人又会怎么样呢？你对待我，只会像隼对待弱小的鸟儿那样。”

“隼是怎样对待小鸟们的呢？”狐狸明知故问。

乌鸦说：

“相传，有一只隼，年轻时暴烈、任性，不管是陆地上的野兽，还是大海里的禽鱼，都怕它三分，谁都怕它伤害自己；关于隼暴虐、凶猛的故事很多很多。这只隼经常捕杀别的鸟。随着岁月的推移，这只隼年纪大了，体弱力衰，觅食困难，整日处在饥饿之中。它终于想出了个主意，来到鸟群中间，吃鸟儿们剩下的食物。一只不可一世的凶禽，变成了一只靠计谋觅食的可怜老鸟。喂，狐狸呀，你虽然失去了力量，然而你的欺骗手段并未消逝。毫无疑问，你要求与我交朋友，只不过是你觅食维生的一种计谋罢了。我决不会将自己的性命送到你的手中，因为安拉给了我的翅膀以巨大力量，还赋予我高度的警惕性和锐利的目光。我知道，谁模仿比自己高强的人，会感到疲倦，说不定还会丧生。”

乌鸦接着讲麻雀与苍鹰的故事：

相传，许久许久以前，有一只麻雀，一次偶然飞越羊圈上空，见羊群进进出出，热闹非常，便落下来仔细观看。

就在这时，一只苍鹰俯冲下来，直投羊群，伸出利爪，抓住一只小羊羔，随即拍翅腾空而起，向远方飞去。麻雀见此情景，羡慕之心油然而生，于是拍着翅膀，兴奋地说：

“我也要像苍鹰那样，抓一只羊羔，美餐一顿。”

麻雀决心下定，随后向羊圈飞去，落在一只毛茸茸的小羊羔背上，抓住细软的绒毛，使劲地拍翅，然而无论怎样用力，也飞不起来。片刻后，只见那只羊羔在地上打起滚来，毛被屎尿黏在一起，麻雀的爪被牢牢缠住，想逃都逃不成了。

麻雀正在惊惶失措之时，牧羊人走了过来。刚才苍鹰抓走一只羊羔，牧羊人已感十分心疼，而此时又见麻雀企图盗羊，不由得气上加气，火上浇油。但见牧羊人一个箭步冲上去，一把将麻雀抓住，然后将麻雀翅膀上的羽毛全部拔光，接着用线拴住麻雀的两条腿，对孩子说：

“喂，儿子，给你一个活玩意儿！”

“什么玩意儿？爸爸……”

“一只老家贼！这只麻雀想模仿比它高强的那只苍鹰，来羊圈偷羊羔，真是自不量力，自投罗网。”

乌鸦讲完麻雀与苍鹰的故事，对狐狸说：

“喂，狐狸呀，你压根儿就是个善于学坏的家伙。你想模仿比你高强者，到头来自找苦吃，没有好结果。这就是我要说的话。我劝你还是平平安安地回你的洞穴中去吧！”

狐狸眼见乌鸦拒绝和自己交朋友，便失望地调头往回走去，边走边哭，边走边呻吟，边走边咬牙，边走边垂头。

乌鸦听到狐狸的哭声，又看见它那痛苦、忧伤的样子，高声喊道：

“喂，你究竟怎么啦？为什么哭、呻吟、咬牙、垂头呢？”

狐狸答道：

“因为我发现你比我还狡猾……”

狐狸加快步子，回自己的洞穴去了。

刺猬与雉鸠

相传，许久许久以前，有一只刺猬，将自己的窝造在一棵枣椰树旁。就在这棵枣椰树上，栖息着一对雉鸠，依靠吃椰枣维生，日子宽裕舒适。

刺猬心想："雉鸠有椰枣吃着，而我却眼巴巴地望着，一颗也吃不上。我一定要想个办法吃上椰枣。"

不久，刺猬在那棵椰枣树下挖了一个洞，作为自己和妻子的窝穴，并在窝穴的旁边建造了一座清真寺，独自在那里修行悟道，苦练静思，崇拜安拉，远离尘世。

雉鸠本是位勤于膜拜安拉的虔诚信徒。它见刺猬淡漠尘世，虔诚无比，不禁由衷感动。雉鸠问刺猬：

"喂，刺猬兄弟，你修功悟道，虔诚膜拜有多长时间啦？"

刺猬回答：

"三十年了。"

"你吃什么呢？"

"吃枣椰树上落下的椰枣。"

"你穿什么呢？"

"以针刺、荆棘为衣。"

"你为什么选择这个地方居住，而不到别的地方去呢？"

"我之所以选择这个地方居住，目的在于为那些迷途者和无知者指出正路。"

"我本来猜想你不是这样的情况，但我很喜欢你所做的一切。"

"不过，我担心你言行不一呀！我怕你像这样的庄稼人：播种的时节到了，却舍不得种子，说：'我担心播种的时节已经过去，白白把钱花在买种子上。'收获的季节来了，看见人们都在忙着收割成熟的庄稼，这才后悔自己因为舍不得播下种子而坐误农时，结果悲感交加，大病不起，一命呜呼。"

雉鸠问刺猬：

"我如何才能摆脱尘世的纠缠，专心崇拜安拉呢？"

刺猬说：

"你要为来世做好充分准备，更要满足于今世的生活。"

“我是鸟，我不能离开枣椰树，因为树上有我的食粮呀！假若我离开枣椰树，恐怕再也找不到安身之处了。”

“你可以把树上的椰枣打下来，等打下够你们夫妻俩全年吃的椰枣，你就搬到树下来，以便获得修功悟道方便的良好指教。你把椰枣打下来之后，搬到巢穴中储藏起来，以备日后食用。椰枣吃光，修炼日久，便可习惯于朴素节俭的生活了。”

“刺猬兄弟，安拉会给你报偿的。因为你对我讲到了来世，并且给我指出了正确的修行之道。”

说罢，雉鸠夫妻开始忙碌起来，摘下枣椰树的椰枣，一个一个、一串一串地扔下去，旋即树上一枚枣子也不见了。

刺猬见自己有了吃的食粮，高兴极了，急急忙忙将落在地上的椰枣搬到洞穴之中，作了自己的储备粮。刺猬心想：“雉鸠夫妻日后若需食粮，必来求我，贪图得到我这里的东西，相信我修行刻苦，心地虔诚。如果它俩听我的劝告和训教，并且接近我，我就把它俩抓住吃掉。到那时候，这个地方只剩下我自己，落在树下的枣子足够我吃的了。”

片刻过后，雉鸠夫妻俩打完了椰枣，从树上下来，发现刺猬把椰枣全都搬到了自己的洞穴之中，于是问道：

“心地善良、善于说教的刺猬兄弟，我们连椰枣的踪影都看不见了；你要知道，我们是依靠椰枣为生的呀！椰枣都到哪里去了呢？”

刺猬说：

“也许被风刮走了。你要知道，体面的谋食办法是向农夫索求，张口者不能不吃食。”

刺猬继续用那些训词训教雉鸠夫妻，用种种华丽的词语向它俩显示自己的虔诚，直至雉鸠夫妻俩相信了刺猬，向它走去，进了它的洞穴门，完全没有想到刺猬的阴险与狡猾。

雉鸠夫妻刚踏进门，刺猬便将门口一封，顿时张牙舞爪，面目狰狞。

雉鸠看出刺猬设下的骗局明显暴露，便说：

“你一夜之间，变成了另外一副模样。难道你不晓得被压迫者定有援助者吗？你千万不要要阴谋诡计，以免落个欺骗某商人的骗子们的下场。”

刺猬问：

“欺骗商人的骗子？那是怎么一回事呢？”

富商与骗子

相传，在一座名为信德的城市里，有一位商人，财源茂盛，腰缠万贯。他牵着骆驼，前往某城销售。

行不多久，有两个坏蛋跟上了那个富商。那两个家伙也带着一些钱和一些货，装成商人的模样，跟在那个富商的后面。两个家伙在第一个打尖休息的地方，一番商量之后，决定诈骗那个富商的钱财；与此同时。两个家伙又各心怀鬼胎，都想加害对方，以期独占那富商的钱财。两人都在暗打算盘：“我俩一同害死了那个富商之后，我再把我的同伴害死，到那时候，富商的所有钱财，不就从从容容、轻轻松松地落到了我一个人的手中了吗？”

两个家伙暗自下定害死对方的决心，各自拿来自己吃的一份饭食，将毒药悄悄地放入饭食中，然后客客气气地将自己的那份饭食让给对方吃。

吃饭之前，那两家伙还在和富商一起聊天，谈笑风生，亲密无间。可是，吃饭之后，富商见二人久久不来，心里好生闷得慌，于是去找，看二人究竟在干什么。富商到那里一看，发现二人躺在饭碗旁边已经死了。

富商见此惨状，经过一番思考，得知那两家伙在合谋算计自己，而且相互心怀鬼胎，都想害死他，然后再害死对方，独自占有他的货物和钱财，结果自己先送了自己的命，而富商则安然无恙。

耍猴的小偷

相传，许久许久以前，有一个人，他有一只猴子。表面上，这个人是耍猴的，其实是个小偷。他不去本城市场则罢，只要一去，必大有收获，满载而归。

一天，有一个人带着一包衣裳到市场上去卖。到市场上叫卖很长时间，结果没有一个人给个价钱；而且他连包都不打开，只有想买的人，他才把包打开让人家看。

说来也巧，那个耍猴的小偷看见了这个卖旧衣裳的人。卖衣人放下包袱，坐下正休息时，耍猴人来到卖衣人面前，耍起猴来。卖衣人把注意力都集中了那只猴子身上，结果那包衣裳被耍猴的小偷偷走了。

耍猴的小偷收拾起玩猴的那套家伙走去，来到一个空旷的地方，打开包袱一看，却原来是一包旧衣裳，不禁大失所望。于是，他在旧包袱皮之外加了一个漂亮的新包袱皮，随后带到另一个市场上叫卖。

耍猴人卖旧衣裳有一个条件，那就是不开包，因为价钱很便宜，所以人们愿意买。

一个人走来，见包袱皮漂亮，十分喜欢。于是未打开包看里面的东西，便掏钱将包袱买下，然后高高兴兴带回家中给妻子。

妻子看见那包东西，问道：

“这是什么呀？”

“一包好东西哟，便宜极了，简直就跟白捡的一样。如果把它卖掉，一定能赚许多钱。”

“你准上当受骗了！这么便宜的东西，一定是偷来的。不仔细看看东西就买，要出娄子的！难道你连这个道理也不懂得？这样会像织匠那样，要闹出人命的。”

丈夫惊问：

“织匠？还会闹出人命的？那是怎么回事？”妻子讲道：

相传，某村里有位织匠，终年辛辛苦苦地劳动，方才能够维持生活。

有一天，同村里的一位富翁邻居举行盛大宴会，邀请了许多宾客，织匠也应邀出席。席间，织匠眼见人们个个衣饰华贵，人人仪容非凡，不胜羡慕之至。织匠又见主人对那些宾客十分敬重，令仆人们给他们端上丰盛菜肴，暗自心想：“假若我能换个职业，找一个活儿更轻松、挣钱更多的行业，我一定会积攒许多钱，也能买得起华丽的衣服，我在人们眼中的地位也就自然提高了。”

宴会上，织匠看见人们争相献艺助兴；有个人登上高墙，然后跳下，稳稳地站在地上，他便坐不住了。织匠心想：“我一定要像这个人一样，干一件我所不能干的事情！”

随后，织匠爬上一堵高墙，然后纵身跳了下来，这位织匠摔得头破血流，当场丧命。

妻子讲完故事，然后对丈夫说：

“我之所以给你讲这个故事，为的是防止你被贪欲征服，想那些非分之事。”

丈夫听后，说：

“智者并非因其有知识而事事平安，愚者亦并非因其无知而时时遭难。我看见那经验丰富、熟知蛇性的耍蛇人常常被蛇咬死，而那些对蛇一无所知的人却往往能够将蛇战胜。”

一番争论之后，丈夫违背妻子的劝告，照常出去买货。

有一次，他从窃贼手里买了便宜货，结果吃了官司，不幸送了一条命。

小鸟与孔雀

相传，从前有一只小鸟，每天都去朝拜一位鸟王。它每天早出晚归，往往第一个参见鸟王，最后一个离开鸟王的宫门。

有一天，群鸟聚集在一座高山上，相互议论说：

“我们的数量已经很多，而且常常意见不一，一定要选个国王管理我们，以便集中我们之间的意见，消除我们之间的分歧。”

那只小鸟建议它们拥立孔雀为鸟国国王，那就是小鸟崇拜的鸟王。

众鸟一致同意小鸟的建议，拥立孔雀做了它们的国王。

孔雀国王对众鸟一视同仁，并且任命那只小鸟为宰相兼御用文书。小鸟有时不要任何随从，亲自去视察、处理一些事情。

有一次，小鸟宰相一整天没去见孔雀国王，孔雀忐忑不安，如坐针毡。正当这时，小鸟宰相来了。孔雀国王问：

“你是我的近臣，怎么一天不来见我呢？”

小鸟宰相答道：

“我看见一件事情，使我生疑，令我害怕。”

“你看见了什么事情？”国王问。

“我看见一个人带着一张网，用木桩将网架在了我的巢窝口，网下撒了些谷粒，他则远远地坐在一个隐蔽的地方等候。我坐在一个地方，观察了好久，看那猎人究竟还要干什么。正在这时，一对灰鹤飞来，天命使那夫妻俩一道落入网中，只听那对灰鹤夫妻发出凄凉的叫喊。那猎人立刻跑了过去，将灰鹤夫妇牢牢抓住，眼见此情此景，我感到十分伤心。这就是我一天未来见国王的原因所在。国王陛下，为了警惕猎人的罗网，我不能再在我的巢中住下去了。”

孔雀国王说：

“你不能离开你的巢窝呀！因为在天命面前，警惕是没有用的。”

小鸟宰相服从孔雀国王命令，说道：

“我将忍耐下去，决不违背国王陛下的劝告。”

小鸟宰相保持着高度警惕性，为孔雀国王取来饭，孔雀国王吃饱饭后又喝足了水，小鸟宰相方才离去。

有一天，小鸟宰相看见两只麻雀在地上厮杀争斗，心想：“我身为国王的宰相，怎能眼见两只麻雀在我面前争斗而不闻不问呢？凭安拉起誓，我一定要从中调解。”想到这里，小鸟宰相当即走了过去进行劝解。

小鸟宰相刚走过去，猎人一网扣去，将它们全都扣在网里，小鸟宰相亦未能幸免。猎人走上前去，抓住小鸟宰相，递给自己的同伴，同时说：

“好好抓住，不要让它飞了。这只鸟儿真肥，我还从未见过比它更肥的鸟儿。”

小鸟宰相被猎人的同伴抓在手里，它想：“我担心的事情，果然发生了。孔雀国王说得很对，在天命面前，警惕是没有用的。即使保持警惕，也无法逃脱天命的安排。诗人说得何其正确啊！”

接着，小鸟宰相吟诵道：

世上没的事，神法造不成。
世间当有事，自然见光明。
当有必定有，时到准发生。
可怜愚昧汉，常被蒙鼓中。

蟒蛇与蛙王

相传，很久很久以前，有一条蟒蛇，因为年迈，视力衰弱，体力不支，再也不能猎捕食物了。

有一天，蟒蛇爬着去觅食，来到一眼泉边，那里有很多很多青蛙。在此之前，蟒蛇常到这里捕食青蛙。蟒蛇这次接近青蛙时，只见它满面愁云，闷闷不乐。

一只青蛙问蟒蛇：

“大蟒蛇，你怎么啦？你怎么无精打采、垂头丧气呢？”

蟒蛇说：

“有谁比我更难过呢？过去，我的大部分食物来自青蛙；如今我遭了大难，因而吃不到蛙肉了，即使遇上青蛙，也捕不住了。”

青蛙听蟒蛇这样一说，立即走去，将蟒蛇的话报告了蛙王。

蛙王听后，来到蟒蛇面前，对它说：

“大蟒蛇，你怎么啦？”

蟒蛇说：

“几天前，我想捉一只青蛙。那是在晚上，我被迫到一位修士家，黑灯瞎火中随修士进了他家家门。那时，修士的一个儿子在家里，我碰到了他的一个手指头，以为那就是青蛙，于是咬了一口，那孩子登时一命呜呼。我急忙逃走，修士紧紧追赶，百般咒骂我，说：‘你咬死了我无辜的儿子，我一定要让你备受屈辱，让你变成蛙王的一条船，使你无法捕捉青蛙，只能靠蛙王施舍给你一点东西吃。’因此，我今天就来找蛙王陛下，让陛下乘坐我，高高兴兴享受一番。”

蛙王一听，心中暗喜，十分愿意把蟒蛇当船乘坐，认为这是自己的无上光荣，于是骑在蟒蛇的背上，得意扬扬，乐不可支。

蟒蛇对蛙王说：

“蛙王陛下，我已失去捕食的能力，就请陛下给我一口赖以生存的饭吃吧！”

蛙王说：

“凭我的信仰起誓，一定要给你糊口之食，因为你是我的渡船嘛！”

随后，蛙王下令每日送两只青蛙给蟒蛇作食物。

从此，蟒蛇有了赖以生存的食物。蟒蛇屈从于敌人，并未给自己带来损害，反而从中受益，有了食源。

猴子与雄龟

相传，很久很久以前，有一只猴子，本是猴国之王，名叫“马希尔”。它年事已高，老态龙钟，被一个年轻的猴子打败，王位随之丢去，只得逃离王国，来到一条河边。见那里有一棵无花果树，猴子便爬上树，从此居住下来。

有一天，老猴儿正在树上吃无花果，不期一个果子脱手落入水中。果子落水，传出一阵带有节奏的响声，老猴儿觉得甚是悦耳，于是边吃边往水里投果子；因那响声悦耳，老猴儿十分高兴，一连往水里投了许多无花果。

水里生活着一只雄龟，每见一个无花果落水，它便游去吃掉。时间久了，雄龟以为那猴子有意把果子扔给自己，让自己吃，于是很想与猴子交朋友。

雄龟果然与老猴儿接近，亲切交谈，彼此很快熟悉起来，相互做了朋友。

守在家中的雌龟见雄龟久久不归，不禁忧心忡忡，随将心事告诉了一位邻居。

雄龟说：“我真担心它在外面遇到什么不测，被人暗害。”

邻居说：“你丈夫在河边上，与一只猴子交了朋友，猴子供它吃供它喝，因此它不回来见你了。你想要你丈夫回家住，非设法子把猴子杀死不可。”

雌龟说："那我该怎么办呢？"

邻居说："你丈夫回来时，你就装病。它若问起你的病情，你就对它说：'大夫给我开了个方子，要我吃猴子的心，病才能好。'"

过了几天，雄龟回到家里，发现妻子情况不好，卧病不起，愁云满面。雄龟问：

"你怎么成了这个样子啦？"

邻居答话说："你妻子真可怜，她病了。大夫诊断过了，还给她开了个方子，只有吃猴子的心，病才能痊愈。"

雄龟说："这太难办了！我们生活在水里，到哪儿去弄猴子的心呢？不过，我去设法弄我的那个猴子朋友的心吧！"

雄龟来到河边，猴子问它："兄弟，你有什么不便，怎么几天不来见我？"

雄龟说："我感到害羞啊！因为你待我太好了，我不知道该怎样报答你的恩惠。我想请你到我家去做客，以便报答你给我的大恩大德。我的家在一座花果岛上，就请你坐在我的背上过河吧！"

老猴儿很想去雄龟家做客，于是跳下来，坐在雄龟背上，雄龟开始游泳。

雄龟游到河心时，便展露出心中恶意，将头垂下。

老猴儿问："我看你愁云满面、忧心忡忡呢，有什么心事？"

"我发愁呀，因为我妻子患了重病，这使无缘享受你的更多恩惠和关怀了。"

"据我所知，你从我这里得到的恩惠已够你享用了。"

"是的。"

雄龟驮着猴子游了一个时辰，又停了下来。这时，猴子心中生疑，心想："这乌龟又停了下来，其中必有原因。我想它的心变了，背弃了我的友好感情，存心害我。世上变化最快的莫过于心。有人道：'一个聪明人，不论什么时候做什么事、说什么话，也不论动还是静，就连亲戚、儿女、兄弟和朋友的心里想什么，都应该摸清楚，千万不可忽略。'这足以证明人心不可意料。学者们说：'朋友之间产生疑心，务必警惕，谨慎从事，时刻留心；假若事情果然如同意料，可以安然无恙；假若出乎意料，保持警惕，也不至于为自己带来损失。'"

想到这里，老猴儿对雄龟说："兄弟，你怎么啦？你怎么又泛起愁来了？仿佛又在自言自语什么。"

雄龟说:“我发愁的是，恐怕你到了我家，情况不像你想象的那么好，因为我的妻子重病在身呀。”

老猴儿说:“你不要发愁！惆怅对你没有任何好处。你就赶快找能治你妻子病的药和食物吧！有人说:‘有钱人应把钱用在三个地方:其一，施舍;其二，饥馑时;其三，女人身上。’”

雄龟说;“说得对！大夫为我的妻子诊断后，说除了吃猴子心，别无救药。”

老猴儿听雄龟这样一说，心中暗想:“哎，可怜哪！我这把年纪，还没有挣脱贪欲的纠缠，却又跌入灾难泥坑。有人说得好:‘知足常乐，贪欲招灾！’我现在需要用智慧，想办法，才能摆脱困境。”

想到这里，老猴儿说:“你何不在我家时，就把此事告诉我，也好让我带着我的心呢？这是我们猴子的生活规律，出门访亲问友时，总是要把心放在家人那里或放在原地，以免看见人家的妻室时产生邪念。我们外出时，是从不带心的。”

“你的心现在哪里？”

“我把我的心留在那棵无花果树上了。你如果真想要我的心，就带我回那棵树下，让我上去把我的心摘下来给你！”

雄龟听后很高兴，心想:“我的朋友用不着我骗它，它自己就答应了我的要求！”

旋即，雄龟驮着老猴儿向原地游去。

接近岸边时，老猴儿一跃，离开了龟背，跳到岸上，迅速爬上了无花果树。

雄狮与胡狼

相传，很久很久以前，在一片森林里，住着一头雄狮。和雄狮住在一起的还有一只胡狼，专门吃雄狮剩下的食物。

过了些时候，雄狮生了疥疮，身体虚弱不堪，四肢无力，不能外出猎食。胡狼对雄狮说:

“百兽之王，你怎么啦？为什么这样没精打采？”

雄狮说：“疥疮把我折腾得筋疲力尽，除了吃驴子的心和耳朵，别无救药。”

胡狼说：“这太容易办到了！我知道有个地方，那里有一头专为漂布匠驮布的驴子，我就去把它给你牵来吧！”

说罢，胡狼走去，追上那头毛驴，问过安好之后，对毛驴说：“你怎么如此虚弱呢？”

毛驴回答道：“我的主人不给我东西吃呀！”

胡狼说：“既然这样，你为什么还甘愿与你的主人在一起呢？”

毛驴说：“我无法逃离主人呀！因为不管我跑到哪里，人们都会虐待我，令我劳累不堪，还要让我忍饥挨饿。”

胡狼说：“我领你到一个地方去，那里远离人烟，也没有人经过那里，而且水草肥美，还有母驴，个个毛美、膘肥、体壮。”

毛驴说：“那有什么不好呢？我们就到那里去吧！”

说罢，胡狼带着毛驴向雄狮那里走去。

胡狼先走一步，进了树林，把毛驴所在的位置告诉了雄狮。

雄狮立即向毛驴走去，想扑上去把它吃掉，但因身体太虚弱，实在力不从心，眼看着毛驴惊恐地逃离而去。

胡狼见雄狮连驴子也扑不住，便说：“百兽之王，你怎么连这点本事也没有了呢？”

雄狮说：“你若能再次把驴子带来，它决逃不脱我的利爪。”

胡狼走去见到毛驴，对它说：“你这是怎么啦？那母驴因为情欲太强烈，所以先向你扑来了！假若你扑向它，它也就在你的面前老老实实了。”

毛驴听胡狼这样一说，情欲大发，大声叫着向雄狮奔跑而去。

胡狼先走一步，把驴子所在的位置告诉了雄狮，并且对雄狮说：

“你要做好准备！我又把毛驴骗来了。这一次你千万不要因体弱而放跑它。假若它再逃走，它就不会再和我一起回来了。”

由于胡狼的鼓动，雄狮精神振奋起来，随后向驴子走去。它一看见驴子，便猛地冲了上去，将驴子的喉管咬断，驴子登时奄奄一息。

雄狮对胡狼说：

“大夫已经说过，我只有在我沐浴干净之后才能吃它。你来给我看管一下，我一会儿就回来吃它的心和耳朵，其余则全留给你。”

雄狮走去沐浴，胡狼走到驴子跟前，先下口将驴子的心和两只耳朵吃下肚去，期望雄狮因此生厌，一点驴肉不吃。

雄狮沐浴后回到原地，问胡狼：“驴子的心和耳朵哪里去啦？”

胡狼说：“兽王有所不知，假若毛驴有心和耳，在它苍皇逃生之后，还会再回来吗？”

国王与芳泽鸟

相传，许久许久以前，印度有位国王，名叫伯里顿。他有一只心爱的鸟，名唤“芳兹”。方泽鸟有一只雏鸟，这两只鸟说得一口悦耳动听的人话。因此，国王非常喜欢这两只鸟，将它们交给王后，并叮嘱好好照管。

时隔不久，王后生下一个男婴。小王子稍大，雏鸟与小王子相处甚好，一起玩耍，都十分开心。

方泽鸟每天都要飞到山里去打食，回来时总会带着无数鲜美水果，一半分给小王子，另一半分给雏鸟。

光阴荏苒，王子和雏鸟发育成长，不知不觉长大了。国王把这一切看在眼里，更加敬重、喜欢、尊重方泽鸟。

有一天，方泽鸟又到山中采果打食去了。雏鸟正在王子的怀里玩耍时，不小心在王子怀里拉了一泡屎。王子顿时勃然大怒，顺手抓起雏鸟，狠狠地摔在地上，雏鸟登时一命呜呼。

方泽鸟采果打食回来，发现自己的雏鸟被摔死在地上，痛苦不堪，立即高声喊道：

“那些言而无信、背信弃义的君王是多么可恶！那些没有热情和怜悯之心的君王真是该死！那些君王们不喜欢任何人，除非他们企图从别人那里得到什么好处，或需要他们的学问时，他们才敬重人家；而他们的愿望一旦得到满足，友好情谊、善事良举便顿时消失精光，既不宽恕人家的任何过失，也不承认人家的任何权利。他们的一切全部建立在虚情假意、淫乱放荡的基础上。他们能把自己犯的大罪化小；如果事情违背他们的愿望，他们便会把小事夸大。他们的这种毫无怜悯之意的忘恩负义举动，甚至连他们的熟人和兄弟都不放过。”

说着，方泽鸟满怀仇恨地扑向王子，一下啄瞎了王子的一只眼睛，随后展翅腾空，落在房顶的阳台上。

国王得知王子的一只眼睛被啄瞎，心急如焚，悲伤难抑，暗自设计谋对方泽鸟进行报复。

国王走近方泽鸟，呼唤着鸟的名字，说：

“芳泽鸟，我的爱鸟呀，你只管放心地飞下来就是了。”

方泽鸟对国王说：

“国王陛下，背信弃义者必遭背弃行为报复。有了过错，即使不会立即受到惩罚，最后也免不了受惩罚，也决逃不掉惩罚；即使前一辈子逃掉了，子子孙孙也必将受到惩罚。你的儿子背弃了我的儿子，我及时惩处了你的儿子。”

国王说：

“凭我的信仰起誓，我们背弃了你的儿子，你也为你的儿子报了仇，你我之间再没有可记的仇恨了，就请你放心地飞下来吧！”

方泽鸟说：

“我永远不会回你这里了！有见地的人规劝人们，决不要接近那些亲属被杀而仇恨未报的人。仇恨之下所产生的仁慈、温柔和敬重，只能给人以惆怅、凄凉和反感。在有仇未报者那里，你是得不到安全的，确切地说，只能尝到恐怖。最好不过的办法就是远离和警惕。”

方泽鸟又说：

“听人说，智者视父母为朋友，视兄弟为朋伴，认妻子为亲人，看儿女为冤家，拿亲戚当对头，而把自己看作独夫。我就是那个客居异乡、被赶走的独夫。我在陛下宫中挑起的将是一副痛苦重担，沉重无比，没有一个人能与我分担。我这就要走了，愿你平安。”

国王说：

“假如你不是因为我们伤害了你而报仇，或者你的行为不是因为我们的背信弃义行为所引起的，那么，事情会像你说的那样。我们首先伤害了你，你有什么罪过呢？你回来吧！放心地回来就是了。”

方泽鸟说：

“我知道，仇恨在人的心中所占的位置是坚不可摧、令人痛苦的。口不能道出心声，而心才是口的最公平的见证，远远忠实于口对心的表白。我知道我的心不会给你的口作证，而你的心也不会为我的口作证。”

国王说：

“岂不知人们之间都有怨恨；智者理当泯灭、消除怨恨，而不是令其增长。”

方泽鸟说：

“你的这些话都对。虽然如此，但在有识者看来，心怀杀亲之仇而未报者是不会忘记仇恨，也是无法排解仇恨的。有见地的人害怕阴谋诡计、欺骗撒谎，深知有许多敌人无法用强硬手段征服，只能温柔办法擒获，酷似用家养的大象去猎捕野象。”

国王说：

“高尚、聪明人既不会离开朋友，也不会抛弃兄弟，更不会丢却情谊，即使有时为自己担心。这种情感，就连最下等的牲口也是有的。我知道玩狗的人最后总要把狗宰掉吃肉。与主人和睦相处的狗本来知道这个结果，却不肯离开主人，也不放弃自己与主人相伴。”

方泽鸟说：

“仇恨是可怕的，尤其是存在于帝王心中的仇恨更加可怕。帝王是有仇必报的，而且他们把报仇看作是一种光荣和自豪。一个聪明人，当仇恨静止无声时，不应该被这种平静现象所欺骗。埋藏在心中的仇恨还没有爆发时，就像隐藏着的火炭没有遇到干柴时的情景。仇恨就像烈火要寻觅干柴那样，总是不断寻觅爆发的机会；而仇恨一旦找到爆发机会，必然像烈火一样凶猛。善言、温情、央告、行贿等都是无法扑灭它的，只有以命相抵。也许杀人者试图给被杀者的家人以好处或金钱而让受害者恢复常态，但我却不能为你弥补你心中损失的东西，虽然你信誓旦旦、满口答应善待我。与你相伴，我仍然感到内心充满恐惧和狐疑。我与你还是分手为妙。愿你多多保重。”

国王说：

“据我所知，一个人既不能害另一个人，也不能用另一个人。世上万物，不论大或小，要能让一个人倒霉，那完全由天命所决定。正像世上将要创生和存在的任何东西一样，都不能进入到造物之中去。将要死亡、消失的东西也是如此。你啄瞎王子的眼睛，这里没有你的过错；我的儿子摔死你的儿子，这也不是我儿子的罪过。这一切都是命中注定的。这两件事情，没有我们的责任，我们不能责怪天命为我们带来的这一切。”

方泽鸟说：

“关于天命，诚如你所言。不过，并不妨碍有志有心之人预防与警惕灾难。智者理当相信天命；与此同时，也要有坚强意志和力量。我知道你言不由衷，口是心非。我与你之间的争端不是什么小事，因为你的儿子害死了我的儿子，而我则啄瞎了你儿子的眼睛。你想愈合我这颗受了致命伤的心，企图欺骗我，但我是不甘心送死的。常言道：穷苦是灾难，痛苦是灾难，接近敌人是灾难，与亲人分别是灾难，疾病是灾难，衰老是灾难，然而世间的千万灾难之首还是死亡。”

说到这里，方泽鸟稍稍停顿，然后接着说：

“一个因亲人被害而痛苦不堪者的心灵所受的煎熬，是任何他人所不能体验的。我的心情与你的心情相似，彼此相知，再与你相伴是没有任何好处的。要我忘掉我啄瞎你儿子眼睛的事，也不去想你的儿子摔死我儿子的事，那是不可能的，除非你我心理上发生了什么变态。”

国王说：

“一个人若不能排除直至忘掉心中的事，再也不记起它，让它在自己的心中不占位置，那对于一个人来说，是没有半点好处的。”

方泽鸟说：

“一个脚心生疮的人，如欲走路，必先挑开疮皮放出浓血。患有眼疾的人，如若迎风，病情必定加重。虐待人的人接近苦主，必有杀身之祸等待。世间人理应谨防灾难和死亡临头，还应该对事情有个估计，少依靠武力，少受那种不可信的人欺骗。”

方泽鸟又说：

“谁依靠武力，就有可能使自己走上一条危险道路，说不定会葬送自己的生命。谁不量力吃喝，使自己承受无力承受的东西，其结果只能是自己送死。谁不能估量自己一口能吃多少，反而无限夸大，使进食超出自己嘴的容量，也许会因噎而死。谁被敌人的甜言蜜语欺骗，失去警惕性，谁就比敌人对待自己更狠。谁也不知道天命给自己带来和从自己那里取走什么，但应该努力工作，增加实力，量力而行。一个智者，不应相信任何人，也不去冒险，而应自知去向。我有很多去向，但找不到能满足自己要求的地方，我是不会走的。”

方泽鸟接着又说：

“有五种习性，谁具备了它，在任何地方都可以得到满足，在任何异国他乡都会感到亲切，可以化远者为近亲，使他们有饭吃、有亲朋。这五种习性分别是：第一，无害人心；第二，礼貌周到；第三，远避怀疑；第四，高尚品格；第五，勤劳美德。当一个人担心什么灾难威胁自己的生命时，于是什么金钱、家人、孩子和祖国都就顾及不到了。因为那些都是后来之物，而不希望将之放在生命之前。世上最坏的是花不能花的钱，不服从丈夫的妻子，违背父母意愿的孩子，不帮助患难中兄弟的人。平民则害怕不保护国民的君王和贫瘠、动荡的国家。国王陛下，我在你这里陪伴着你，是没有任何平安和放心可言的。”

说罢，方泽鸟告别国王，展翅飞向了蓝天。

鸽子、狐狸与苍鹭

相传，许久许久以前，有一只鸽子想在一棵枣椰树上孵卵。那棵枣椰树高大参天。鸽子首先要衔柴草搭窝，然后才能生蛋孵化。因为树太高，鸽子费了好大力气，终于把窝搭成，这才生下蛋，开始孵卵。

过了些时候，小鸽子破壳而出，羽毛渐渐丰满。一只狐狸得知小鸽子已长全羽毛，便来到那棵枣椰树下，对着鸽子妈妈大声呼喊，威胁她，说要么它爬上树去，将雏鸽吃掉，要么自己把雏鸽丢下来，供它当美餐。鸽妈妈无可奈何，只有将雏鸽丢给狐狸，让它把小鸽子活活吃掉。

有一天，一只苍鹭飞来，落在枣椰树上。苍鹭见鸽妈妈闷闷不乐，满面愁容，痛苦不堪，便开口问道：

“鸽妈妈，我看你愁云满面、心神不安、狼狈不堪，究竟原因何在呢？”

鸽妈妈对苍鹭说；

“苍鹭姐姐，你有所不知，有一只狐狸把我搅得心神不安啊！每当我的两只雏鸽羽毛刚刚丰满，那只狐狸就来到树下，大声威胁我。我怕得要命，只得把我的雏鸽丢给它，让它把我可爱的小宝贝活活吃下肚去。”

苍鹭说：

“鸽妹妹，那狐狸如果再来，还是那样威胁你，你就对它说：‘我是不会把我的宝贝再丢下去喂你了，你还是爬上树来，自己来冒险吧！你若能爬上树来，吃掉我的宝贝儿，我就飞离而去，自己逃生了。’”

苍鹭把这个办法教给鸽妈妈之后，便得意地展翅飞走，落在河边觅食去了。

时隔不久，又一对小鸽子出世了，羽毛渐渐丰满起来。

狐狸得知消息，便来到那棵大枣椰树下，高声叫喊威胁道：

“老鸽子，快把你的小宝贝给我丢下来！我的肚子正饿得厉害！”

鸽妈妈按照苍鹭的指教，把苍鹭教给的那番话对狐狸说了一遍。

狐狸听后，问道：

“请你告诉我，是谁教给你这样说的？”

鸽妈妈回答道：

“这是苍鹭教给我的。”

狐狸听后，随即转身走去，来到河边，看见苍鹭正在那里站着，说：

“哎，苍鹭小姐，你好哇！我来向你请教一下，假若风从右边吹来，你把你的头扭向哪里呢？”

苍鹭说：

“如果风从右边来，我就把头扭向左边。”

“如果风从左边来，你把头扭向哪里呢？”

“那样，我就把自己的头扭向右边，或者扭向身后。”

“如果风从四面八方吹来，你又把头扭向哪里呢？”

苍鹭思考片刻，答道：

“那也好办，我将自己的头掩藏在我的两只翅膀下面。”

狐狸说：

“你怎么能把自己的头掩藏在自己的翅膀下面呀？”

苍鹭得意地说：

“我能啊！”

“那就请你让我开开眼界，看看你是怎样把头藏在翅膀下面的吧！美丽的鸟儿呀，凭我的信仰起誓，安拉赋予你们的东西远比我们的多，你们真是得天独厚。苍鹭小姐，你一个时辰内学会的知识，足够我学习一年时间。你们能我们所不能；你们能得到的东西，我们永远得不到。你们能把自己的头藏在翅膀底下，用以躲避风寒。你们多么自在惬意呀！就请小姐为我表演一下，好吗？”

苍鹭听后，喜不自禁，得意飘然，随后，把头缩在了双翅之下……

就在这时，狐狸猛地一跃，扑了上去，一口叼住苍鹭的脖子，说道：

“苍鹭啊，苍鹭，是你害了自己呀！你能给鸽子出主意，教她谋略，而自己遇事却没有办法，致使你的敌人能够轻易地把你征服。”

随后，狐狸将苍鹭咬死，美餐了一顿。